Gaea

陰陽路
陰陽なる途
林綠 著
06

陰陽路

陰陽なる途

目錄

陰狀

又快到股東批鬥大會的決戰之秋，公司大伙一起喝喝啊啊，燃燒肝臟，關在辦公室裡學習大禹治水的精神，即使知道家裡有綿軟的小兔子等著，也忍痛加班不回去。

老王祕書不在，這位我平日以逗弄他爲樂的胖子上司，陪總經理去可以和漂亮小姐摸摸茶的地方談一筆大生意，所以現在全辦公室由林之萍女王作主，不能帶頭蹺班。

大家都忙昏頭了，發生那種事，也只能說是因爲生產線過熱，頭昏眼花，檢測不出不良品，天時地利加上最後的人和，因而造就了可以在本公司流傳個三十年的怪談。

當晚，約莫十點半左右，祕書辦公室的玻璃門板「叩叩」兩聲，陳妹妹掛著兩抹黑眼圈，進來通報。

「之萍姊，外面有名年輕太太找妳，說是蔡董事的夫人。」

這位敝公司之花，最近憔悴的模樣，大伙都看在眼裡。才空降成公關經理不久的董事長外甥一直騷擾她；那位龐外甥，就算被公司的男性同胞蓋布袋圍毆，依然死性不改，半夜電話狂打，以爲這樣陳妹妹就會把他當情聖，而不是滿臉色慾的渾蛋。

陳妹妹不知道該怎麼辦，學校從沒教過她怎麼對付壞人。龐外甥最可恨的地方，就是放話給我和老王，說誰敢攆走他，他就要去跟董事長報告陳妹妹和總經理老大有一腿。一般情況下，老王和我會以毀謗的罪名，把對方告到脫褲子，但憑董事長的爲人，即使是空穴來風，陳妹妹說不定還是會因此丟飯碗甚至丟了小命，我們賭不起。

「茱萸妹子，我對不起妳。」從她進公司，我就對她保證靠山靠海靠本大姊，結果成了言而無信的小人。

「之萍姊，那種貨色我還應付得來，妳不用擔心我。」陳妹妹打起精神微笑，儼然有主管的架勢。

接班人很難培養的，龐外甥眞敢動她，老娘一定要他不得好死。

我嘆口氣，起身去接待客人。

蔡夫人很顯眼，遠遠地，我就看見她頭上那頂直徑六十公分的白色淑女帽，身上也是白色長袖襯衫，白色長裙，手套和高跟鞋也是白的。印象中，她是個安靜的女子，總是陪在丈夫身旁恬謐地笑著。

「蓉太太，眞是稀客，怎麼來了？」我一臉燦笑地迎上前。記得她頗喜歡人家聒噪，這樣她就不用開口說話，而能沉浸在自個內心的寧靜。

她低著頭，白紗手套抓住我的右臂。我的背突然興起一股涼意，她的觸感很不實在，感覺手套裡充的是空氣而不是人手。我怎麼招呼，她都沒有應聲，轉頭環視後面那班分心來看熱鬧的小夥子們，於是我明白了蔡夫人有所顧忌。

「我們到會客室談，好嗎？」我提出邀請，蔡夫人就抓著我的臂膀當支撐點，輕飄飄地跟著我移動。

蔡太太有些笨拙地坐上沙發。剛才站著沒發現，當她坐下時，才感覺她的脖子似乎歪了半邊，身子也不時晃動著。

我以爲她冷，給她披上我的西裝外套，把空調溫度調高。

「暖和一點了嗎？茶還是咖啡？」

「林小姐，對不起。」沒想到她竟然以道歉破題。

「嗯？」文雅的貴婦和三八的職業婦女，我們之間幾乎沒有交集，不明白她所爲何事？

「妳和龐少董那件事，我和別人家妻女一起笑話過妳。明明妳傷得那麼重，她們落井下石，我竟也跟著笑了，實在很抱歉。」

「幾年前的事了？」我好像正聽著老人家講古，畢竟這資訊已經有點年代了。

「十二年前。」

「這位太太，拜託妳別這樣。」早聽說蔡夫人極度自律，十二年夠我養大阿夕了，她還在那邊內心糾葛不已。「沉重的開場白就免了，妳就直說吧！只要我辦得到，一定會幫妳。」

她把兩支白手套在腿上捏緊：「我和妳有同樣的病症。」

「戀童癖？」說完我就後悔了，根本是不打自招。

「完全不是。」她鄭重地否認，沒必要這麼嚴肅吧？「是關於婦女病。」雖然我把「喜歡小男生」歸在中年婦女寂寞心房的病症裡，但也明白蔡夫人指的是什麼。唉唉，她也不能生，和我一樣紅顏多舛。

「投醫無效之後，我們轉向民俗偏方。十年前，我和丈夫去向神子求子，回來後懷了一對雙胞胎。」

十年前啊，那時小七被綁在公墓沒多久，要是當時他們夫婦倆能收養年幼失母的七仙，我家兔子就不會吃上那麼多苦頭了。

「自從神子被揭發是神棍後，我和丈夫就不再去那裡參拜了。之後輾轉信奉了不少宗教，但我們的孩子還是越來越虛弱。」

可能是年紀大了，大風大浪走過來的我，現在也開始害怕聽到白髮人送黑髮人的事情。

「雖然照某大師的話，把孩子送到國外，但還是沒了，我們都沒來得及見她們最後一眼。我先生很難過，回家後總是播放他與孩子嬉鬧的影片，假裝寶寶們還在家裡。我甚至想在婚姻之外，由他或我再去弄個小孩回來，但是他不要，我也生不出來。」

想勸勸蔡夫人別那麼執著，但想要抱著小寶寶用鼻子磨蹭，看孩子眉宇之間與自己同在的笑意卻求之不可得的心情，我也能明白幾分。

「『那些人』趁我丈夫心傷，誘他到深淵去。」蔡夫人原本的氣質，開始出現裂痕，就在她正對面的我，立刻察覺到不對勁。「我曾經訴諸法律，請求專家協助，但外子仍舊耽溺在信仰帶給他的癮頭上，因爲瘋狂而忘卻現實的痛苦。他們的勢力比我想像中還要驚人，我甚至被冠上精神病的罪名，被迫離婚！」

我欲言又止：「大家都知道你們夫妻感情很好。」

「我不甘心，他們把成嘉毀了，把他身爲人的好全都剝奪了。」蔡夫人抓著膝上的白裙，靠著長久磨練下來的修養，克制自己動怒。

我幾乎猜得到她下一句的怨言會是什麼。

「追根究柢，都是神子的錯！」

我的笑聲帶著爲小七不平的酸意：「妳寧願這輩子從來沒有過小孩？也不錯呀，和老公恩愛一世。」

她痛苦地搖著頭：「我不是這個意思，並非如此，那是我一生中最幸福的時候。我想要維持生前的理智，但很困難，請妳諒解。」

我剛才也爲了小兔子亂發脾氣，彼此彼此。

「蓉太太，妳想求神子什麼事？」

因爲我愛炫耀的性格，全公司都知道我去年收養了一枚心肝寶貝，白髮異瞳，在他還是隻嬌弱幼兔的時候，曾經改寫過台灣廟宇的信徒分布。不過現在人家遇到小七，通常只會問他母親是不是萬隴企業那個神經病女祕書，或是他哥哥是不是大學校園排行第一的帥氣美男子，不再糾纏他不堪的過去。

她就是得知小七正住在我家養肥，才夜半來公司敲門。

「林小姐，能不能請他救救我丈夫？我現在已經沒辦法挽回成嘉了……」

白帽揚起，應該是美人淚流滿面的五官，但我什麼也看不見，空的一片。蔡太太真正的「人」並不在這裡，和我傾訴悲痛的白裙女子，不是陽世存在的東西。

這時，陳妹妹端著托盤進來。

「之萍姊，我泡了咖啡……啊、啊——！」

托盤摔下，隨後是杯子碎裂的聲音，陳妹妹叫得花容失色，對面沙發轉眼間只剩一襲白裙白帽、一雙手套和我的西裝外套。

蔡夫人就這麼消失了。

□

在全公司男人奔來安慰陳妹妹的時候，我打電話給管區警察報案，也給蔡董事撥了電話，可惜沒通。

當警察先生過來，見到我這個當事者，不但不怎麼意外，還想數落一下本大嬸招惹麻煩的功力。當他們調閱監視器，確認眞有白影從大樓門口一路飄進我們公司時，也只會發出「哦哦，果然又是這個」等無謂的驚歎，然後確認白影的裝扮和遺留在會客室的衣物相同。

「林小姐，妳不是常自誇兒子是神仙轉世，叫他過來驅個邪吧？」負責案件的管區，用牙線棒翻著記事冊，又把牙線棒塞回耳後。

「不行吶，每次他開壇作法，我就會想把他抱上壇桌擺著，我小兒子就是一副供品麻糬的模樣，太可愛了。」我爲難地說。

等管區調查完放人，我給了公司那群小嘍囉們一筆宵夜費，叫他們去熱炒店吃香喝辣，把這件事混酒吞到肚子裡，還答應明天幫他們打卡，午休前進公司就好。

我一個人在會客室裡發呆了一會兒，才關門下樓。想想這時間應該叫車回家，可是剛出了那種事，又想吹點風，讓腦袋冷靜冷靜。

等我走出大樓，卻在大樓廣場望見那抹白；映著街燈，那雙異色眼眸就像鍍上一層金箔，熠熠動人。當他轉過身正眼對向我，這一瞬間，我眞想拔腿過去撲倒他，但最後只是站在原地，一股勁地傻笑。

「小七，怎麼來了？」

我家兔子直賞母親兩個白眼，然後輕盈地躍到我身前。

「除了來接妳，我大半夜出來吹風，還會有別的原因嗎？」七仙穿著學校的黑色橫釦厚外套，帽沿托著那張白淨的臉，更顯得他容貌清秀。

「呵呵，寶貝好孝順。」

我伸手把他拉進臂彎裡，半抱著不放。夜闌人靜的此刻，他只反抗兩下，就由著我搓揉已經洗香香過的兔子軟毛。

「大姊，大哥查勤卻沒人理他，說妳公司一定有狀況。」

不愧是神機妙算大帥哥，老王就曾經恨恨地咬牙指證過阿夕，十歲就會撥打公司主機，威脅胖子放開他老母。先不論因此失去的人身自由，有家人關心眞是太好了。

「阿夕王子和他的黑色神駒呢？」

「秋末公演快到了，今夕哥要團練，熊仔也在他那邊，大哥是眞的很忙……」

學著文藝片，我的食指抵上小七的唇，微笑搖首，不用說了，林今夕早八百年就報備過，媽媽都明白。

「今夕要你來接我？」

七仙連眨兩下眼，看樣子不是阿夕的主意，是他擔心媽媽，特地跑這一趟。

「別問了，走啦！」他拉著我的手，急急邁開腳步，想藉此掩飾紅了半邊的奈米薄臉皮。

我很享受與寶貝么子的夜間散步，但也不免疑惑。從小七步鞋上的泥，推斷他是步行過來的，這麼冷的天，他有內建傳送機竟然不用，兔子老母覺得有些奇怪。雖然喜歡被他這麼牽著指尖，但我一向有話直問。

「兔兔，不跳回去嗎？媽媽可以給你公主抱，反過來也行。」

小七含糊其詞：「最近不太順。」

哦？是那個來還是排便的問題？公兔子照理說不會有前者的困擾，小七又不挑食，纖維素和水果攝取充足，健康寶寶一枚，他在廁所從來不超過十分鐘。

「和妳想的絕對不是同一回事。我近來常被空間拒於門外，上次美術課畫板太大，還麻煩今夕哥載我回家。」

媽媽知道，小草有跟美麗溫柔的林阿姨說。那天，阿夕爲了某種原因，在學生會大發雷霆，嚇到抱著大畫板來找他的嬌小弟弟。看小七這樣，他又不能吼他自己走路回去；叫他坐計程車，阿夕的主婦心態又覺得浪費錢。於是，大兒子要格致顧好熊寶貝，抓著小七弟弟離開，但是沒有回家，而是飆車到郊外山區。那天我要加班，阿夕破罐子破摔，乾脆不煮飯，還半強迫地把能讓他避免見鬼的小七，一起帶到山上的小草坡吹風。

「月黑風高殺人夜，說吧說吧，阿夕還對你做了什麼？」

「吼，大姊，眞不知道妳腦袋裡裝啥貨！他在家裡沒見到妳這個人，就會特別煩躁，妳不體諒他，回來只會喊：『兔兔，來給媽媽抱！』把今夕哥晾著，妳這個老母眞是渾蛋。」

我哈哈大笑：「媽媽有難言之隱，請諒解人家。」

七仙略垂下眼：「大哥和妳，有事都不找我商量，我們不是一家人嗎？」

「你有看過我和阿夕找熊寶貝討論家國大事嗎？」

「熊仔只是囝仔，跟他說那個做什麼？」

「同理可證，我們不是把你當外人，而是幼兔乖乖吃草就好。」

「跟妳認識是我兩輩子最衰小的代誌！」兔子被我逗得發火，但即使他氣得蹦蹦跳，也沒有放開我的手。

「可是你最喜歡媽媽了吧？」打鐵趁熱，才能捂熟我家小寶貝。

「這就是我沒辦法帶妳穿梭空間的原因。」小七間接承認我的甜蜜宣言，神情憂慮。「之前妳受傷時，也是因爲太難過，沒辦法第一時間帶妳去醫院，太在意、太執著都不是好事。」

「我不可能不愛你，你太愛我又不行，怎麼才算好事？」三更半夜在無人的大街上論道，看來我養小孩的方法還眞有點特別。

「師父知道我的軟處，臨終前教我……」小七低頭安靜一會，鬆開我倆牽著的手。笨兔子，養那麼久，怎麼都沒學到我傲人的聰明慧黠？害我看得心頭揪。

我阿奶紅顏薄命，死的時候還是朵花。離世前嘮嘮叨叨要兒女媳婦不准哭，不過聽說伯姑小叔，從大的到小的，一個比一個哭得還慘。承諾這種東西，本來就應一套做一套，只是小七乖到不行，努力想守著師門對他的期望。

我重新把他的小兔爪撈回來：「知道了，媽媽不要握太緊就是了。」

小七仰頭看我，兩眼濕潤濕潤的。唉唉，好想犯罪……不，好想好好疼愛他。

「是沙子跑進眼睛……」

「媽媽明白，沒關係。」我遞過面紙。

小七全力擤著鼻子，掩飾惹人憐的失態。

「大姊，妳身上有怪味，是不是又碰上什麼？」

沒想到除了食用家兔，小七還身兼獵犬的功能。

「該怎麼說，應該算是第三類接觸吧？」

我和七仙細說起蔡夫人鳴鼓申冤的事。他聽得神色黯然，認爲悲劇的開端肇因於他。

「那時墓地新葬了兩個孩子，是無主墳，才四、五歲，十年陽壽未盡。那對夫妻一來就『看見』他們，算是有緣。都是我想得不夠周到，王爺公也說我不該這麼做，但是那對夫妻帶走他們的時候，孩子跑來跟我道別，說：『七哥哥，我們有新家了！』看他們笑得那麼開心，我以為這個錯我擔得下來。」

兔子，你知不知道，你完全是你家王爺公乾爹的翻版啊！幹傻事有七成像。

「小七，蔡家把雙胞胎寵翻天，讓他們過了很美好的一生。」

「我成全了鬼，卻害到陽世的人。那對夫妻因此折了福祿，得子是禍非福。丈夫因為喪女變得瘋狂，而妻子……依妳沾上的陰氣來看，她應該已經遭遇不測。」

雖然隱約猜到結果，我還是忍不住嘆息，為蔡夫人哀慟。

小七又說：「她沒辦法靠近我，所以找上妳，害妳受驚了，對不起。」

「真是的，下次再跟媽媽道歉，我就要打你的小屁屁了，知道嗎？」

冬天快到了，所以兔子更容易陷入憂鬱的泥沼裡。大兒子計較我不夠愛他，小兒子擔心我放太多愛下去，我心頭那座育兒天平，總得為了他們時時校正。

這樣一來一往，我只得把裹在袖口的那隻手抓得更緊，回到一開頭的模式。

「而且，她這麼做也不合規矩，恐怕難逃陰間責罰。」

「怎麼說？」

「她是陰魂，卻找我申冤，好比病急亂投醫，我幫她反而會讓她身陷險境。以前我在公墓，主事者是王爺公，所以亡魂可以透過我這個義子向他問事。不明事理的人以為我也能管鬼，但我的名籍在天上，不能隨便插手陰間事，不然後果不堪設想。」

「有多糟糕？」

「兩界大戰。」小七沉重地說道。

確實傷腦筋啊……

餓肚子沒法想出好辦法，我牽著兒子，拐進小巷內只有內行人知道的鵝肉小吃店，叫湯叫麵叫小菜。智者道：不管是雞鴨豬羊兔子，都是養肥了再殺。

我們和他人併桌，這個時間，多半是道上兄弟和夜玫瑰出沒，小七和我坐在一塊，就特別顯眼。我和同桌的大哥閒聊了幾句，得知他綽號「大寶」，要帶人去辦事，先來這裡打牙祭。他還有個孩子，跟小七差不多大，叛逆有剩，怎麼打都沒用。

「我害死她媽，她恨不得我去死。」大寶哥咬著菸，表情無謂，但那臉怎麼看怎麼糾結。

「可你們父女也不能一直勒死結。」

「我什麼都試過，嘸效啦。有時候我想想，也想宰了自己，報應啦。」

我叫了聲小口吃麵的兔子：「小七，你會原諒拋棄你的生父嗎？」

大寶哥和他的弟兄，眼神往我們母子逡巡了一遍，著實露出憐憫的意味。

「給我知道是誰，我一定先揍扁那渾蛋。」七仙如是說，他的師門似乎容許打老爸。

「不過，他要是眞心想彌補拋棄我們母子的過錯，或許需要一段時間，我還是會認他。」

大寶哥抖了抖菸灰：「太太，妳小孩很會爲別人想，教得不錯。」

「他怕我出事，今天還特地來接我回家。人家都是爸媽接小孩，我是得了小孩的寵，運氣很好。」能炫耀的時候，我從來不省口水。「你家千金再大一點，也會去想，這個家也只剩下你和她了。因爲是你理虧，所以你得負責等待，要留回頭的機會給她。」

大寶哥不說話，坐了一會兒，就領著好兄弟起身；離開前，叫住了小七。

「小子，你爸丟了你多少年？」

「十七年，從我出生就不見人影。」

「你眞的還能當他是父親？」

「誰能無過？他改，我就不計較。」小七即使嚼著滷蛋，臉上依然透著平和人心的光輝。

小七這個世間大特例，著實撫平了黑道大哥的眉頭，讓人相信無論過去有多晦暗，還是有自新的機會。

像這樣一個好孩子，照理說應該百般得人疼，但事實上卻有人能夠毫不留情地把他踐踏在腳下。這種有心之過，我只希望那個傷害他的大壞蛋，在地獄被炸了又炸，拜託別再放出來危害人間。

不過，孰對孰錯，不是我說了算。世間自有論斷，而如果人世律法足夠完善，就不會有那麼多憾恨被帶到黃泉之下。

圓桌只剩我和小七，老闆過來叫我們盡量點，因爲剛才那群道上兄弟多塞了一千塊給他，說要請我們母子倆。

「大姊，今夕哥說妳常用這招吃免錢飯。」小七有些過意不去。

「說什麼傻話，這叫廣結善緣。」我面不改色地叫上半隻鵝肉切盤。

回到我們吃飯前的主題，蔡夫人的冤屈在規矩之前，就被擋了下來，該怎麼辦才好？

「小七，沒有漏洞可以鑽嗎？」

「大姊，不要理所當然地展現妳無恥的一面。」小七呼口長息，看來是有別的門道，而且他也不可能不管對方想盡辦法呈到他面前的訴願。「一個是由家屬這方重新提出死者的遺願，人共屬陰陽，委託比較沒有限制；另一個就是由冥世的官府正式授權我管事，可是憑現在上下兩界的關係，這不太可能。亡魂有冤，應該是到公堂上告陰狀，只是現代司法和類比古代的陰間，差距太多，妳也說那位夫人拜過各種神教，對冥土的概念全部混淆在一塊了。」

就我這個凡婦俗女來說，從活人下手比較容易，但要是眞有機會把蔡董事拗回來，那與他最親密的蔡夫人，生前早就戰勝邪惡，奪回老公了。

「小七，我不能幫蓉太太申冤嗎？」

「妳現在就在幫她了。說完這件事，回家睡大覺，就再也與妳無關。」

「嗚嗚，兔子你好無情，媽媽也想幫忙。」

七仙還是低頭咬著麵條，沒像我預期那樣的發發小火，叫媽媽滾遠一點。

我把板凳挪過去，蹭蹭他的肩膀，最後無賴地趴在他背上，看小七能忍耐多久。

他深呼吸了好幾次，竟然真把火氣給壓了下來，無視於我和旁觀的客人，自顧自地吃喝喝。沒想到兔子被阿夕帶個幾天，原本的蠢蠢可愛就少了幾分，媽媽好傷心。

人算不如天算，我本來想逼小七就範，結果一個不慎，竟然趴到睡著，被小兒子從小吃店千里迢迢地揹回家。

「都被陰氣沖到了，要是我沒過來，死在哪個巷口攏嘸知。」七仙挪好我因為過冬豐滿了一圈的大腿，繼續前行。

我嘴上嘖嘖兩聲，像是在讚許剛才鵝肉的美味。有小七在，真是太好了。

「不能再讓妳遇到危險，不可以。」小七喃喃著，聲音很輕，但極為堅定。

早知道我家會因此鬧得天翻地覆，讓阿夕和小七正式槓上，我這個老母真是後悔天後悔地啊，實在不該接下這樁引爆全家的陰狀子。

□

回到家，恍惚中聽見大小兒子的交談聲，他們嚴肅地討論到底要把陰氣吸走，還是加陽氣下去中和，而動彈不得的我，手邊觸及毛茸茸的熊掌，熊寶貝那小傢伙正和媽咪撒嬌呢！我用眼角瞥去，卻見到穿著熊布偶裝的小寶寶，眼睛好圓好黑。

頓時，林太太不管三七二十一，心花朵朵開，是真人版的小熊啊！我喜歡孩子的程度和年紀成反比，好想放肆地搓揉熊寶貝飽滿的臉頰肉。我朝寶寶用力眨眼，小熊意會到媽咪的意思，努力爬上沙發，整隻窩到我胸頸處，林之萍死而無憾。

我咬牙抬起如鉛重的手臂，把孩子用力攬進懷中。這世上，誰也不能阻止我抱小孩。

我輕拍著小熊的腦袋瓜，哄他入睡。他的小嘴巴吸了吸，我似乎聽見來自遠方回聲的軟音：

「馬麻……」

要是剛才見到小熊真身是黑暗中的閃光彈，他這麼一叫，則是逼近宇宙大霹靂。母親之神啊，林之萍感謝您賜給我那麼多可愛的小孩，相信您明白這是一種發自內心的喜愛，而非戀童什麼的，今後也請您多多指教囉！

我激動地抱緊小寶貝，忘記沙發狹小的空間，忘情一滾，就重重摔下地板，我那歷經風霜的腰板終於受不了，透過我的喉嚨「唉呀」了好大一聲。

轉眼間，熊寶貝又變回熊布偶。我不甘貼著二兒子的棉花腦袋，嗚嗚幾聲哀悼。

「小傢伙，有沒有摔到？」林今夕趕來抱起小熊，小熊只是揮手，要阿夕抱著睡。

「媽，妳還好嗎？」

關心的順位被排在後面，我悲憤地搖搖頭，表現出母親的寬容。

我單手撐起，疲乏感猛然襲來，低身乾嘔不止。

「大姊！」小七扶起我的肩膀，我虛弱地喘著氣，然後就撲了過去，抱著他在客廳地板上打滾。

「七七兔！」弟債兄還，沒玩夠熊寶貝眞身的遺憾，只能從兔子身上討回來。

不得不說，年輕的肉體眞是太滋潤人心了。

「小七，平均每兩天上當一次，這就是天上的水準嗎？」阿夕推了下眼鏡，小七窘困地憋著臉，然後盛怒地瞪向我。

「兔子，媽媽沒事，你看我玩過你之後，不是好多了嗎？」堅韌的母性和垂涎小男生的獸慾，不會隨便被陰魂輕易擊倒。

七仙扒著劉海，大概從近一年前遇見我的那天，就開始悔恨他的人生吧。

等我眞的能好端端地坐在沙發上，品嚐大兒子煲好的熱湯，已經是黎明前最黑的清晨，兩個兒子都掛著一臉倦容，我則是因爲昏睡過一陣，顯得精神奕奕。

「大寶二寶，不用擔心爲母，媽媽我可是山村長大的孩子，有『小萍猴』之稱的國寶級動物，就算世界毀滅，我也不會絕種的。」二寶則在房間裡睡睡去了。

「媽，我想開個家庭會議。」阿夕溫和地請求，我這麼開明的母親當然是一口應下。

「那麼，贊成小七用法術強制剝奪媽與靈異任何接觸機會的人，請舉手。」

二對一，我慘烈落敗。

「白派主張公平。」小七低聲說道，我還以爲他要幫媽媽爭取一點福利。「大姊，我會連妳莫名見神的強氣運都一起塞住。」

「很好。」阿夕頷首。

「夕夕、咕唧兔，你們是不是一時忘了誰是養你們的老母啊？」我微笑，奈何他們兩雙各具特色的眼，只冷冷地盯著我。「我和對方認識，於情於理，我都該成爲偵探去調查一番，林林七事務所的宗旨不就是愛人愛國嗎？」

「妳就不能認眞接納我們的意見嗎？」七仙瞪來，我也瞪去，媽媽全身上下明明每根毛都很認眞，而且事務所還用他來命名。

「媽，妳被鬼纏上幾次？」

我扳起手指，被無主鬼魂集體報復的邪惡廟公、小糖果綁票案裡老算命仔的小鬼，加上幽怨的蔡夫人，總共也才三次。比起阿夕，這根本算不上蒜末。

「每次都和誰有關？」

我打了記冷顫。以前阿夕被鬼追，我都在旁邊磕頭拜託鬼大爺高抬貴手，鬼大爺也看不上區區職業婦女；然而這三次撞鬼，皆與小七脫不了關係。

小七低下頭，神情無比自責。養不肥又養不快樂，世上最難飼育的寵物莫過於神仙兔子。

「妳再插手這案子，我就把妳最心愛的小毛兔子扔出家門！」阿夕陰狠地說道。爲什麼長那麼帥又賢慧過人，卻是個反派呢？

「其實我現在……」小七還沒說完離家出走宣言，我就大吼打斷他的話。

「好，媽媽給你們封印、當醬菜壓、不亂跑！」

我犧牲那麼大，日後必定從小七身上討回來。

小七手掌重重地往我額心一拍，我這個凡人也只能含淚不省人事了。

□

眼睛睜開，發現有隻小白兔酣眠窩在我懷中，這時正常人應該採取何種舉動呢？

一、溫柔地喚醒他。

二、吃了他。

三、一口吃了他。

怎麼辦？一大早就呷這麼好，以後會不會嚥不下任何粗飯？

「媽。」低沉的磁嗓從我背後響起，咦咦，怎麼大兒子也在？

原來他們口中的陰陽調和法，就是大帥哥和小兔子抱著媽咪一起睡睡。前胸小七靠著，後背交給阿夕，而我正全力以赴地享受這般甜蜜的早晨。

「起來，我還得準備早餐和便當。」阿夕收回他的臂彎，而我的手好像不小心黏在小七背上，還被莫名的磁力吸引往下探去。「媽，妳還不覺得自己給他惹來多大的麻煩？」

我趕緊轉頭陪笑，他那雙唇抿得很深，看來阿夕眞的不高興了。

「我一直在縱容妳扯他後腿，並不是爲了讓妳更進一步慫恿他與冥世作對。」

阿夕說得可怕，但同時間小七卻因爲尋找熱源，腦袋往我臂下一蹭，害我癢得直笑出來。

於是，林今夕的表情更嚇人了。

「唉，陛下，請聽哀家一言。」我抬手學清朝人甩了甩空氣巾帕。「媽媽雖然糊塗過活，但也教了你不少東西。有些身爲林家人的原則，你總不能因爲換了立場就隨意拋開。我曾經被眞愛矇蔽雙目，違背本心做了林之萍這個人不該做的事，到今天想到還是會後悔。蓉太太透過我找小七，我原本也想瞞著七仙，我眞的不想再看到這孩子傷心了。但是那悲傷的女子孤苦伶仃的，失去孩子失去丈夫，既然找上我，我怎麼能坐視不管？以蒼生爲己任的小七也是啊！今夕，會讓你這麼偏執的原因，不就是因爲蔡夫人是縷幽魂嗎？」

阿夕絲毫不爲所動，他以後到談判桌上，一定能後浪推倒我這個前浪的。

「媽，我不會被妳的話術拐離問題軸心，從她找上妳開始就是錯的，就算她可憐，也還是錯得離譜。總之，小七負責監視妳，然後你們兩個給我滾離這個案子，能有多遠就有多遠。」

說那麼多，還不是擔心我和傻兔子？

我舉拳鑽了鑽阿夕胸口，笑稱他眞是個小悶騷男，沒想到被血淋淋地折手臂。

「媽，不要拿不到百分之十的成分來含糊我的警告。」

「阿夕，其實我拐那麼多彎，只是想多抱你們一會兒，這樣你也可以像剛才那樣，多偷蹭媽咪兩天沒洗的頭髮幾下。」

林今夕立刻坐起身，把睡得有點脫落的底褲和外褲一口氣拉好，長腿直奔爐灶，廚娘上工。

哼哼，大魔王又如何，還不是栽在林之萍塗裝甚厚的臉皮之下？自從小七來了，阿夕總會不自覺地和弟弟爭寵，只有這種時候我才看得到他未成熟的一面。

小七還在睡，我戳戳他的小臉蛋，還是沒醒，直到阿夕端出香氣四溢的油蔥粿，七仙才揉著眼，起床吃飯。

我收起折疊床墊，看著上頭殘留的長髮、短髮和白髮纏在一塊，有點捨不得清理。我從小就到處跟爺爺伯姑叔蹭床，後來好不容易才習慣一個人入睡，所謂由奢入儉難，我唉唉嘆息，要是以後單人床上的抱枕不再能滿足我，豈不是只能天天夜襲小兒子的房間？

我整理好地板和思緒，坐上餐桌，發現七仙拿著筷子度估，白色睫毛一動一搧，嘴巴還以爲自己咬著美味的粿食，發出微小的咀嚼聲。

「小七，不好吃嗎？」阿夕探問道。

七仙驚醒，急忙大口扒光碗中的食物。

阿夕摸摸小七的額頭，沒發燒，納悶一向頭好壯壯的兔子，怎麼會精神不濟至此，然後望向也很擔心幼子的母親，斗膽質疑我是否幹了採陽補陰的惡毒事。

欲加之罪何患無詞，但我合理推測小七睡眠不足，和我神清氣爽迎接新的一天，有著直接而密切的關係。

可惜因爲小七頭髮又掉色，阿夕忙著染黑毛，沒多少時間追究兔子，就得目送他被阿夕載去高中放牧。他在機車上還一盹一盹的，被阿夕連著拍醒。

我也躂躂踏著高跟鞋上班，悠哉悠哉，夠我去想許多昨晚未竟的難題。等我到達理應沒半個人在的公司時，胖子竟然出現了。

他明明陪總經理老大應酬整晚，爲什麼還是來了！

「嗨，胖董！」先打哈哈過去再說。

「昨晚公司出了什麼亂子？」包大人掛著兩記黑輪問道。

我重重地雙手合掌：「對了！上個禮拜你和小晶晶的相親之會如何？」

「蔡夫人今天火化。」

「你是怎麼說服蘇伯母把他兒子交給你的？給我參考看看吧！」

「她入殮的衣物怎麼會掉在公司會客室？」

「唉，小男生和細框眼鏡，我發現你和我的喜好眞是越來越一個樣，這就是人家說的夫妻相嗎？」

「林之萍，妳再跟我雞同鴨講，我就把那些自行放假的渾球們記曠職，附帶上班打混的懲處！」

他拿可愛的部屬們威脅我，我無法度，只好把昨晚的事一五一十地向老王托出。

老王的心情一定比我複雜，他和蔡董事不算陌生，是在國外唸書時相識的同鄉，說不定蘇老師也認識。我們這輩婚姻不幸的例子一堆，唯有蔡家是眞正的伉儷情深，卻支離破碎畫下慘烈的結局。

老王說：「蔡成嘉很早以前就瘋了，我就是在他喪子喪志的時候，從他手中拿下公司股份。」

「我明白老大想拚過董事長的持股比例，但你也應該勸勸他，不要以後老了只能靠安眠藥度日。」

「林之萍，妳知道有多少人嫉妒那對形影不離的夫妻？」

「不知道，至少我從沒詛咒過他們天人永隔。」我有點生氣，畢竟孩子大了，地位高了，不需要太忍耐。

老王想要爭辯，說我太天眞，本來那對夫妻就羨煞一片孤人，還好有個不孕的缺陷可以攻擊，偏偏上天卻恩賜給他們一對伶俐可愛的雙生子，頓時那個家圓滿得教人痛恨。

「志偉，眼紅也是老大的事，你何必髒了自己的手？」

王祕書不懂我最近怎麼會對總經理雞掰起來，要不是龐世傑點醒我，我還眞沒去細想親生子和乾兒子有什麼不同。我聽爺爺說過那麼多忠臣傳，那種身先士卒、爲皇帝老子肝膽塗地的大功臣，下場都不太好。如果老王是爲了自己的志向抱負去殺人放火也就算了，個人造業個人擔，然而，他常常昏了頭地把總經理放在第一位，什麼爛攤子都搶著收拾，深怕漏掉總經理一句不經心的讚許。

他老愛罵我蠢，其實自己才是大笨蛋。

「我們就連無法拒絕外貌慈愛的老男人這點，也像個半死，你眞的和林家牧場沒有關係嗎？」

「妳爲什麼要轉回上一個早該扔掉的話題？」

因爲我實在捨不得責備你呀，胖子。

「沉重的公事先放一邊，王大爺，你能不能替無法瞑目的蔡夫人想想辦法？」

自行放假的時間還沒過，我想先來泡茶請求老王神人指點一二。

「阿晶已經探到風聲，我下午休息，要載他到殯儀館參加公祭。」老王再也沒法掩飾精疲力盡的虛脫感，這件事再加上一個當初不得不出面、爲蔡家夫妻向神子求子的蘇老師／鄭王爺，他身邊的人就全成了案件關係者。

「我想到一個好主意，親愛的。」

「不准。」

竟然不給妾身表明心跡，老爺您好狠的心。我不管他，繼續耍賴下去。

「下午我也想請假去見蔡夫人一面，可不可以？」上班時間偷跑，料想兒子們也無法掌控我的確切行蹤。

「當然不行。」和兔子一樣，睡眠不足的老王殺傷力好低。「去算算妳這一年被抬進醫院多少次。妳湊巧得了神通廣大的世外仙人，看他盡情懲奸除惡，就以爲自己無所不能了嗎？」

正義使者中，能有幾對母子檔？老王這個保守派根本不了解我的理想，雖然我的理想帶有生命危險。

「我只是想去找蔡董事，兔兔已經給我畫好護身符，我不會再被壞東西沖到了。套出私密的內情，你一向不如我，但你現在想突破盲點，也只能從蔡董事本人下手，對吧？」

我明媚地笑道，老王無力地扁了我一記腦袋瓜。

簡訊臨時通知：今天胖子和兔子老母幽會去，公司放牛吃草啦，小子們！

□

老王大概不曉得該怎麼面對喪妻的故人，或者銅牆鐵壁的理智多少受到熬夜影響，竟然眞的把我載去殯儀館。

他臉色糟得像隔夜的發糕，徹底無視我亂翻他車頭小櫃的行徑。我實在無聊，用鼻子嗅起了過去從未存在於車內的廉價香味，嗅到後來嗅回胖子身上，眼中精光一閃。

「司機包，你西裝能不能借我放個屁？」

「吃屎去！」

失敗並不可恥，而是要記取教訓，再接再厲。

「志偉，我有點冷。」我縮起身子，低頭搓了搓手。到下一個紅燈，老王就把他的外套脫下，蓋到我的絲襪大腿上。

有個故事叫「北風與太陽」，我比太陽還強，寒流來了都能讓胖子脫下作爲關鍵證物的衣物。

我從西裝內口袋抽出玫瑰紅名片，上面寫著「小莉」；把名片對著車窗，反覆檢查十來次。

她應該是個不太受歡迎的酒店小姐，名片有些褪色，指甲油也用便宜貨，名片紙上還有殘留的碎屑。推斷這位酒店小姐的年紀在三十歲以上，因爲年輕妹妹不會取「小莉」當藝名，她還有個學齡前的孩子，在母親工作的名片上歪曲畫了一隻高跟鞋。

「林之萍。」

「嗯啊，不知道蔡董事會不會來公祭？」我擱下名片，想了想，又收回到老王西裝裡。

「祕書大人，其實人家也有駕照，你老人家徹夜未眠，要不要換個手給我開？」

「不要，我還不想死。」老王完全否定我這個人道路安全駕駛的能力。「之萍，那個，妳不要放在心上。」

我有一股大笑的衝動，不過還是勉強維持住小家碧玉的姿態，再次把名片拿出來撕了，往車外撒去，任憑紙花飛舞，反正被罰錢也是記在老王帳上。

「欸，燜燒蹄膀，咱們的辦公室戀情眞的開始了嗎？」要是每天眼睜睜地與小孩分別，不是爲了賺錢養家，而是背著兒子和胖子幽會，我至少會增加六成的工作動機。

老王像個憂鬱小生，放不開給美麗的我來記啾啾。

「阿晶和妳那個妖孽大兒子怎麼辦？」

「小晶晶當然是跟著你來做妾，每天就由我幫他摘下那誘人的細框眼鏡。」我眞是太英明了，端起下巴再處理另一個阻礙，「至於阿夕……阿夕呀，大概會放火燒了全家吧？」

可嘆的是，只要一想到今夕難過的樣子，我說不定會自動去加滿整桶油，讓他燒得開心。

老王恨恨地瞪著我，他是認眞煩惱著親愛的小學弟該怎麼辦，而我卻胡謅一堆沒建設性的垃圾。

我們到了小七放牧的高中，蘇老師已經等在門口。

平平是西裝，穿在上班族身上和穿在老師身上就是不一樣，不少到臨近小學接送小朋友的少婦們，都在高中前放慢車速，欣賞難得出來拋頭露面的斯文老師。然而看仔細了，又不免遺憾，原來他右腿不方便，撐著原木色澤的手杖。

車子才停穩，我就迫不及待地下車。蘇老師訝異怎麼會有我這個麻煩精，又看向臭臉的王胖子。

我有點想看兔子，但小七有愛弟便當，媽媽沒有。肚子餓得咕嚕叫，趕緊拉著蘇老師往後車座，甜甜蜜蜜地一起坐下。子曰：三人行，必有老師焉，擇其善者吃午飯。

「之萍小姐，妳別學明朝扶我，胸部……」蘇老師有些慌亂地說道，再次看向黑臉的王胖子。

「這女人就是見一個愛一個，你千萬別高估她的道德觀。」老王氣憤地發動引擎。我趁他不注意，從後座環住胖子的脖子，黑色轎車差點爆衝撞上附中校門。

別生氣嘛，最愛你了，親親！

「坐、坐好！」老王的吼聲帶著莫名驚恐，光天化日跟他撒嬌有那麼嚇人嗎？

蘇老師在一旁默默地鬆開領釦，臉頰泛紅，應該不是車內暖氣太強的緣故。

這兩個學長、學弟，骨子底都是純情派，不玩弄一下太對不起自己，只恨我沒有姊妹可以聯手包挾。

「之萍小姐，阿偉學長有時脾氣大，但他生氣都是爲了別人著想，眞的是個値得託付的好男人。」蘇老師誠懇地表示。小七的聯絡簿上記錄老師借住在學長家，因爲藏起來的髒內褲和復健單被找到，足足遭學長訓了三個小時話。

「阿晶，閉嘴！」胖子學長徹底惱羞成怒。

時間緊迫，我們在路上買了便當和茶水，一路吃吃喝喝地往殯儀館前進。我又問起相親的事，蘇老師端著雞腿飯苦笑。

「媒人沒說清楚我殘障的事，那位小姐罵我母親是騙子，阿偉學長氣不過與她理論。那位小姐是女性主義者，而學長又仇女，於是兩方激戰。我拿了上學期班上話劇表演的照片給母親殺時間，她很喜歡明朝白雪公主的扮相。」

一說到小七，他的老母和乾爹就有滿天星星的話題好聊。蘇老師眉飛色舞地說起小七以前會自個兒磨好墨，給廟牆被歲月風化的石雕補上五官和襟帶，從小就展現美術天分，學校美術老師甚至不負責地預言小七會成爲名滿國際的大畫家。小兔子已經被那個破廟拖累十多年，他要把七仙失去的全補還給他。

「老師，小七那個算興趣，太積極會嚇到他。」像上次畫畫比賽回來，阿夕連做了三天炸肉排，小七就吃得心驚膽顫。

蘇老師歉然地說道：「那孩子什麼也不敢喜歡，只要他有點意思，我都想給他最好的，實在很抱歉。」

蘇老師不愧是兔子老母最大的勁敵，疼兔子的心意無比強大。

「他被施了法術關在公墓，人來了又走，只有遊魂與他終日爲伍。鬼比起人來太單薄，哀、怨、不知所謂的嘻笑，白仙卻把它們當人看待。久了，它們被他所渡，但他也無可避免地受到鬼的影響。」

直白一點來說，就是大家相處久了，有感情了，對吧？

蘇老師說，當時公墓有一對新葬的雙生子，比小七還小。只要神子一空下來，就黏著他不放，它們不像老鬼貪圖小七的仙氣，只是下意識地尋找身形相仿的同伴。

小七明知人鬼殊途，還是對雙胞胎很好，帶在身邊講道理。他不避嫌地向偶爾來的鬼差詢問什麼時候派人接這兩個孩子去輪迴，卻得到了一個相當漫長的數字。

現世的人一直在增加，不是每個人都有前世今生、有根柢，那對雙生子本來是來不及墮下的生命，出世前就因爲生父生母的意念被除名。出世後輾轉流落各處，因爲身邊還有個相似的伴，可以互相保護，一起討論下一餐該怎麼弄到食物，努力苟活了一段時間。

卻在學會怨懟命運之前，死了。

鄭王爺說，得知他們生前漂泊無家的日子，小七那雙瘦弱的臂膀，緊緊地抱住兩名幼魂，非常難受，即使懷有神祇的力量，也無能爲他們找到棲身處。就像鄭王爺明知七仙被囚禁在這塊陰地，卻礙於規矩，眼睜睜地看著他備受折磨一樣。

蘇老師說到這，略垂下眼。就像管理陰地的他，終究為了七仙的自由，打破紀律，聯合眾鬼殺了小七殘暴的養父；當蔡董事蔡夫人提出懷子的請求，善良的小白仙子明知故犯，只是把兩個孩子叫來，要他們跟著叔叔阿姨離開，一圓他們生前不曾有過的美夢。

「事後朱逸知情，去公會向有心人士兜售白仙犯天條的罪狀。蔡家被那些人找上，不是沒有原因的。」蘇老師沉重地說道。老王從後照鏡瞥來一眼，可見朝夕相處藏不了大祕密。

先不論我是兔子他老母這回事，我實在不懂小七真正犯了什麼罪，不就只是沒照著老天爺和陰曹地府的路子走？可惡的明明是那個神祕黑心組織，坑完錢還把過錯賴在小七身上，絕對不能原諒。

□

告別式會場飄著小雨，天氣不算好，不過就算是盛夏的陽光天，參加葬禮的心還是悶的，看什麼都蒙上層灰。

我家的人因為半年內死到剩下爺孫倆，伯叔小姑爸爸媽媽的公祭索性一起辦了。爺爺抱著病軀，向不怕沾上衰運特來弔唁的各方人士致意，而我大概眼淚都掉光了，只是呆傻地望著來賓，還跟他們說再見。

蔡夫人那邊來的人不多，姊妹姨嬸，都是生前愛她的人，哭得很傷心。夫家只有禮儀社的人撐場面，或許是這幾年察覺到蔡董事的不對勁，都避嫌缺席吧。而直到喪帖上訂的時間過了半個鐘頭，蔡董事才姍姍來遲。

比起我之前的印象，蔡董事從意氣風發的最年輕董事，一口氣老了十歲，頭髮理成七分頭，穿著一身我無法苟同的白色唐衫，目光空洞。左右旁人趕緊把蔡夫人的遺照塞到他手上，他只是機械式地捧著，木然地走進靈堂，好比行屍走肉。

如果只有他一個人，還能把他失常的舉止解釋爲失去妻子的打擊過大，但他身邊卻是跟著個素衣居士，蔡先生走一步，她就挪一步，形影不離。

不只我注意到這對組合，在場來賓都忍不住投以困惑的目光，尤其那名挽單髻的居士，還是個美人胚子。

鰥夫不哭，帶漂亮小姐參加妻子喪禮，怎麼看都有些古怪。與別人不同的是，我從不在背後臆測，直接白目地上前詢問。

「蔡先生，請節哀。」在以這樣的廢話開場後，我從蔡成嘉空洞的眼神中看不見半分哀戚，招呼完就立刻進入正題，「我是成嘉朋友的甜蜜伙伴，這位是哪處的師姊？」

蔡董事還是一尊沒反應的木偶，美貌居士則用眼角瞥向我。除了來自董事長的羞辱，我已經很久沒見識到這麼露骨的敵意。

我微笑地提起「無量」、「禪心」、「明心見性」，居士無動於衷，於是我很快就發現到錯誤，把話題從釋轉回道。

「這出塵的氣質，您一看就是出世之人，不知仙士是公會哪一宗別？」

她那雙深不可測的眸子，總算肯賞臉睜大了一些。看看人家紅鞋小女孩，每次來找我家兔子的碴，都打扮得光鮮亮麗，使壞也帶著殘酷的美。既然身為道姑，就要和尼姑好好區別，不然被俗人誤認，出入燒肉店就不好解釋了。

「貧道姮娥。」她冷冷吐出四個字，連口水也捨不得浪費。

「眞巧，我也是廣寒宮的一員，道號『兔子老母』，幸會幸會。」

姮娥仙士重重地皺起柳眉。哭哭，我就知道自詡月亮娘娘的美人，看不起我們這些搗藥的小毛球。

「成嘉先生。」

我輕聲喊道，蔡董事貌似看向我，可是眼神沒有對焦，我只好再換個叫法。

「成嘉爸爸，你家雙胞胎還好嗎？」

我問完，蔡董事突然笑了，愉悅的笑容和喪禮格格不入。

「兩個小淘氣，看到我拿車鑰匙，就抱住我大腿，不知道耽擱多少工作。可是能陪著她們長大，一切都值得。」蔡董事說得好是溫柔。

光聽他這番沉浸在過去的發言，就知道他那顆心全放在孩子身上，只要奪走他的寶貝，也就等同佔據他整個人。

我們商場表面講求誠信合作，裡子比的是誰最卑鄙無恥，但卑鄙總有底限，像這樣拿人家骨肉當工具，絕對比我們這些見錢眼開的商人還不如。

我再看向姮娥仙士，也用我最欠揍的嘴臉還以顏色。等她額間顯露出青筋，我又回頭料理神智忽明忽滅的蔡董事。

「蔡先生，你最後一次見到你太太是什麼時候？」

「我和光光、亮亮在一起，我太太……」他茫然地喃喃著。

「你忘了嗎？佳蓉也很喜歡小孩呢，就是因為你們夫妻都想要小孩，感受到彼此的渴望，才會那麼希冀孩子。失去小寶貝，她也很傷心。你知道的，身為媽咪，小孩走了，怎麼會不難過？」

蔡董事低啞地問：「佳蓉呢？我好像很久沒看到她了。」

他恍然不知自己身在妻子與世間的告別式中。姮娥仙士猛然掐住蔡董事的右手腕，不一會兒，蔡董事又變回一身空殼。

姮娥仙士面露凶光，我光憑幾句話就破解她的邪咒，讓她顏面無光。如果我是她，想宰掉我這個程咬金，就要趁現在。

「林之萍！」老王低聲吼著，右手用力把我招過來。我以靜制動，乖乖過去待在包青天和王爺公身邊。姮娥仙士一看我還帶了兩位靠山，殺意立刻收起三分。

胖子擰了我手臂一把，我唉唉叫在心裡。他疾言厲色地表示，那個女人不是混飯吃的貨色，警告我別去招惹人家。

禮儀社人員過去請教久未露面的蔡董事一些處理事宜，全是仙姑代表發言，蔡董事有時搭上一句「全聽她的」，大多時候都只像傀儡戲子般地點頭……不對啊，我認識的傀儡娃娃都比他有主見！

姮娥仙姑藉口蔡董事不舒服，兩人要到內室靜坐，把亡妻的家屬晾在一旁。

我目送他們離開會場，忍耐著不衝上去把蔡董事的西裝褲抓下來，讓大伙光明正大地注意光屁屁的他，藉此從仙姑手中搶人。

一直等到胖子扶著蘇老師上香，眼珠子從我這邊鬆開，我才追了上去。

休息室的鐵門關上前，我的一隻高跟鞋及時卡位，接著笑咪咪地拉開門，和姮娥仙姑迎面槓上。有的事大庭廣眾不好問，她既然製造機會給我，那我就不客氣了。

「蔡夫人是『你們』殺的嗎？」

她彎起粉色的唇，笑起來果真比寡婦臉好看，不過我真想給那張漂亮的臉蛋揍上一拳。

「我爺說，道者可惡起來比凡人還可惡。」

「妳不認分。」她呼出一口長息，頓時我被一股芬芳的香氣包圍，「我能斷言，這件事妳根本無能為力。」

「是啊，要是找得到證據，親愛的就不會帶我來了。他以為拿走對蔡家資產算不上幾兩重的股份，就得幫蔡夫人找出凶手。」

她明白我說的是王胖子，竟然也能微笑對得上話。

「凡胎就是被道德的框架關在人世，他要是能放下俗見，定能大有可為。」

「哼哼，山豬是我從十年前就訂下來要火烤兩吃的，想跟我搶，先去打預約電話吧！」

繼續啊，看妳怎麼接我的話尾！

「我們也不願意如此。」她轉移話題，「但在這個混沌世間，犧牲是必然的。」

「妳如果是那個犧牲者，我會為妳的慈悲掬上一把淚。」我毫不客氣地賞仙姑一記中指，凡人就是這麼誠實地面對情感，「國有國法，天有天規。你們害死人，天正看著呢！」

姮娥忍不住大笑，她的神情這才真正活絡起來，更好看了，可惜她卻是個心理變態殺人魔仙姑。

「天？妳知道天是什麼？」她右手兩指撐著閉月之容，朝我傲然問道。可以擋下外太空的輻射線、保持氣溫、散射出光成就蔚藍天空，讀過自然科學的小朋友都不陌生。

「必須仰望的存在。」我照我爺的想法說。姮娥雙眼亮起的瞬間，我還以為她會愛上我。

「所以，我就是天。」

非上蒼卻自以為是神的翩翩大仙，我年輕時曾遇過一名佼佼者，當時還差點被捉去當押寨夫人，多虧初戀情人英雄救美。無論是綁架小糖果的彩色戰隊，還是紅鞋小姑娘，簡而言之，他們都是為求大道卻誤入歧途的聯合自救會成員。

「妳是『天宮』的人吧？」

她笑而不答，答案顯而易見。

我爺對那座象徵仙人最高修為的「天宮」殿堂，評價不高。那些成仙的大道士們，自認矜貴，建立了一座遠離凡間的城市，想打腫臉充神明，但怎麼也無法達到眞正神祇的高度，變得不上不下。他們汲汲營營想要突破尷尬的現狀，用盡各種手段，卻屢屢被人間眞正的有道之士掐住咽喉，連質地最相近的「人」都控制不住。

「我知道妳。」她抿唇一笑，而我的背脊卻沒來由地發涼。

「美人，怎麼突然裝熟？」

「我當初循線查到妳，卻憐妳年幼而放妳一馬。現在想來，是我修為不足，竟殘留婦人之仁。」

看我一臉茫然，姮娥昂起臉，彎起惡意的唇角。

「妳家的人沒告訴妳為何而生？也沒說明白他們為何而死？」

我還笑著，只是因為傻了，絕非掌握世上乾坤，要和仙姑比賽城府深度。

「求道之人應該潔身自愛，他們竟然和陰間打交道，自然該死。」

我以為我早就忘了接到親人死訊那一刻，腦神經完全停擺的感覺，然而她只不過是往我的記憶添了一滴墨，我的腦海便又波濤洶湧。

「住手！」蘇老師疾聲大喊，我才注意到擱在頸邊的月彎小刀。要是他沒及時趕來，恐怕我連自己怎麼死的都不知道。

姮娥看到傷害罪目擊證人，一點也不慌亂，料定蘇老師不敢動她。

「鄭王爺，你本來可以替白仙和冥界周旋，可是如今你有罪在身，根本自身難保，你當初為白仙捨身又有何用處？」

「與失心的你們無話可談，放開她！」蘇老師腳下的影子刷淡了一層，傾身壓下重心，做出拔劍的手勢。「至少陽世的遊魂還得敬我一聲『大人』，只要我夠狠，就能把你們這些惡徒趕出這塊土地！」

蘇老師的復健一直不太樂觀，老王說他的右腿筋骨不斷地惡化，光是站直就痛；我看他右腿正些些抖動著，想必是痛得要死。

麻煩是我自找的，有責任解決這個被挾持的局面。我伸手勾住仙姑的耳畔，把她的頭硬轉了十五度，狠勁吻上，換得她三秒空白時間，成功脫逃到蘇老師那邊。

大學時期和校花同居練習來的技巧，竟在二十年後救了我一命，我回去得記得打越洋電話大大感謝那位當事人，雖然她大概已經把這段友誼當作黑歷史。

我扶住蘇老師的身體右側，請他不要勉強。

「萍夫人，碰到胸……」他欲言又止，大概是看出我臉色不好，並沒有抽回手，還用另一隻手臂拍拍我的肩頭。

我沒事，只是在想如果跪下來求仙姑，是否就可以把早逝的父母還給我。

姮娥拿出手帕，抹乾淨我沾在她唇上的口水，略略瞥了我一眼，然後走進室內，關門。

明明先偷跑來調查的是我，卻把想追上去的蘇老師拉住。

「小晶老師，剛才志偉在，我沒問，你來做什麼？」

蘇老師怔了下，沒想到救下我之後，馬上被過河拆橋。

「我認識蔡成嘉，基於人情，過來探望他。」

我咳了兩聲，再問一次。

「鄭王爺，您來做什麼？」

我來查案，而他卻是爲了殺人滅口，打算把小七幫小鬼托胎成人的過失抹煞掉，免得兔子當上神明後有人拿這把柄要脅他。

立意很好，但不予苟同。

「你們兩個不是死了就沒有了嗎？還想讓我家兔子傷心到什麼地步！」

蘇老師苦澀一笑：「之萍小姐，妳不明白他們有多可怕，明朝最不擅長的就是應付善謀而惡毒的人類。」

「老天爺在看，他們會有報應的。」

我不是自欺欺人，而是陳述事實。上蒼既然把兔子盯得老緊，怎麼會沒發現旁邊小蟲子的小動作。

「我只怕來得太晚。」蘇老師滿臉憂愁，悲觀這點也和我家兔子很像。「之萍小姐，妳不能不提防。他們想動明朝，連帶會把主意打到妳身上。」

我眼皮連顫兩下，心口有些發慌，但嘴上仍然振振有詞地說：兵來將擋，水來土掩！林之萍可是歷練過的女人，就算他們剁了我，兔子仍是我的愛子，絕不會進別人家的鍋裡！

「之萍小姐，妳比我見過的任何人都要來得堅強，但妳終究是人，要是他們不擇手段逼得妳變成蔡成嘉那副德性，白仙可能承受不住。」

蘇老師不愧是老王的嫡傳學弟，把一件事分成好幾個層面分析，舉一反三，從蔡家聯想到林家牧場，直透進我故意裝傻的那層。

「喝啊！你該不會是想拆散我們這對好兔母子吧？」

蘇老師一邊搖頭，一邊伸手把我雙頰鼓起的氣擠出來。即使在這種氣氛下，還是配合著我耍白痴，不愧是咱們林家的兼職守護神。

「白仙絕對受不了失去妳的痛苦。」

這當然，小七還是隻幼兔，沒有媽媽摸摸抱抱，一定會整天哭哭。

突然，碩大的陰影籠罩住我和蘇老師，老王緊繃的臉顯示出他的怨氣，沒想到他的晶晶學弟腳傷了，眼也殘了，像他一樣倒了八輩子楣地看上我。

「是小晶晶散步到這裡，啪答一聲摔得狗吃屎，我才把他扶起來的，你可不要誤會我們小倆口捏！」我趕緊澄清。蘇老師有些哀怨地望向我這個說謊的壞女人。

老王把我推開，逕自走到休息室，不給我們勸阻的時間，敲了兩聲後打開門。門沒鎖，胖子直搗黃龍地走入室內，不料兩個大活人——蔡董事和月亮仙姑，在沒有其他出口的房間裡，竟消失無蹤。

蘇老師本來想追，但被老王捉住了；我想去尿尿，也被老王捉住了，一起被拖回轎車裡，哪裡也不許亂跑。

護送蘇老師回學校的路上，老王語重心長地表示，不管是阿晶小學弟還是哪個誰，他既然答應蘇伯母照顧她放心不下的小兒子，就不會放任他犯蠢。

蘇老師下車前，回了一句經典名言，讓我接下來一路笑話王胖子。

然後老王爲了懲戒我，我加班了。

而我也成功地沒讓最熟悉我的哥兒們擔心林之萍一字半句。

□

下班途中，我才回頭重新思索仙姑的那番話，想從快要便祕的腸子中搜索出過去家人歡樂笑語間的不尋常之處。但就是太尋常了，除了大人們整天在外頭奔波，家裡經濟狀況卻依然在谷底打轉，似乎被貧窮詛咒這點外，和別人家沒有什麼不同。

不過，我經年帶阿夕到各大廟宇收驚，常聽見高人說我的命賤得可以，之所以一身福運，都是靠親人的功德換來，要好好珍惜。

「大姊！」

我猛然回頭，小七氣沖沖地站在我身後，不知跟著我多久，我這才想起清晨他和阿夕決議出來的保護令。

「我從路口就一直喊妳，妳不要邊走路邊發呆，早晚乎車撞成肉餅！」

小七說得對，魂不守舍會造成莫大的損失。我趕緊振作起來，牽著他的小爪子往回走，一直走到兩人本該相遇的街角，重新打上照面。

「兔子！」我飛撲過去，絕不縱放任何一個可以抱抱的機會。

小七氣得吼吼叫，他激動的模樣眞是滿足媽媽的小心肝，不用到外頭拈花惹草，也能精神飽足。

「小七，我跟你說個大祕密。」我神祕兮兮地眨著眼，但七仙卻是一點也不稀罕的樣子，因此我就去拉著他的手搖。

「要說快說！」

「你知道嗎？媽媽來到這個世間，就是爲了和你相遇喔！」

「說什麼……」小七深吸了一口氣，「說什麼屁話！」

我張開雙手，有如蟹螯般地把兔子挾到懷裡；小七碎碎唸了兩聲，也跟著環住我的後背。他閉著眼，努力記憶下好的片段，這樣他以後到天上當大王，閒暇之餘就有可以想媽媽的素材。

車水馬龍嘩啦流過，唯有我與我家兔子，安靜地停留在當下。

我們牽著手回家，小七還說今天我這個妖孽眞安分。我笑而不語。

一進門，小熊寶貝就同手同腳地跑來歡迎媽咪和兔七兄，阿夕則單肘撐頰，外加一桌澎派的飯菜等著我們。

我正拿起筷子相菜，阿夕說：「已經捉到犯人。」

「主詞是？」

「我，與一干手下。」林今夕居高臨下地睥睨我和小七，自然而然地接受我們崇拜的目光。「浪費了我一個下午，小七、媽，記在帳上。」

阿夕大略說起英明的分工，鴿子靠關係去調案件、小草在公會打探小道消息，香菇則是問了下外公過去的兄弟。

「過去的兄弟？」香菇說過，他家之所以篤信佛法，是因爲外公信佛，然後媽媽信佛，爸爸信佛，他也信佛，一家子聚在一起讀經，還能看見屋子隱隱發出聖潔的光芒。

「黑社會老大。總之，買凶殺人有其門路，一條命五十萬。只要調查幾個特定目標，誰近來出手闊綽，再清查他的車輛，車下血跡比對過後，證實車輛持有者是撞死那女人的眞凶。」

我舉手，有異議：「那個叫幫凶，不是眞凶。」

阿夕瞪了我一眼，又回頭注意小七的反應。

甲殺了乙，甲是凶手，無誤。

丙唆使甲殺了乙，法律上，丙難逃其罪。

而且乙知情，陰魂不散地回到陽世控告主謀丙殺人，天知地知，不可能讓丙逃之夭夭。

「大寶，話要全說完，不可以藏尾吊媽媽胃口。」我不難發現林今夕使出因我長年唬爛他而習得的話術技巧，他沒說謊，只是將實話篩選過。

「說完你們就吃不下飯了。」

於是我趕緊埋頭苦吃，小七卻擱著碗筷，深深垂下異色眸子。

警察也不是吃白飯的，當然知道肇事司機受人指使，既然不是意外，案子便往謀殺方向推展開來。蔡夫人生前個性溫順，與人交好，因此嫌疑直接落在另一半身上。

「嫌犯的通訊記錄有她丈夫的手機號碼。蔡成嘉在雙生女死後，把財產全揮霍光，而他妻子身懷巨額保險，今晚新聞就會有『眞相大白』的結果。」

我依稀聽見蔡夫人在耳邊哭著說：請救救成嘉……

「阿夕，確定了嗎？」

「警方宣稱破案，不過有個死胖子替蔡成嘉聘律師。」

王祕書今天下午兩眼布滿血絲，還是趕完所有業務，電話響個不停，總經理專線打來說缺司機，他還叫老大自己叫車，原來是接下蔡董事這個燙手山芋。

雖然說過很多次了，但我姘頭還眞是個義無反顧的好男人。

「爲什麼要對那家人趕盡殺絕？」

小七沉重地問道，聲音帶著不符年歲的滄桑。明明是隻小白兔，就不該有成人的悲嘆。

「留活口很麻煩。」阿夕回話，「你不能理解，但就像殺了妻子——讓你的事暴露出來、讓天界的廢物認爲你不適任、讓你動搖，已經達到他們所要的目的，但僅存的丈夫實在傷腦筋，爲了省事，那就一起消失好了。你不能理解？也沒必要理解。」

「今夕哥，我得還她一個公道。」

「你是聽不懂人話嗎？」阿夕老早就聲明小七不准插手，不是那種犯過後欺負兔子兩下的兄弟情趣，而是命令。

只要小七不越線，他就閉隻眼，這件事到此爲止。

「大哥，我上一世沒有眞正的名字，人們都叫我『白仙』。那時，這塊土地適逢政權交替，官員把這裡當銀子窩，大肆斂財，目無法紀，百姓日子過得很苦。我的道友不准我待在平地聚落，不然師父師兄留給我的田地荒了，會揹上不肖弟子的罪名，可是我回道觀，就算睡了，夢中也是他們求援的聲音。」

我好不容易才解開壞廟公加諸在小七身上的魔咒，讓灰兔子變成原本的白兔子，也表示小七會離之前無家可歸的脆弱美少年之路越來越遠，與他歷練的目標越來越近。

「我不是你的同門師兄，不會爲你犧牲一切。」

「我知道，你已經對我很好了。」

小七跟我說過好幾次，他兩輩子的兄長都很棒。自從遇上阿夕，他已經很久沒憶起當初跳下陰間，那種遍尋不著師兄魂魄的無助感。

阿夕平時享受被小七倚賴的甜蜜果實，就算我快快抗議也不分我一點。但他從來不須要爲誰讓步，也不想被指責僞善，但又忍受不了自己對外人的冷感成爲被疏遠的藉口，所以只能對小七生氣。

林今夕再怎麼抓狂，都是我兒子，可是小七不一樣，被哥哥討厭，對他來說可是天崩地裂。

七仙眼眶有點紅，今夕的呼吸特別重，這種情況必須小心插嘴，才不會把這個冒煙的局面給翻了。

「阿夕，能不能把話說清楚？管閒事有什麼不好？這樣弟弟才能體諒你有多爲難。」

「我不需要他體諒，不准就是不准！」阿夕非要掐斷好好說話的機會。

小七上輩子的蘿蔔窩常說：小七是個很乖的孩子。謹守舊時代的孝悌之道，不會忤逆父兄任何一句。

「大哥，大道不容止步。」七仙聲音在抖，卻堅毅地道出他的理想。做好事不一定能受到表彰，很多時候還得把苦處往肚裡吞，許多堅持一旦放棄，前頭所付出的心力都會像雲煙散去，根本是吃力不討好、賠本的責任制工作。小七不為什麼，就是那顆心長得太好。他可以放棄無與倫比的榮華，卻忍受不了眼睜睜看著弱者被吃食殆盡。

可是，今天阿夕拿來壓他的是這個家，好死不死，這也是我最在乎的東西。

「你非得等到她出事才甘心？」

七仙搖首。說他傻，可他又比別人家小孩還要明白事理。

「我眞的不想把大姊扯進來，可是那兩個孩子與不願丈夫蒙上冤情的妻子，不能因為我的身分而棄之不顧。我這輩子才眞正明白鬼的存在，它們總是過得很苦，比任何人都期望被拯救。我能做的，只是引渡它們往冥土走去，它們要是放不下生前的憾恨，就會被困在冥世，使它們痛苦的不是陰間，而是它們自身。」

說起鬼，阿夕比從小和鬼混大的小七還要熟悉，因此厭惡直接浮現在臉上。

「讓它們消失就好了，一了百了。」

「聖上說，就算沒有冥世，還是會有其他機制在這個人世間輪轉。鬼王獨自擔起亡魂所有的負面意念，以爲祂非得如此痛苦不可，然而終究只是徒然。」

如果阿夕之前的臉色算差，那現在應該可以說是可怕死了。

「天可以這麼做，但我不行，我還有深愛的人。他們可能轉生爲人，也或許讓鬼差追在屁股後面跑——對不起，我有的師兄比較渾蛋。更動了那一環，勢必會失去許多既存的事物。冥世雖然執法嚴厲，卻容得了這種曖昧，如果連這處寬容都不要了，死去的意念又該何去何從？」

「說那麼多，你還不是選擇乾乾淨淨的天上？」

「阿夕，你就是那麼兇，才會嚇到兔子。」

「媽，閉嘴！」

唉，我其實意有所指，但他們沒人聽出我的弦外之音。

小七勉強在阿夕的盛怒下擠出字句：「我是爲了……」

老實說，這孩子不管到哪裡，都只有被欺負的份。

「出去！」

不僅兔子被嚇到，兔子老母也嚇得胃袋一跳。

「這個家不是備胎，你給我滾出去！」阿夕起身大吼，小七瞬間掉下淚來。

「啪！」等我回過神，這一巴掌已經牢實地摔在阿夕右臉，收都收不回來。

熊寶貝抽抽噎噎地跑來，爪子不停地拍打我的小腿，不准我欺負阿夕爸爸。

小熊比我更快意識到事態嚴重，我養阿夕十多年，從來沒打過他，連重話也捨不得說，他一直是林之萍這輩子最大的寶貝。

但是我不可以道歉，道了歉，小七又該怎麼辦？

「林今夕，你對你弟弟說什麼？什麼叫『滾出去』？」

「他不走，我走！」他頂著臉上的巴掌紅印大吼，看得我心頭陣陣抽痛。

七仙拉住我的衣襬，懇求之情溢於言表。

「對不起，是我的錯，真的很抱歉。」

他說的不是爲鬼申冤這件事，而是責怪自己怎麼放不下這個家？既然走在大道上，又何來的眷戀？

他脫下外套走向神壇，用衣物覆住木頭像，抱著他供奉的契父，隨即消失得乾淨徹底。

「小七！」我急急奔到玄關，要去外頭找兔子。我總是莫名自信，以爲時至今日，我們已經是密不可分的一家子，不會再有決絕離去這種蠢事。

「林之萍，留下來！」

我才要衝出家的雙腿，頓時黏在客廳地板，身體不受大腦控制，能動的只有我這張小嘴巴。

我是兔子老母，兔子被掃出門，我都快瘋啦！但看到阿夕掐著發痛的喉嚨也不肯示弱的臉龐，怒火終究燒不起來。

「阿夕，小七沒吃晚飯。」

大兒子不理會我的苦苦哀求，收拾了桌上已經冷得發硬的菜餚，有好幾道都是小七喜歡的菜色。

「今夕，枉費你養小七那麼久，看到他難過，眞的不心痛？」

「媽，妳不可能不知道，我討厭他。」

「討厭他尷尬的身分，還是討厭他？」

他沒應聲。

「阿夕，先不論白仙和神子，那孩子被生母和養父拋棄過兩次，那是多可怕的事，我連想像也無法。你明明能理解，爲什麼還要說這種傷人的話？」

阿夕抬起一雙眼，卻是扭曲的血紅色，他雙手緊抓桌緣，才慢慢把眸色壓回冰冷的鐵灰系。

「怎麼了？不舒服？」我從地板拔起石化的雙腿，一跳一跳地往回走。

阿夕毫無預警地倒下，頭肩先撞上餐桌，又碰地摔下地板，碗盤跟著散落一地。

我僵化的腿立刻解禁奔到他身邊，抱起他的上半身，著急地叫喚他的名字。

好一會兒，阿夕才重新張開眼，想掙開我，手臂卻只是無力地揮動兩下。

如果我剛才衝出門，阿夕就會一個人昏倒在家中，熊寶貝在旁邊哭哭沒人哄。

「媽，妳去找小七，跟他說我很抱歉……」阿夕溫和的嗓子一下子又尖銳起來。「林之萍，不准走！」

兩邊都是他的意念，我不知道該聽從哪個，可是當我鬆開手，他立刻攢住我的袖口，身體總是比嘴巴誠實。

我重新把大兒子緊緊箍住，想告訴他，我畢竟比較愛他，所以割了半邊心肝也還在他身邊。但如果換作躺著的人是小七，我也會放阿夕一個人遠去。

無論如何，兔子老母確定失去資格。

□

隔天我致電給小草，跟他說阿夕倒了，死都不去醫院，也放話表明他們敢把他交代的事放著不管，一律殺無赦。

小草的聲音聽起來有點慌，可是阿夕一旦生病，代理人就是他了，所以逼自己一定要有擔當。

「之萍姊，陛下不會有事的。」

「對呀，今夕不會有事的。」

我們互相打氣，一起面對陰沉沉的一天。

在上班途中，我頻頻回頭望，像是有小精靈跟在後頭，結果恍神差點撞上過彎的機車，還被不明物體拉了一把。我不得不停下腳步，從公事包拿出兩片裝的烤土司，放在人行道的長椅上。

「小精靈，你一定是老天爺賞給我的小天使。」即使被我殘忍地拋下，還是不離不棄。「今天發薪日，媽媽一定要趕快拿到薪水付貸款。你先到學校去，不然蘇老師就要把我判出局了。」

烤土司憑空被塞回我的包裡。寧可自己餓肚子，也不要媽媽血糖低。

「你是要餓給誰看！拿去買飯、全拿去！」我掏出錢包，氣急敗壞地把裡頭所有的鈔票零錢撒在看不見任何人影的紅磚地上，又看著所有的錢原封不動地被風一張張撿回錢包。

對他們道士來說，還債連打照面都不用。

「笨兔子，你可不可以不要這麼懂事！」讓人心疼得好心痛。

冷風颯颯，我等了又等，還是半句話都沒有。我含著淚花，忍著別讓它掉下來，失職的老母沒資格哭哭。

「我新娶有得到大房的首肯，沒想到他醋勁一來竟這麼洶湧。愛兔，我今天會找間合適的旅舍金屋藏嬌，脫光了等我……痛啊，竟然踢你老母，你這個不孝子！」反正聽懂我在說什麼就好了嘛！

手邊捲來一陣風，待風靜，我知道他已經說了再見。

□

公司的小夥子們看看老王的臉色，又看看氣血衰弱的我，今兒個工作起來特別賣力起勁，辦公室不時響起吆喝聲，賣乖給主管舒心。

我案子審到一個段落，起身做早操，然後過去給胖子一個抱抱。

「妳要分手？」老王盯緊電腦，頭也不回地說。

我嘴角不由得卡在尷尬的角度。

「妳太低估妳妖孽兒子的影響，從以前到現在，妳總是把最好的一面都捧給他，習慣很難改變。」

如果我沒看錯，包胖子完全自暴自棄了。

我抱著山豬懇求：「阿夕的病好像要復發不復發的，我們先分開一陣，你能不能頂兩個月，別交新女友？」

「除了妳，我從來沒栽在女人手上過！」

我聽了有點竊喜又有點心虛。

「蔡董事的案子有進展嗎？」

「至少得先把人找回來和律師套供，警方根本把他看作在逃嫌疑犯。」

「我今天到他家聊聊好了。」

「他人都失蹤了，聊個鬼！」

我漾開笑容。是啊，相信流連在那兒的屋主，一定會歡迎我的到來。

「林之萍，妳上輩子是不是活得太膩了？」

「沒有啦，只是在兒子們吵架後想了想，我還眞沒聽過神幫鬼查案，還是鬼和神合作破獲人蛇集團什麼的，但是兩者之間的仲介倒是沒那麼多顧忌。」

「總而言之，妳是想用人的立場去攪局。」

「山豬，你眞是我的知己！」

我有多麼感動，老王賞我的冷眼就有多少。

「妳不能把所有的心力放在他們身上，極度自私和極度無私都不是正常人，妳總有一天會被他們消耗殆盡。」

「父母照顧小孩本就天經地義，我沒問題的。」

老王疲憊得不想多說。

「拜託妳，想想蔡家的下場。」

□

上班時，我趁著老王去尿尿，從他的名片夾裡偷偷抽出蔡董事的那張，後面果然記有電話地址。

下班，我又趁老王和警衛討論環境安全時，飛奔到路邊招計程車，殺他個措手不及。

我有點緊張，像是聯誼的心情，不知道該不該帶點冥紙當伴手禮過去。

結果，等我抵達那棟夢幻洋房——蔡夫人雖然白衣翩翩，卻是個務實派，應該是蔡董事個人的喜好——洋房四周又是該死的封鎖線。

我步行到阻絕外部視線的後圍牆，低聲喚著蔡夫人，可惜完全沒有回應，看來小七的「清潔咒」效果顯著。

我想趁天黑前至少能進去晃個一圈，嘗試爬了幾處及胸的七里香綠叢，突然有燈光朝我屁股一照，把我嚇得差點放出屁來。

「之萍，妳怎麼在這裡！」

我僵直地往下望去，竟然是穿著黃色卡其制服，一臉驚喜的龐世傑。

「你又爲什麼在這裡？」

「我來找成嘉，結果門口那群警察不讓我進去，我又打不通他的電話，只好繞到後面看看有沒有牆可以爬。」此時的龐世傑，散發出一股與世無爭的純淨氣息，好像地球毀滅了也跟他無關。

「你，肩膀過來一點。」我懸空的左腳終於找到支撐點，成功跨上籬笆。

「之萍，換我了。」龐世傑興高采烈地伸長手。雖然腦袋裡不停響起要我拿高跟鞋砸他的聖音，但我還是拉了他一把。

引狼入室，他一上來，就趁勢把我攬進他懷中，我幾乎能感受到他失而復得的喜悅。

我只得照聖音脫下高跟鞋，用力砸他，給他的半邊臉烙上鞋跟印。

「妳還在生氣？」龐世傑把卡在灌叢的鞋撿回來，小心套回我的左腳。

天色昏暗，我要專心致志才能不把它誤認成阿夕討好我的話，十多年的反孺慕之情，我對林今夕本人軟硬兼吃啊！

「來，我們保持友善的距離，好的。」我堆滿虛假的笑，先把龐世傑推開再說。「卡其制服放一邊，這裡先請教龐先生和蔡董事的關係。」

「我是成嘉的朋友。」

「眞的假的？」

蔡董事出事之前被稱作「商界學者」，走的是知性品牌路線，怎麼會和沒有大腦的龐世傑混在一塊？

「那時候我大學出了點事，他陪我一起出國。他碩士早早就唸完，但一直等我大學畢業才回國結婚。」

原來有這層交情，難怪每次董事會議，蔡成嘉對董事長的提議總是興趣缺缺，但總經理和老王卻也沒法籠絡他。

「我們很久沒碰面了，沒想到前些日子再看到他，只不過死了小孩，就讓他憔悴成那樣。」

失去孩子在龐世傑的世界裡不算大事，他有時候就是能天眞得教我發毛。

「就是因爲妳，我才會來找他訴苦，我從來沒想過該怎麼挽回女人這件事。他以前追蓉蓉追了很久，應該有可以參考的建議。他說妳這樣的女子，總是看人好的一面，一旦被妳判定到界線之外，除非時光倒流，不然妳這輩子都不會回到我身邊。」

沒想到我和蔡董事沒說過幾句話，他竟是我的知心人。

「所以你就把高中制服穿來？」我果然還是很在意他的裝扮。

龐世傑奮力點頭。他還眞是個奇葩。

「上次那個比基尼呢？她看起來還不錯。」

「是不錯。」龐世傑沮喪地說，「但她看上爸爸，我被甩了。」

四十歲竟然搶輸六十歲，眞可憐。

「女人看來看去，還是之萍對我最好。」

謝謝，我眞榮幸。

「如果我很愛很愛妳，妳一定會忍不住愛上我，妳就是這麼簡單的女人。」

錯了，過去的你沒有很愛我，我還是瞎了眼，愛你愛得半死。

「我還記得，妳總是在枕邊甜甜地說：『阿傑，我們要一直在一起喔！』妳這麼怕寂寞，怎麼可能忍受得了沒人陪妳入睡？」

「我每天都能吃三碗白飯不覺得膩，一個人睡覺又算什麼！」耐性耗盡，我終於忍不住回嘴了。

龐世傑卻振振有詞地說：「而且我結婚妳也還待在公司工作，沒有像爸爸的情人尋死覓活，妳一定在等我回頭愛妳。」

我好像快中風了，胸口悶得沒辦法喘息。拜託，說點像樣的人話來聽聽。

「阿傑，你是笨蛋，我就先不跟你計較。我有孩子，不會因爲心被你踩碎就讓他喝西北風。你如果以後不想變成社會版的屍體，最好改掉所有女人都爲你存在的心態，多替別人著想。權貴認爲窮人卑賤，可窮人不會自甘下賤，到時候賤命換你一條小命，用死亡博得眞正的公平！」

我不會時時刻刻想拿刀捅死這個負心漢，不代表別人不會，他就是這麼理所當然地活在大少爺的夢中。

「可是，我媽說，窮人家的女兒不該生得像妳這樣張狂。」龐世傑有些囁嚅反駁。我這輩子聽過帶有鄙意的「窮」字，幾乎都來自他口中。

我家的人從來沒教過我認命，縱使會打會罵，但也不肯讓我受半點委屈。他們喚我作「寶貝」，我也把自身看得比任何事物都要來得貴重，能夠擁有自己，便是世上最令人稱羨的財富。

當初卻爲了委身於他，把尊嚴拋售出去，從此怎麼都無法在董事長面前抬起頭來。

「龐世傑，我們來假設時光倒流好了。」我揚起食指，他自願踩進我的陷阱。「登登，時空回到我們認識以前，我出社會亂兼差過了四年，終於塵埃落定到你爸的公司，而你終於取得用錢砸來的國外學位。」

「嗯嗯！」

我把合起的雙手分開：「然後，你看上漂亮的女明星，我們沒在一起。」

龐世傑英挺的五官皺成一團：「不是要重來一遍，求我對妳好嗎？」

「沒這回事，我眞希望這輩子都不要遇見你。」

比起「我不愛你」這種他自動排除的眞心話，龐世傑似乎眞有聽進去一些，呆怔怔地望著我。

知道嗎？下一秒，他竟然拿出女人的武器，哭了。

聽他哭得那麼肝腸寸斷，我走過去扳開他遮臉的雙臂，眼眶竟乾得像撒哈拉沙漠。這傢伙只遺傳到總經理老大的外表、學得董事長的無賴，至於父母雙方的商業頭腦和計謀，不知道失蹤到什麼地方去了。

看我沒安慰他還揭穿他，他的厚臉皮終於紅了大半。

「之萍，我知道我錯了。」他從我們重逢就不斷地重複這句話，我不是不稀罕道歉，而是就算他道了歉，我也不可能原諒他，徒勞無功。「我有去問爸爸妳喜歡什麼樣的男人，妳看，我沒近視，還去配了一副MONTBLANC眼鏡！」

他從卡其褲口袋掏出眼鏡盒，笨拙地戴上，又摘了下來，對我抱以期盼的微笑。

「還挺適合你的。」我想起最近老王常擰眼頭，該抓他去檢查老花眼了。「時間也晚了，龐先生，再見。」

他卻抓著我的小腿不放：「之萍，不有趣嗎？妳為什麼不像以前那樣笑一笑呢？」

我摸摸自己的臉，眞的沉重得像塊石碑，連表面工夫都撐不起來。

「阿傑，以前我總覺得你的小花招很可愛、很窩心，可是你拋棄我之後，那些甜蜜的情話，半夜想起來都好痛……久了，就不再喜歡了。」

龐世傑猛然掐住我的脖子，比起喊「救命」，我先「咦」了好大一聲。憑我對他的認識，他唯一的優點就是什麼都會半途而廢，變成恐怖情人的機率趨近於零，沒想到他竟然會攻擊我這麼一枚纖弱的中年婦女。

他的手勁使到一半，就用比我更困惑的目光盯著自己施暴的雙手，彷彿他的身體不受理智控制，才要開口解釋，就被一道白影踢飛開來。

「放開我老母！」

當我看到那頭鬆軟的白髮在風中乍現，第一個念頭就是撲過去，連肉帶骨地吞了，但橫在我和龐世傑之間的小七卻對我凶暴地大喊「定、定、定」，用法術把老母困在原地。眞是天殺的不孝子。

龐世傑的異狀，在接觸到小七的兔子聖光後，頓時回復，他狼狽地從掛歪的聖誕吊飾爬回籬笆上頭，看到氣撲撲的小七，不由得一怔，也不會看兔子臉色，逕自貼近小七身前打量。他該不會是想投我所好，把嗜好從美女改成清純小男生吧？

「傳說中的兔子小妖精？」龐世傑伸手托起小七腋下，隨即被我家兔子揮拳卯頭，又遭左膝狠頂一記，抱著肚子痛得蹲下。

七仙回跳到我身邊，我摸摸他的軟髮。很好，代替老母教訓了壞大叔。

沒想到龐世傑這些年眼力大有進步，想當初他一看到阿夕，竟然說：「這是地獄來的魔鬼吧？」如今也能鑑定出小七有多可愛了。

「不過就摸摸看，小氣！」龐世傑揉臉又揉肚子，一副他被小男生欺負的可憐相。

「大姊，這個男的怎麼這麼幼稚？」小七指著龐世傑，對中年男子的騷擾格外敏感。

「你不覺得他有點像阿夕？」我問起枕邊兔自己長期以來的疑問，沒想到小七竟斬釘截鐵地否認。

「今夕哥可是好男人中的好男人，這個窩囊廢才比不上他半根毛！」

小七連和阿夕鬧翻都忘了，一股腦兒地爲他說話。這樣的弟弟如果不疼入心，那世上還有哪個笨蛋值得阿夕疼愛？

「大姊，不過才昨晚的事，妳全忘了？不准管事！」小七把矛頭轉向我，我想他能這麼自在地吼老母，一定是在我身邊徘徊了好一會兒了。

兔子沒扔下和阿夕的承諾，一直在保護媽媽。我傻笑，又被數落了兩句。

「這裡不好說話，我們先到屋裡喝杯茶吧，好唄？兔兒。」我把蔡家當自己家邀請，才起身，一隻腳就踩空枝梢。看他們都站得那麼穩，我不明白重力為何要這麼對待中年婦女？

小七在我倒栽蔥之前，半跪下來把我横抱起身，然後俐落地躍下籬笆，等我眨完眼皮，我們已經安穩地落在草坪上。我崇拜地望著他的兔眼，兔眼中也有老母的倒影，此刻好想立刻帶他回窩邊吃草。

「之萍！」龐世傑在籬笆上呼喊，不敢下來追趕。

「阿傑，你把風！」爛男人到一邊去，我要盡情沐浴在有小男生的夜色中。

小七就這麼抱到半路，才覺得不對，說我好手好腳，要我自己下來走。

我只好使出柔情攻勢：「愛兔……」

他發出不屑的嗤鼻聲，又認命地把我運送完全程。這樣我就欠他一次公主抱了，所以不得不繼續當一家人，否則我要怎麼把抱抱還他？

我們一站上後門台階，眼前那扇看起來已長期沒有使用的鐵門，就碰地打開。小七把我往背後拉去，自己打前鋒。

我凝視著這一屋子的黑漆：「佳蓉，是妳嗎？」

小七示意我安靜，不要再和另一個世界的存在打交道。

隨著我們往屋內走去，臭味撲鼻而來。等客廳的燈大亮，雖然有點過分，不過這個家還眞是金玉其外、敗絮其中，地上都是吃剩的外賣。蔡董事過去從來不屑於會議上的點心、飲料，認爲外食是洗腎牽居高不下的根源，還曾經叫老王幫他微波愛妻便當。

我和小七繞過垃圾堆，依主人的意思坐下來談。我們對面是張空的沙發椅，只看得見一張橫放的全家福，相框玻璃一點一點地淌滿淚水。

雖然不知道蔡夫人能不能用紙巾，我還是掏出面紙放在她的位子上，然後不由得順道拿起他們全家幸福洋溢的合照。照片中，兩個小女孩燦笑地抱著爸爸的左右腿，爸爸和媽媽的臉龐緊靠在一起。

我透過蔡家人的笑容，看見過去的林家人，心想我家怎麼不留張照片？害我連懷想的實物都沒有，孤身從夜裡醒來，總像作了場春秋美夢。

另一邊，小七則猛然做出扶住肩膀的姿勢。我猜蔡夫人就在他身前，小七不讓她跪。

「你們的孩子也是我的孩子，這是我的責任，我會救他。」

小七不說虛妄的話，也不跟蔡夫人說明他會爲此付出多大的代價。

不知是否是蔡夫人太激動的緣故，我依稀見到一輪模糊的輪廓，完全伏在小七腳上。

威嚇之外，能讓人放下尊嚴的，也唯有信仰了。

多少人夢寐以求成爲救苦救難、受人仰望的大聖，小七卻毫不留戀這般虛榮，蹲下來和蔡夫人平高，輕輕拍打她的背安撫。

我看著善良兔和孤魂太太，靈光乍現：「佳蓉，這房子能不能讓我小兒子住幾晚？我家剛發生家庭革命。」

兔子瞪我，我不理他，開始收拾他未來的租屋處。

「只是我擔心在他洗澎澎的時候，有警察叔叔進來搜查，被看光了身子。」

「只有妳會在意這種莫名其妙的地方！」小七轉頭請蔡夫人不要理會我的蠢話，又傷腦筋地轉回來，「大姊，她說外面的人忌憚這裡鬧鬼，不會進來。」

意思是說，蔡夫人一口答應收留兔子大仙？這樣我就算失職，也至少讓小七不用餐風露宿，還能保有老母的身分吧？

「唔唔，兔兔，媽媽這些日子會很想念你這顆抱枕的。」

「滾！快回去照顧今夕哥！」

算算時機也差不多了，我亮出今天在公司想好的委任狀——林之萍基於與蔡夫人的君子之交，對她死因存疑，特此不避內嫌，拜託我家小兔子查案。

小七的反應是「傻眼」和「勸說不聽的惱火」參半。

「本來就是我開口跟你提這個案子，媽媽現在先從兔身恢復人身，求助白仙，這樣子老天爺就無話可說了吧？」

繞了那麼大一圈，我認為只要解決根本上的程序問題，阿夕和小七就能手牽手和好。

「只要再得一張陰曹地府的同意書，就可以放肆教訓惡人，對吧？」世上沒有過不去的坎，相信我很快就能帶兔子回家。

小七低頭牽起我暖和和的右手，另一隻手又覆了上來。

「大姊，我在妳身邊還能看著妳，但是我走了妳怎麼辦？妳只是個平凡女子，不要踏足進來這片泥沼，妳會抽不開身。」

我虛長他那麼多歲，當然明白這層道理。可是不論是他上輩子的師父師兄、小道友、這一世的王爺公，都爲他處理掉許多看似簡便的枝節，才讓他得以無後顧地前行，我這個媽媽又怎麼可以置身事外？

我把兩人相連的手拉過來，盡情地在臉上亂蹭，記下兔爪的觸感、溫度和氣味，才鬆開手。雖然暫時沒辦法把他牽回家，但我一定整晚都會想著他。

「媽媽答應你，不管事。」我舉手朝天咒誓，把話尾藏在心裡——但是不能不管小七寶貝。

和兔子分別讓我魂不守舍地從前門走出去，然後就被警察先生逮捕了。

阿夕側揹著一袋小熊來保釋我時，媽媽大氣都不敢吭一聲，乖乖地聽他怎麼和警察解釋我過去前科累累的夜遊習慣，絕對不是蔡董事的外遇對象。

他請對方打電話給我們家那邊的管區，證明林之萍是個精神有點失常的中年婦女，經常漫無目的地在大街小巷中亂晃，不知道在尋找什麼。

「人生的道路。」我笑著回了一句，被阿夕冷眼對待，我只好又縮回小媳婦的殼中。

經過一番訊問，他們終於願意認可我的清白，讓我給大兒子領回家。

黑機車馳騁於黑夜中，我牢實地抱住阿夕，問他有沒有好一點，從這裡回家，好像可以順路去我們熟識的醫師診所。

「不用了，我還控制得住。」

離開人前來到人後，阿夕的聲音變得好虛弱，老天爺還要把他折騰到什麼時候才願意放過他？

「我一直在想，妳當初怎麼受得了我？」

「因爲你那時候還小，還是可口的小男生。」

「媽。」

「是是。」我趴在黑衣騎士背上，感受到他的心跳。「我以前比較自大，總覺得要是我撒手不管，再也沒有人照顧得了你。你也繼承林家偉大的意志，高中時拉起小草讓他不至於枯萎、大學又教訓頹廢的鴿子一頓、把花花抱出泥沼……阿夕，你已經很努力地把自己打理成十大傑出青年，我都知道。」

「我只是不想讓妳看起來像個笑話。」

他是假設我含辛茹苦地把寶貝養大，寶貝卻去殺人放火，大家就會嗤鼻笑說：那個惡徒就是被單親的母親寵壞才會出社會作孽。

「呃，媽媽沒想那麼多。」要我交出教育方針，也只能勉強拼湊出「用愛灌溉孩子」這麼一句。

「妳想要的其實是小七那樣的孩子。」

「嗯，大概來一打都沒問題。」香香軟軟的小兔兔，多多益善。

我可能承認得太乾脆，阿夕有好一段路都沒再說話。

「今夕，你就那麼擔心媽媽不愛你嗎？」我頂著兔子安全帽，撞了撞他沉悶的背脊。

「我鄭重告訴你，那是絕對不可能發生的。」

□

回到家，門口放著空便當盒，阿夕隨手帶進屋裡。

「你有送飯給小七啊？」我頓時眉開眼笑。只要阿夕鬆動，沒有抱不回的兔子。

前些日子我加班加得一塌糊塗，回來總看到他們兄弟倆在客廳等門。阿夕橫躺在我常駐的三人沙發，單肘撐著大學課本，小七則靠在他大哥線條優美的長腿上，辛苦地啃著高中習題。阿夕瞄到錯誤，還會幫他訂正。熊寶貝也跟小七一樣，坐在地板上努力畫畫，很快樂也很可愛。

林媽媽頓時覺得工作一點也不辛苦。

難道他們兩兄弟都沒發現彼此感情很好嗎？竟然以爲這層關係可以優先犧牲。一個先天丟了弟弟，一個常常懷念逝去的兄長們，挾在一起配不是剛剛好！

「媽，別亂想一通，吃飯。」阿夕端出昨晚沒吃完的菜色。

我拿起碗筷，不敢說沒有兔子在，食之無味。

兩人無語對吃，熊寶貝則不停地往門口探頭找兔子哥哥。良久，阿夕才淡然地說：原來除去了後來多出的美好，也不可能回復到寂寥的原狀。

□

翌日，工作日熬到例假日。

林今夕提著一袋食物，說要一個人出去走走，我請他路上小心。

而他前腳一踏出門，我電話按鍵就飛快地如閃電般按下，十五分鐘內，原班人馬就盡數到齊。

「之萍姊，怎麼了？陛下要煮午飯給我們吃嗎？」小草等三人熱情地笑道。我請他們先進來坐，隨即把門徹底上鎖。

「阿夕有事先走了，阿姨來做炒泡麵和煎蛋土司。」

我笑咪咪地逼近他們，他們齊齊往後倒退一步。

「太后，有話好商量。您今天穿桃紅色短裙給我們看大腿，果然有詐！」他們恨恨地說道，但眼角餘光還是偷瞄了好幾下。

「哀家想要那個世界的通關密令啦！」

「不行啦，陛下會殺了我們，眞的會用力殺下去的！」

我偏頭，對空蕩的神壇嘆息，好女人不逼死大男孩。

「沒辦法了，我只好打給小玄子，誰教他比較愛我。」

「之萍姊，我才是妳的乾兒子啊！」小草激動地表示。我憐憫地望向他，但不給通行令的乾兒子，又有什麼好認的呢？

「眞卑鄙，完全抓住葉子的心理弱點！」格致和香菇驚歎。我微笑接受他們的評價。

「喂，小玄子，是姨姨呀——」我故作親暱中的百倍親暱，小草幾乎要崩潰了。

電話另一邊傳來似乎是麵條一口氣掉回湯碗中的啪啦聲，然後是小玄子欣喜若狂的招呼聲：「姨——我好想妳喏！」

「葉子，振作一點！」鴿子和香菇左右扶住搖搖欲墜的小草，小草抱著腦袋，不停喃喃自語地說早知道就下手爲強，先叫聲「乾娘」。

我繼續著正事：「小玄玄，姨想要一張陰間正式授權狀，可以給兔子神仙用。」

小玄子人來瘋的症頭瞬間冷靜下來，出乎所有人意料。

「呼嚕嚕，不行，下面的主管只剩閻羅，想到求他批准得看他嘴臉，我就胃抽筋。」

香菇他們大喝：「對吼！」

「拜託啦，齊家治國平天下，我家那兩隻要是不安生，這世界也就完了。」我合手哀求。林之萍沒有兔子，真的茶不思飯不想的。

小草猶疑地說：「十殿半數認可似乎也行。」

格致比出三，再加上小玄子，還剩下一支小指頭。

小草一副豁出去的樣子，痛苦地撥了通電話。

「岳琳月，需要妳來湊數。」

「爲什麼？」

「爲了之萍姊！」

「你們又被那個女人牽著鼻子走，是有多缺乏母愛啊！」

「妳才缺乏母愛！」

哦哦，好激烈的對話。上次暑假，他們一起住在我家，我就稍有懷疑，他們對彼此的生活習慣不需要任何磨合，像我出浴室，小草會害羞地轉過頭，可是琳琳洗澡出來，他卻當人家是維納斯石膏像，無動於衷。這對小朋友應該認識很久了。

小草說電話不方便談，之後我們就一起打屁閒聊了十分鐘，直到琳琳包計程車到樓下，大聲嚷嚷叫我快開門。

她今天斜梳包頭，眼影依舊是搶眼的深色系，西裝褲搭細跟涼鞋，光是半扠腰站在玄關，我家就充滿沙龍藝廊的氣派。

「我可愛的女兒！」我大張雙臂，琳琳心不甘情不願地過來給我抱了兩下。

抱完，琳琳就指向我的鼻子：「你們眼睛睜亮點，這女人親近你們的動機不純，不是為了你這個人，而是因為你們是妖魔鬼怪！她就是個怪胎！」

小草三人怯生生地望向我，想確認林阿姨的眞心。我溫柔地笑著，討厭，妖魔鬼怪只是附加的價值，我當然最愛你們啦！

取信成功，小草再次振作起來，準備和琳琳一番舌戰。

「妳不幫忙，幹嘛過來？」

「我當初既然同意為人一世，就會遵守規則。你們連青春期都還沒過完，就想動用特權，我想不用多久，天上或是脫役輪迴千年的仙宮，就能打著清理人間的旗幟掃蕩陰間。」

「我們爲什麼做任何事都得顧慮到天界？人世明明有一半的主宰權在冥世手中，我們卻只能處理生命消亡後的渣滓，信仰的力量和豐沛的生機卻拱手給敵人享用，那些尊榮和驕傲原本都該屬於陛下。」

琳琳按著側額，帶著睡眠不足的不耐：「葉素心，你總有一天會把林今夕給逼上絕路。」

小草原本還有許多大道理可講，但琳琳的這句話，卻堵得他胸悶發不出聲。

「夏格致，你說，我們有贏過嗎？」琳琳的目光瞥向鴿子，鴿子不願回應。

「你們眞要在她面前討論這個？」香菇歉然地看了我一眼，又炯然地對上他的同伴，「我們從以前就沒有合拍過，既然不可能有結果，就不要再爭辯了。」

「是啊，我眞不懂你們在瞎忙什麼，這個女人無知，你們也跟著她起舞。閻羅八成已經知道這件事，他現在可是一人專政，要給不給都是他的事，你們乖乖看著就夠了。」

「小琳，閻羅王會對白仙不利嗎？」我小心翼翼地插嘴，琳琳橫眼掃來。

「妳爲什麼不能爲林今夕多設想點！現在是白仙在挑戰鬼王的權威，妳已經偏心偏到吃虧的是哪方都看不清了嗎！」

「阿夕是哥哥嘛……」琳琳這麼生氣，我千萬不能用小男生年齡線那套來開玩笑。

「他是兄長沒錯，所以那些尊榮和驕傲本該屬於他才對！」琳琳不甘地吼著，沒發覺自己說了和小草一樣的話。

有時候，理智所想的和心中偏袒的，幾乎是兩回事，琳琳如此，我也如此。

「我家那隻小的，無關這份尊榮和驕傲，能不能不要為難他？」

「拜託，『神子』是叫假的嗎？」琳琳賞我顆眼白，「眞慶幸當初沒留下白仙，要不然憑他那副心腸，一定把地獄的鬼全放光。」

小七的師門主張犧牲自我成全他人，聽天上來的小朋友和大朋友都對他嚷嚷著為何不快點回去坐大位、還在人間打轉，就知道他難養的點在哪裡。

好不容易被我釣上，卻整天憂母憂兄，攏飼袂肥，好挫敗。

「好吧，先不管我心愛的小兔子。阿夕最近在苦惱什麼，給阿姨透露個一二吧？」

「佛曰：『不可說。』」香菇向我一揖，施主我也一揖。

小草和鴿子就沒那麼冷靜了，向我投以驚恐的眼神，好像無聲地傳達著：「她問了，她還是問了！」

格致陪笑說：「之萍姊，妳也知道陛下很在意勝負，得失心重。」

「嗯嗯，我知道。」像上次小七輸了繪畫比賽，阿夕就連炸了三天肉排給他當便當主菜。

「他眞的很想贏得這一場，之萍姊，今夕陛下很努力喔。」小草期盼的目光中帶些哀傷，連他這個匿名的林今夕後援團團長，也不敢保證阿夕能勝出，可見比賽難度之高。

「妳就是這樣，三心二意。」琳琳踢了踢我的小腿，「全心對他都不怎麼夠了，妳還分一大半出去。我警告妳，妳要是浪費掉他的感情，我就把妳踹到地獄去！」

女孩子耍起狠來，怎麼會這麼可愛？

「小琳，我死了，妳也會來接我嗎？」

琳琳本想咒罵幾聲，看到我的表情，又收了回去；我的確不是在開玩笑。哪天我身在黃泉之中，水煙裊裊，而她一身羅裙，划著小舟來引渡我，那麼死亡也是一件浪漫的美事。

「妳知道他們不會待在妳身邊太久？」

「嗯嗯，我知道。」

「妳這個瘋女人！」琳琳掄起右拳，被小草慌忙拉住。

「小琳，我喜歡高衩的旗袍。」我也來緩和琳琳的怒氣，但似乎引起了反效果。

「妳又給我亂跑題！讓人接不了話很有趣嗎！混帳，我今天一定要打扁妳這張痞子笑臉！」

乾女兒兇了我一頓，我只能坐在沙發上揪耳朵反省。琳琳回頭叫小草伸出手，跟他擊了掌。小草對她前後轉變的態度很是納悶，但琳琳什麼也沒說，只是一屁股坐在我旁邊緊迫盯人。

「我答應賣人情給你。這女人知道要是由你來做決定，林今夕會比較不生氣一點點，像上次山崩你選擇先救我們，他也沒多說一句。」

「妳爲什麼要繞這麼大一圈？」小草畢竟是男孩子，不明白女人心。

「小琳是變相跟乾娘撒嬌啦……哇噗！」

琳琳的粉拳又扁上我的右頰。我咿呀嘶叫，她才滿意地趴上我的大腿。

結果，我們中午叫了外賣。小草在對面沙發上，一邊咬著餃子，一邊緊盯著讓我餵食的小美人。格致說他怨氣都冒出來了，勸告小草別太在意，像他也躺過花花大腿，讓花花嬌笑地玩他鼻子。

「你趁機炫耀什麼，夏格致！」小草和琳琳忿然起身，香菇則架住格致的左右手臂，各就各位。

於是，這場聚會就以鴿子被圍毆作結。

午後，阿夕帶著小熊和一桶湯回來，對於廚房角落排列整齊的空餐盒不置可否。

「去探望過小白兔了呀？」

阿夕把湯舀進碗中，想把我的問話當耳邊風吹過，但還是不敵我思念小男生的電波。

「在睡覺，那個女的還想煲湯給他喝。」

別人家的媽媽都好賢慧呢！早就聽說蔡夫人的手藝好，主攻中式高級餐點，能獨力弄出滿漢全席，讓蔡董事在外頭一粒米都吃不下去。

阿夕在人家家裡待那麼久，該不會忙著偷拜師吧？

「我代替她使用廚具，結果煮好了小七也還沒醒，用力揉他腦袋，還傻笑給我看。睡得很熟，完全叫不起來。」

「唉，『小七』畢竟是暱稱，你要叫他『兔兔』才會有反應。」我盡力克制嘴角的笑意。帶飯去又煮魚湯給弟弟喝，我看阿夕還能矜持多久。

「媽，我也想乾脆把他捆在後車座載回家算了，他也不會怨我半句。」

「這個意見很好，爲何不心動馬上行動？」像我現在就好想食用兔子麻糬。

從他的肢體判斷，原因有二：阿夕微微側過被我轟巴掌的右臉，他果然還是很在意我在關鍵時刻往小七那邊站；另外，他那雙鐵灰色的眼珠，並不是看著這個家，而是被某個久遠的記憶給攫住了視線。

「他回來，我們的立場還是相對的，也只會發生更激烈的衝突。」

我雙手畫了圈大圓，又縮回成小圓：「今夕，能不能把這個案子看小點？不管是時代還是關係者，都既往不咎。這樣子，你是不是就能單從林家大哥的角度接受小七？」

「媽，我不容許積非成是。」

「有什麼心靈創傷，說來給媽媽聽聽？」

阿夕高睨我一眼。不知道爲什麼，我總覺得他這由上而下睥睨我的眼神，好熟悉。

「你還記得小時候生病時，那位送魚湯給你喝的大哥哥嗎？」

林今夕直看向他聰明絕世的老母；他保持沉默，就是不想被我套出話來。

「說起來，那才是我第一次『見鬼』。第一印象眞的很重要，後來你再說鬼有多壞多可怕，我還是只記得那鮮美的魚湯和可愛的小夕夕。」

「妳只是選擇性失憶罷了。」阿夕略略瞇起眼。

「那是隻好鬼呢，而且還讓我想到另一隻被鬼稱讚有加的鬼，因爲鬼王賞識而做了判官，我爺說，陰間很多人性化的制度，都是他爭取來的。」

「我會命令素心他們別再跟妳亂說話，他們總對妳無知的嘴臉掉以輕心。」阿夕整個人還是好冷淡。

「不要剝奪媽媽搜羅神奇故事的權利啦！」我三八地掩嘴揮手，「我見過各式各樣的大老闆，知道個性和能力其實沒啥關係，所以就算傳言鬼王陛下是個脾氣超爛的大暴君，能一統冥世千秋萬載，應該也是隻厲害的鬼吧，哈哈！」

大兒子，依然，完完全全，不爲所動。

「祂老人家一定知道判官是隻好鬼才提拔他，對他睜隻眼閉隻眼，縱容他實現生前未完的理想，想把人間流失的美好留在自己的地盤上。沒想到這點好，卻違背了地下世界的生存法則。當那個判官抱著無主嬰孩跪在大殿上告陰狀，懇求一些從來不該存有的悲憫時，鬼王陛下的心裡是怎麼想的呢？」

就像我肩上扛著屬下的信任，他們相信只要有我和老王坐鎮，努力就能受到肯定，像個大好青年有尊嚴地打拚未來，不用吞嚥莫名的羞辱。要是有一天，陳妹妹傷心地向我哭訴龐家空降團欺負了她，我卻因爲被董事長握有把柄，反倒指責她幹嘛長那麼漂亮勾引人，那麼我勢必得把她寄予仰慕而喊的那聲「之萍姊」，從心頭掏出來還給她。

上位者一旦喪失威信，話語就跟著雨打落葉，堵在水溝蓋發臭，比屎都不如。

「外界的美麗繁華遍求不得，累了，想要固守一隅疆界時，卻發現連保住自己偏心的子民都無能爲力；當鬼王陛下說出那聲『殺』，又是什麼想法？」

「妳再胡說八道……」阿夕那個木板臉，我還眞看不出他內心有沒有激起萬丈波濤。

「媽媽沒有胡扯，只是僭越揣測陛下的意念，祂那麼痛苦，卻一個字都不說，是爲什麼？好比我大兒子，爲了想讓這個家多維持一點時間，忍痛把心愛的小兔子趕出門外，又是爲了什麼？」

我並不是要跨足另一個世界，只是家已不成家，我平常閉上的那隻眼、捂起耳朵的那隻手，不得不放。

「媽，妳對小七還眞好。」阿夕冷笑一聲，誤會我狗急跳牆來威逼他。

「這是我們之間的事，不要扯到我的寶貝小兔兔！」我跨步向前，托起阿夕的雙肘，「基本上，我們家一向敬鬼神而遠之，從不妄加干涉，但看你一直往前遠去，我總是忍不住想追上去。」

阿夕撐著冷冰冰的表情，把頭靠在我的肩上。他就算十九歲有找了，撒起嬌來，林之萍還是無法抵擋。

「媽，妳死了之後，我們就在一起吧？」

這句話溫柔得好微妙，還給人一股立刻去死的衝動。

「阿夕，不用等那麼久，我們已經在一起了呀！」

他的短髮輕輕蹭著我的脖子，沙啞著開口：「我們這些年來的關係就快要崩毀，妳別再自欺欺人了。」

□

當天，晚間新聞充斥著蔡董事被逮捕的畫面。

我說中午的魚湯好喝，請阿夕再熬一次美味鮮湯，媽媽先出去買衛生棉。

我下樓，攔車去探監。

巧的是，在警署門口撞見了老王祕書。

「什麼天氣！穿什麼短裙！」

於是我乖乖地把他遞過來的外套綁在腰間。

蔡董事看到我們兩個稱不上親友的傢伙，沒話好說，老王也不擅長安慰人。

「我們一定會還你清白。」我先打破尷尬的沉默。

「不用了，佳蓉就是被我害死的。」他的面容雖然憔悴不堪，但眼神卻相當清醒，只是對活著沒什麼眷戀。

「你要放過那群害你家破人亡的人渣？」

他看了老王一眼，又垂下頭：「我只希望輿論大一點，早點判我死刑，我就能和孩子們團聚。」

「你就是這樣，你太太才會陰魂不散。」

他再看了我一眼：「妳見到佳蓉了？」

「她和你不一樣，忍不下這口氣，想盡辦法要討回公道呢！」我比了拇指讚許。

蔡董事微弱地一笑：「她看起來溫順，但是鬧起來連我也治不了她，尤其懷孕那時候還堅持要下廚，從零歲開始管理孩子的營養攝取。」

「孩子孩子，你人生除了小孩和妻子，就沒有別的好說嗎！」老王猛然拍桌，外邊的警衛不禁朝裡頭望來。

蔡董事無聲地落下淚，任憑淚痕布滿臉龐，只是呆然坐著。我才掏出面紙，老王已經拿手帕粗暴地擦拭蔡董事的眼淚。

「眞受不了你們這些公子哥，打擊兩下就碎得徹底。你快點供出相關人等的線索。交代清楚之後，要死要活隨便你！」

我崇拜地望著老王，開天闢地至今，從沒見過這麼帥氣的胖子，難怪蘇老師會說要是生作學妹就嫁他，十足的好男人啊！

「好管閒事，我當初也不過是借了快餓死的你和蘇晶一百美元。」蔡董事攬胸說道，回復了幾絲貴族氣派。

「你以爲我是惦念那一百塊才自找麻煩？」王祕書嗤之以鼻。

我覺得是啊，胖子一向記仇又有恩必報。

「我原本被囚禁在貨櫃裡，他們沒有綁住我手腳，我也沒想過要逃，直到四周閃起一陣白光，我才慢慢想起這些日子所發生的事，包括佳蓉的葬禮，就走到公路，請人帶我到警局投案。」

「就是你這種消極的態度，才讓案情複雜起來！」

「佳蓉死了，我已經什麼都沒有了。」

蔡董事的生命力又降到低標以下，只對樑上的繩圈和迎面而來的火車有興趣，這樣下去不是辦法。

「成嘉先生，你聽了先別激動，這是我的猜測，只是猜猜，你有沒有想過，你的孩子可能也是那些人害死的。」

雖然仇恨不是好事，卻是恢復一個人求生意志的強心劑，蔡董事那雙眼突然變得好亮，幾乎是燃燒起來。

「光光亮亮明明那麼健康，被帶去仙宮參拜以後，才開始魂不守舍。到後來把她們送到國外就醫，她們還緊抱著我，說不想和爹地分開……」蔡董事開始檢視過去記憶中不尋常的地方，不住回想起令人鼻酸的片段。

「你把從神子那兒求來的孩子帶去敵對的仙宮派別，你們夫妻是白痴嗎？」老王不可置信地瞪著那方面知識遠不及他的蔡董事，我則是去簽收便當。

「對，我是白痴。」蔡董事紅著眼睛承認。

「你有與他們接觸的證據嗎？」老王進入辦公狀態。

「佳蓉有留著捐獻的收據，之前她就是以此請律師提告對方不當斂財。」

「你們捐多少？」

「大概三億，還有東區一棟大樓。」

「噗！」我把便當附贈的多多樂噴了出來。

「林之萍！」

對不起，我只是想吃點東西墊胃，打開多多瓶口之前，沒料到宗教的力量如此驚人。

「我們當初也給神子三千萬，以爲錢眞能買下生命。」

蔡董事不知道雙胞胎出世和銀子關係不大，重點是小兔子的慈悲心。

「我記得他們單位的帳號。」蔡董事寫出一連串數字。「前三個是海外銀行，這是他們國內支付薪水的戶頭，你打電話給華泰銀行岳辰執行長，請他想辦法凍結帳戶。他們底下的人都知道上頭賺很大，卻領不到薪，一定會心生怨恨。」

老王說：「他們有信仰支撐，底層工作者多是信徒，未必能搜羅到證人。」

「他們底下有個廟公頭子負責管理人事，把自己的女兒和姪子安插進閒缺裡，可以從這兩者下手。」蔡董事又素描出兩個頭像，看我把便當遞過去才停筆。「謝謝，我不餓。」

我和老王大口咬著排骨，津津有味地吃給他看。

良久，蔡董事默默挖了一口飯菜，嚼了嚼說：「眞難吃。」

訊問告一段落，我攔了台小黃，和老王揮手道別，卻被胖子拖出計程車後座，人家司機還以爲我們小倆口吵架。

「回家，別亂跑。」

我繫好黑色轎車副座的安全帶，垂頭喪氣。

「親親，我想看兔子。」

老王不知道小七爲什麼會流落到蔡董事他家，等我托出兄弟吵架的始末，他便毫不客氣地數落起阿夕以前日子過得太爽，而我竟然也縱容他任性胡鬧。

「妳可以把他送過來，反正阿晶會顧。小孩子孤身在外，怎麼說都不安全。」

我又把安全帶鬆開，整個人埋到老王懷中哭哭，孩子的爸果然不是叫假的。

「還有，先別管妳大小兒子，阿晶說妳在殯儀館時不太對勁，有什麼事妳要早講，不要撐到哭出來再找我。」

我的淚腺要崩壞了：「志偉……」

老王要把我的腦袋從胸口扳開，奈何我這個魔鬼氈已經情定他的大肚腩，山無陵，天地合，乃敢與君絕。

誓言是這麼說的，但是一通簡訊就讓我放過了胖子。

阿夕說他要出門，湯在餐桌上。

我嚴肅地看著訊息，心想，說不定回家就是我的死期。

但我還是戰戰兢兢地來到蔡董事他家，繼續爬牆。當我踩著老王厚實的肩橫越圍籬，還要照顧晶晶學弟的胖子，在牆的另一邊仰望著我。

「林之萍，算了，不要勉強。」

我已經格外小心了，但他這番話又讓我險些踩空。

「志偉哥哥，我對你可是一片眞心。」

「我也是眞心喜歡妳這個白痴，沒辦法忍受妳受委屈。」

他把外套扔上來，衣物殘留的餘溫讓我手心發燙。

「如果妳到頭來只剩自己一個人，我們就在一起吧？」

□

我就像黑道大哥，披著男用西裝外套闖空門。客廳大燈亮起，有靈異現象，沒有神奇兔子。

蔡夫人知道我被隔離在人的世界，很難跟我通頻，於是我就看著一雙廚房隔熱手套懸空握筆，在紙上寫出亡者信息——小七在屋子裡感應到某種入侵者，出門追捕嫌犯。

我向蔡夫人說起與蔡董事的面談，她的丈夫已經恢復神智，又有山豬報恩，最終眞相一定能水落石出。

雖然聽不見，但我似乎被一連道謝了好幾遍。

門鈴響起，我以爲是警察夜巡；這次再被捉到可就不得了了，要趕緊躲進衣櫃才行。不是我自誇，從小玩躲貓貓比賽，連爺都找不到我，最後還是自己哭著跑出來給老母打呢！

不過，很快地，我就發現不是那麼一回事。沒人應門，門卻自動開了，屋內氣氛丕變。

小偷？腳步聲不對，太明顯張狂。

紙條浮現出零亂的字跡：「是他們。」

我被隔熱手套往後門緊急推去，沒想到後門早就被鎖得死緊，手套又拉著我往樓上跑，塞到其中一間房，然後被己方的鬼鎖死。

「喂，佳蓉？」

沒鬼理我，等我眼睛適應了黑暗，才看清這是間娃娃房，裡面充滿小巧可愛的玩意兒，而且不管是床、文具，還是小布偶，都有兩份，感覺得出父母滿滿的愛意。

那些人卻毫不留情地奪走這個家的小寶貝，殺人的人叫殺人犯，殺小孩的叫畜生，畜生還聲稱自己是神，眞是好笑得可怕。

我聽見重物撞上門板的聲響，隨即房門開啓，走進來一個持劍的古衣女子。

「又見面了，嫦娥娘娘。」我抱著一雙小兔子布偶，給予最誠摯的笑容。姮娥仙姑重重地蹙起柳眉。

「妳眞是註定落在我手上。」

「很抱歉，我眞的不記得妳呀，大美人。」

「妳在親人的葬禮上哭得很傷心。」她步步逼來，我倒也不怎麼害怕，「那一瞬間，我後悔過仙宮的大業，我從來沒把任何人放在眼中，妳卻不時浮現在我眼前，我現在才明白，原來妳成了我的孽障。」

「眞不好意思，我也不是故意要人見人愛的。」

她抬起長劍，我略闔上眼。早知道會這麼早死，剛才應該要給老王甜言蜜語一番，而不是無語目送他駕車遠去。

當劍尖觸及我胸口，強烈的白光無預警地迸射出來，至少整整十秒，眼前除了純白，再無其他顏色。姮娥仙姑受白光衝擊，撞上幼兒房門板，長劍落下，長髮四散，看不清面上表情。

白光又慢慢凝聚成渾圓的光點，緩慢從空中落下，像是潔白雪花，但觸感卻無比溫暖，如同施法在我身上的主子一樣。

小七就是爲了埋這顆光彈保護媽咪，才會體力透支，整天睡睡吧？

沒想到不只能退敵，雪花彈啓動之後，還有呼叫神兔的功用。我身前亮起色度更純的白熾光芒，等雪白的簾幕褪下，白袍仙子就這麼單舉白刀，翩然現身。

月亮仙姑拂開亂髮，拾起長劍，對神子無懼於色。

「無上天宮，姮娥。」

「白派，七仙。」小七凜然地回，依然以人類道士身分自居。

「林家，兔兔！」我補充說明。

「大姊，惦惦！」

一場惡鬥就此展開。

爺和我說過登天的故事，那是一群聰明人想擺脫掉命運的悲哀傳奇，就算當中不乏才者能呼風喚雨、將滄海化桑田、得帝王榮寵而享極致富貴，他們的事蹟依然被登載在「人」的卷軸裡，從來沒越足到眞正的天外天。

而當他們想說服自己，以爲這種狀態才是道時，卻出現循著大道而成神的實證，要他們的信念怎麼不扭曲崩毀？

「仙人好可憐喔！」年幼的我忍不住同情不停被打臉的大仙，我家的大人們卻放聲大笑，連性嗜臭臉的小叔都勾起嘴角，像是得意著什麼。

「小萍，老天爺混雖混，可是很有眼光的。」他們沾沾自喜地說道，這也是他們唯一一次在爺爺的神幻故事中插嘴。

月亮仙姑大敗，孔子說勝不驕，所以我沒有表現得太爽。

上次七打一，還是在小七中彈失血三天的情況下被完封；這次兔子中午有愛弟魚湯進補，營養充足，還有媽媽在背後打氣加油，姮娥仙姑哪有勝算？

她披頭散髮地望著小七，眼神卻平靜得可以。其實我覺得仙姑從被一開始的光彈照過後，就變得有點不一樣，依然是囂張大仙，只是看清了無能為力的所在。

「我輸了，白仙。」

「天地自有制裁你們的方式，今後請深切反省傷人的愚行！」

姮娥對小七的裁決有些呆滯，我懷疑她心頭一定有閃過「這是哪裡來的小白兔」的念頭。

「仙宮的慾望就像潮水，你就算勝過我，他們也不會止步。我們和陸家聯手殺過神，知道你們並非無堅不摧，只要你還流連人世，就會存在可以掐揉的軟處，我們千年累積而來的智慧，也只剩在這種無恥的地方發揮實踐。」

姮娥在笑，但我怎麼聽起來她的每個字都好痛？

她目光轉向我，我躲在小七背後向她眨眼。

「說漂亮，我也不是沒見過更漂亮的，妳有哪裡好？」

「我哪裡都好。」

小七忍耐著不在敵方面前吐嘈我。

「不過，妳笑起來的確比哭泣好看。」姮娥持劍轉身，消失在二樓走廊的盡頭。

待她走遠，小七立刻氣沖沖地找我算帳。

「大姊，這啥小？她的稱號是『月』，妳竟然連仙宮副宮主也能釣上！」

我撐著額際，優雅地擺出罪惡女子的姿態。

門口浮現兩抹不足我腰身的幽魂，看起來像玩得髒兮兮的小鬼頭。大概是閃光彈放完的關係，我終於能接收到鬼的頻道了。

「妳是阿七哥哥的媽媽？」他們異口同聲問道，我微笑承認，「好漂亮，跟我們媽咪一樣漂亮！」

「那只是金玉其外。」小七眞是一點也不給媽媽面子呢，看我把他的小臉頰狠狠掐腫！

和小七扭打一陣後，我扶著散亂的髮髻，過去和小朋友說說話。

「光光亮亮，你們好。」

「阿姨好——」雙胞胎燦笑地打招呼，小孩子的笑容眞是人心的通樂啊！

「他們從地府偷跑回來，在這個家外邊打轉，差點被別的道士捉去擠貢丸！」小七生氣地瞪過去，兩個孩子立刻乖乖站好。從熊寶貝的例子就知道，我家兔子管教小孩很有一套。

「我們這次死掉沒看到爹地媽咪，想看他們一眼，一眼就可以了！」

他們略略踮起腳尖，血肉模糊的小臉蛋一同向小七仰起，想爸爸媽媽想得要命，就像蔡董事對他們思念成疾。

門板突然碰碰兩聲，我以爲是蔡夫人，而光亮二人組立刻躲到兔子布偶後頭，直到確認剛才只是風聲，才敢再飄出來。

「你們幹嘛躲媽咪？」

「我們這樣不好看。」他們一起低頭說，把兩雙手心攤在我眼前，「爹地媽咪喜歡的是漂亮可愛的小千金，不是路邊乞丐，看到我們眞正的樣子，就不會喜歡了。」

「怎麼會呢？」我揉揉他們的腦袋瓜，雖然十根手指都碰不著邊。

「我們死的時候被裝在垃圾袋丟掉，是垃圾。他們要是知道養的不是小天使，而是垃圾，一定會很生氣。」

我一時說不出話，他們還這麼小，就深刻體認到人命有貴賤之分。

「沒有這回事，每個孩子本來就該被好好養胖。」

他們牽緊彼此的手，還是非常不安。

「可是，那些要捉我們的人說，是我們把媽咪害死的，媽咪一定也很生氣……」

我鬆開摟住他們倆肩膀的手，因為蔡夫人就站在孩子身後，面無表情，蒼白得看不出情緒。

「蔡小光！蔡小亮！我不是教過你們不可以說謊？」

雙胞胎不約而同地轉過身，怔怔地看著沒有形體的母親。蔡夫人一直等到他們低頭反省，才跪坐下來，一左一右地把他們抱進懷裡，用力得像是要把他們融進自己的魂魄裡。

「對不起，都怪媽媽沒有保護好你們……」

雙胞胎那種明眼人都能看出的惶恐逐漸消下，一起窩進蔡夫人懷中，不想再離開。小孩子身邊只要多了個娘，就變成了寶貝。

我看得淚眼汪汪，橫走到小七身邊，才要抱兔子，就被七仙早一步躲開。

小七安靜地打開窗，大風捲入室內，外頭粗暴的叫囂聲此起彼落，蔡家後花園排排站滿身穿道袍的「正義之士」。

仙姑竟然沒有順手把手下們帶走？就算是身心俱疲，她至少也要撿一下隨身垃圾呀，這不是最基本的公民素養嗎？

他們鼓譟白仙把兩個孩子交出來，聲稱雙胞胎罪證歷歷，強充凡胎，又勾引蔡董事，才使得蔡夫人神智崩潰而死。蔡夫人雖然可憐，但死後昧於神子之名，以陰魂犯陽世，也難逃其責。

我不知道原來道士也會用對付人間公務員的那套，用一連串的胡說八道，和不合法規的大帽子，往小七的頭扣下，逼他吐出小孩和蔡夫人。

「他們既然回到陰曹輪迴，那麼，也就不是你們所能置喙的。」小七說，差點被下面扔來的石子給砸中，我嚇得把兔子拉離窗邊。

「擅犯天條還敢大言不慚！」

「很抱歉。」七仙低首。我看得出其中有鬼，可是下面的群眾卻以爲成功把神子踩在腳下。「這個案子已經移交給地府，你們就下去和公差好好說明清楚。」

小七一點也沒有諷刺對方的意思，但他這般悲憫的神態，反倒更讓嫉妒他的神仙道士瀕臨崩潰。

暗影浮動，來自比地面更深處的地方，瞬起包圍住所有人。他們驚慌的模樣，就像黏蠅板上的小飛蟲們，在驚覺該逃的時候，早已經動彈不得。黑影凹陷成窟窿，人們一個接一個沉入，只剩口鼻對上蒼嚷嚷。

「爲什麼陰曹會向神子靠攏！」

小七悲傷地說：「不是的，只是你們的行徑，無論鬼神都看不下去。」

他們最終伸長手，向最痛恨的神子呼救，小七平靜地告知他們「別怕」，做幾分壞事就罰幾分，陰間很公正的。

聽說異能者爲惡，要是落在天的手上，只有灰飛煙滅一途。不過我想那些人大概感覺不到兔子對壞蛋的慈悲心。

黑影吞噬完惡人，又從牆緣爬上窗台，模糊成了兩個成人的輪廓，依稀聽見鎖鍊相撞的聲響。

「他們是婦人孩子，能不能不用枷鎖？」小七誠心請求，黑影兩相對看，似乎點頭同意。

蔡夫人挺胸而出，把自己迎在鬼差面前，兩手抓牢兩個孩子。

「光光亮亮，準備好——」

「出發！」雙胞胎齊聲大喊，「兔子阿姨、阿七哥哥，再見！」

我有些鼻酸，蔡夫人臨行前一個回眸，我知道她掛念獨留在人世的丈夫，於是拍胸脯給她看。

她嫣然一笑，然後帶走生前一雙碧玉。

風來風去，不一會兒光景，洋房裡就只剩我和兔子面面相覷。

「來，給媽媽牽。」

小七把手心覆上來的時候，我一度以爲所有事就此落幕，不想再計較有點納悶的細節，只想帶他回家。

既然沒有破壞冥冥之中的規矩，應該就沒有打仗的疑慮，大兒子也不用跟小兒子嘔氣了吧？

「陰間的鬼官把蔡家的事全都擔下來了。」小七開口說。我就想，小草他們的效率也太好了吧，原來還有見義勇爲的第三者。「我到下界談過，它們看出我想置身事外，把我視作傳話者，去除天界干涉因素，交由冥府公辦。」

沒想到鬼差之中也有鑽法律漏洞的強者，我一定要瞞著阿夕偷拜拜。

「小七，天上會怪你丟面子嗎？」

七仙搖頭：「天帝聖上希望我能開始獨立掌政，一切尊重我的決定。」

所謂各退一步海闊天空，上下公權力正常運作，就沒有讓壞術士囂張的餘地，所謂意識形態也不過是兩大主管的意氣之爭。

我總是有把麻煩事看小的習慣，深入一點分析，就是逃避現實。

「大姊。」

小七叫住我，我才發現咱們母子已經走到第二公墓開發預定地，荒廢的帆布和竹竿鷹架，搭成一個小布棚，裡頭有鄭王爺的神像，香火隱隱飄來。

「這一年來就像場夢。」他抬起眼，原本玉似的雙色眸子，染上了淡淡的金輝，漂亮得教我害怕。「我甚至忍不住會想，要是能早點遇見妳就好了。」

我和他眞是心有靈犀，但這時候卻高興不起來。

「我有預感，這次再不走，就再也不可能離得開妳。」

「你就不能不要離開我嗎？你才兩天不在家，我就快要發瘋了，媽媽不能沒有小七啊！」我裝哭來掩飾眞正的哽音。

「我想一個人待著。」小七示意帆布棚就是他的新居，我好想剖開他的腦袋瓜，檢查笨蛋的組成成分。「妳有時候經過這裡，我可以看看妳，遠遠地，不用害怕傷害到妳，這樣很好。」

「哼，媽媽就故意不過來給你看！」

沒想到我比他更狠，他有些不知所措。

「再也見不到媽媽沒關係嗎？我以後介紹自家小孩沒有兔子也沒關係嗎？人家以後問起你親人，你得回答『我沒有母親』也沒關係嗎？」

「大姊，妳帶我回家的時候，我眞的很高興。」

別以爲我貴人多忘事，他剛來的那時候，還不時鬧脾氣給我看，裝傲裝孤僻，要不是我早早看透他的本質不過是隻瑟瑟發抖的無助幼兔，換作別人家，早就把他放生回黑夜裡頭。

「這些日子，我總是踰矩地想著——要是妳眞的是我母親就好了。」

光芒暗下，小七在黑暗中總是帶著微弱的光，現在卻暗沉得像個兩夜沒睡的普通少年，白髮散在眉間，無神的雙眼淌滿淚水。

鄭王爺說過，我遲早會毀了神子，而我從來都不願意相信他的鬼話。

「兔子，來，給媽媽摸一把。」

我撫弄他的白頭毛，看不下他備受煎熬的可憐相。很久以後，我才從七仙嘴裡套到話：犯天規者，上蒼會強制剝離情感，奇痛，痛不欲生。

活生生摘掉一顆心是什麼感覺，我不敢想像。

此刻的我還不知情，只是覺得自己不能待在他身邊了。

□

回程路上，我身陷凌晨降臨的大霧中，被露水沾濕衣裳，冷了更冷。我從來不覺得夜色有這般晦暗，無月無星無聲無息，失去光的景色就像失去一切，什麼也沒有，只有四面八方襲來的虛無感。

正常人不會喜歡，我也僅僅是不討厭而已。說那麼多漂亮話，心底還是偏愛白晝，也就不可能拿出眞正的公平。理智客觀之類的，終究只是自欺欺人。

我在深夜中茫然前行，找不到目的地，直到與一抹影子擦身而過。

「它」穿過我的手臂，疾步向前，頭也不回，連一聲「小姐抱歉」也沒有。

「撞鬼」不是會全身哆嗦嗎？爲什麼我難能可貴的第六感接觸，卻不是冷意，而是像觸電一樣，小屁屁都冒起雞皮疙瘩？

我知道這條路直走到底再拐彎，就會回到熟悉的街角，但我卻立即轉身追了過去，再一次攔在那影子面前。

「嘿，帥哥……」

人影迎面穿過我，毛細孔又一陣抖慄。

「你好，想和你認識一下。」我大字型攔在「他」前方，他有意識地繞開我，繼續維持幾乎無重量的步伐。「我們見過對吧？大概十年前，夜市呀，你還送我魚湯，記不記得？」

他連輪廓都相當模糊，我不可能光靠外表辨識他和其他遊魂的差別，但我很會認人，喜歡的，見了一次就上心。

「小玄子……唉，他是我乾兒子之一，是個小痞子道士，說你姓『陸』，是閻羅王底下的書記官。閻王長年發懶，倚賴你明判是非，所以陰間大伙兒都叫你『阿判』，是不是？」

他沒有回應，但頓下的動作證實我的猜測。

「聽說你堪比冥界的電腦中樞，每個亡魂都記得一清二楚。我還知道你是隻很好很善良的鬼，蔡家的案子就是你包下的吧？因爲你也沒辦法坐視不公義。」

我連珠炮似地向他搭訕，好不容易等到那層晦影籠罩的紗從我眼前化開，才得以望見他那雙清冷的細長眸子，和十年前匆匆一會幾無二異。

「休管閒事。」他扔下一句，又邁開穠纖合度的長腿。

從這時他「飄移」的速度，可知他是鐵了心想甩掉我。即使我追得鼻孔噴氣，也縮短不了距離。以前不知道就算了，現在因緣際會明白了他的冤屈，要我怎麼能袖手旁觀？不僅爲了公平正義，也爲了不想讓決斷的那人後悔莫及。

你和鬼王那件破事到底演變得如何？

想得太急，從嘴裡出來的竟變成：「你和鬼王到底有沒有一腿——」

舌頭啊，你眞是個調皮的小東西。

他終於停下腳步，冷眼盯得我尾椎發麻，有種莫名的爽快感。

他從西裝掏出線裝本子，高高揚起，卯我的頭。君子動口不動手，他卻講不到幾個字就揍我。

「妳閒事管到下界帝王身上，眞不怕灰飛煙滅？」

「裙帶關係超強，我不怕！」我挺起胸脯保證，卻也沒讓他眉頭鬆下半分。

「妳知道了？」他寒著臉問，我只能說，鬼冷臉的樣子比人更冷。

「一咪咪啦！」我食指和大拇指分得大開，明眼人都看得出來，我只是口頭上謙虛而已。「我自聽過你的故事就無法忘懷，目前也只有小兒子前世的蘿蔔經可以相提並論，印象深刻！」

我覺得自己開朗得有些過火，大概是緊張的關係，像是在相親場合，擔心給人留下不可愛一面的印象。

「不關妳的事，不想死就離開，我有要事。」

「首先，我家兔子受你關照了。」我客客氣氣地鞠了躬，「希望沒給你添太多麻煩。」

他沒應聲，我心頭戈登了一下，該不會是事態很嚴重吧？

「白仙又不認妳？竟然讓妳帶著沾染鬼氣的眼，一個人走上冥道。」

我目瞪口呆地望著他，常聽說舉頭三尺有神明，不料底下三尺的鬼差也知道我的家務事，那我平常作惡多端，不就被牢牢記在善惡簿上，死了也唬爛不得？

「是的，我又和寶貝鬧僵了，能不能教我怎麼和孩子和好？」

「去死。」

「對不起。」我這個因太自信而在親子關係中溺水的老母，只是忍不住把英挺的鬼差當成大海浮木。

但是，這般極富誠意的道歉並沒有被接受，還遭到更猛烈、字字明快清晰的炮火轟炸。

「妳以為妳是誰？指使神子介入冥間、煽動各王犯禁，隨便一條罪名成立，都能把妳扔進十八層地獄輪過三回！」

從口氣研判，他應該已經不爽我很久了，積怨頗深。

「我以為沒關係……」頭上的目光好刺，我結結巴巴地承認故意拿翹，「他雖然執拗，但都會讓著我……」

「那也是他還愛著妳。」他一副恨鐵不成鋼的樣子，我有點想拉住他的襯衫袖口，請他別再說下去。「君心難測，要是哪天妳失去榮寵，曾經那些屬於妳的恩眷和退讓，都會成為妳莫須有的罪過。」

「我們相依為命好多年，沒有人會背叛家人。」

他低眸凝視我好一會兒，突然抬首，往眼前那片大霧望去。我跟著引頸張望，卻被他骨節分明的大手按住額頭，視野黑地一片。

「妳記著，別相信任何諾言，這世上誰都不能保妳周全，妳只能保護好妳自己。」

他說完，我腳下一空，瞬間沉到他的影子裡頭，感覺像在水中，往上看的景象如海潮波動。

濃霧散去，黑暗中走出一條頎長的身影，我不由得呼吸一窒，當他腳步停下，我得強忍著，才壓制住喉頭的叫聲。

林今夕左肩扛著吉他袋，以我從未見過的冷厲神情，與鬼判隔著絲縷煙波對峙。

「我准許過你應承白仙的要求嗎？」這是阿夕的聲音，眞實不過。

「沒有。」判官傲然回應，「可你又准許過什麼事？」

我的心臟漏跳一拍，下一秒，鋪天蓋地的刀刃把阿夕身前的鬼扎成了一隻刺蝟，血花四濺。

鬼影幢幢，橫列在他們兩排，傳來木板叩地的咚咚聲響，越來越響，震如雷鼓。雖然老派得很，但身臨其境的我卻笑不出聲，還被上頭滴落的血模糊了視線。

那個肩膀掛著心愛樂器的男孩子，漠然地注視著這場酷刑，直到對方不支跪下，才用他好看的唇形說出個「止」字。

「奴才要有奴才的規矩，陸判。」聲音不重，卻讓人爲之膽寒。

他掙扎起身，把腸子塞回綻破的肚皮，搖搖晃晃地撐直雙腿。

「以前我跪你，是因爲你是鬼界的王；喚你一聲『陛下』，是基於你是我的主君。滿天神祇，卻都不願髒祂們的身子，遠古之前，唯有你撐起一無所有的地下世界，給後世亡魂一個棲身之所。凡人抬頭望的是天，而我們仰望的是你。」

我爺曾經四處打探鬼的視野，但聽說它們總是忙著眷戀生前或是等待新生，不太在乎陰間收容所。不過世間的人也常常不太了解自身周遭環境，年輕寄望未來，老時緬懷過去，很難得到客觀的訪談記錄。

而他說，幽冥的世界以他們的王爲軸心運轉，存亡由祂，祂構成無光國度的天地，是眾鬼的至高主宰，然而……

「你們的存在不過是供我踏足的石子，我從來沒把你們看作生命。」

「既然如此，你又何德何能命令我違心讓寡母孤兒任惡徒宰割，就爲了在白仙身上添一筆墨！你除了這點小手段，沒有其他贏過天帝的方法了嗎！」

大刀砰然落下，從他的大腿斬斷雙足，讓他不得不伏在地上，我只聽見一聲強忍的嗚咽。

「給我趴下，賤民。」那人殘酷地說。

我看他眞的好痛，心也好痛，想開口求情，卻被他伸進影子的手捂住嘴。

四周泛起銀色光澤，在這片黑糊糊之中特別顯眼，然後左右兩道旋風將黑暗捲成兩道垂地的袍袖，化成一件華麗衣裳，上頭的銀紋花紋，襯著那頭齊腰的銀色長髮，我曾在阿夕的心中見過他，恭敬和善，但眼神很深。

「閻羅恭迎陛下。」

銀髮男子二話不說地跪了下來，兩手拱得老高，好像要把林今夕端去天頂。

阿夕掃視銀髮大鬼散亂的長髮，分明是緊急趕來，還裝出久候大駕的誠懇笑臉。

「臣等陛下等得好苦，陛下終於要重掌大位了，普世同慶。」

阿夕沒說話，銀髮的鬼誠惶誠恐地伏地而拜。

「是臣誤會您的聖意，請陛下恕罪！」他拜了又拜，小心覷著阿夕的臉色，確認過安全指數，才側頭往後方斷足的鬼望來。「咦？陸判，你這個微不足道的鬼差，怎會在這兒？」

「大人，太假了……」斷足的鬼冷冷說道。

銀髮男子咬牙往鬼判用力嗤了聲，回頭又朝阿夕諂媚笑著。彎著腰起身，小心翼翼地來到鬼判身旁。

「你幹嘛又把自己搞成這副德性？」銀髮男子拉了拉鬼判的右臂，他還是在血泊中撐著倔強的身子。

沒有道理地，我就是知道，他刻意自找苦吃，是在維護我。

「我來和陛下談，你先回閻羅殿，聽話。」

鬼判為了要掩飾我的存在，遲遲浸在血泊中不走。

等了又等，銀髮大鬼失去起始的從容，強硬地把鬼拉起來。

「你聽話呀！」

冷不防，銀髮的鬼瞥見他身下的我，鬼判反手攢住他的臂膀。在小草口中聰明狡詐的閻王大人，一下子就明白前因後果。

「你這又是何苦？她在人世安然生活的時候，何嘗想過你？」

銀髮男子挽袖裝回鬼判雙足，再強制把他壓進自己不合比例的巨大影子裡，如同鬼判將我藏起的手法。

然後，銀髮男子回頭向阿夕欠了欠身，展現他長袖善舞的一面。

「陛下，就當作看到一場鬧劇，那傢伙沒事總要到十殿吵一吵，別浪費心神責罰一個小鬼差。」

「他一直是你的臂膀，你難辭其咎。」

「算了，您要罰還是罰他好了，他也沒剩多少時間了，您歸位，不就是他的死期？」

男子說得輕鬆，我卻感覺胸口有大石砸來。

「你究竟知道什麼？」

「陸判和那女人的關係嗎？」銀髮男子手指轉著自己的髮鬢，「其實也沒什麼，反正區區一個女子，絕不會影響陛下的大業。」

「閻羅，不要妄想算計我。」

「臣豈敢。」他腰彎得夠低，卻抬得很快，這是不安於下位者的習性之一。「不過，微臣實在很擔心您啊，坐擁黑暗的世界實在沒您不行，總不能讓臣一直僭越『鬼王』的稱號。」

我沒得再繼續看下去，就被鬼拉下更深的水域。

我們在無邊無際的黑水中浮游，他把眼鏡收進口袋，一手攬著我的腰，單手撥水前進。看他那雙漂亮長腿又能正常踢踏，我心頭的虧欠減下大半。

「百聞不如一見吶，你說話眞的和我乾兒子們形容的一樣，好一朵帶刺的玫瑰。」

「妳別學我，該低頭的時候，還是要低。」他不喜不怒，沒有剛才歇斯底里的感覺，那些偏激的表現果然是裝出來的憤慨。

不是我的錯覺，他眞的莫名地對我很好、事事爲我設想。

「罵是那麼罵，可你還是很喜歡他，一直等他再度唱曲，不是嗎？」

他垂下烏黑的眼簾：「我生前是人，人總是有犯賤的一面。」

喂喂，哪有鬼這樣說自己？

我很想跟他多說點話，但不知怎麼地，平常的精明竟丟三落四地找不回來，只能低聲擠出一句抱歉，給他添了很多很多麻煩。

「哼，不要再讓我碰到妳就好。」隨後，我們浮出水面。

我大口呼吸，肺回來了，風吹來，感覺得到毛細孔收縮，而不是從骨子底漫出冷意。眾多跡象顯示，這裡是我認識的大街。

我出了陰世，他卻依然在黑水中載浮載沉，那雙枯瘦的手骨滿是剉傷，即便如此，他還是盡最後一分力氣把我整個人推上岸。

「判官大人，要不是我和父母熟透了，一定以爲你是他們的其中一個。」

「就說我和妳沒關係。」

他不耐煩地再三聲明，在水中伸長手把我散亂的劉海輕輕挽到耳後，等我抬頭再看，他已因體力不支，被黑暗的急流洶湧淹沒。

我抱膝坐在人行道上，靠著街燈，久久無法動作。

我終究一個人回家。

桌上有吃的，我拉開保鮮膜，喝著湯面已結出油膜的冷魚湯，口味很好，可惜麻痺感還在，吃不出滋味。

「媽，我回來了。」

我背脊一僵，林今夕扛著黑色吉他袋，低身在玄關脫鞋，如同他團練歸來的每一晚。

他大步走來，沒有一絲不尋常，甚至多了幾分體貼，一改這些日子低氣壓的表現。

「都冷了，別喝，我去給妳熱好。」他把剩下的半碗湯端到廚房，我聽見瓦斯爐開啓的聲響。「小傢伙在茵茵那裡，明天我們一起去接他回來。」

千刀萬剮的畫面還殘留在我腦中，我沒有應聲，心理建設才蓋到一半。畢竟是大寶貝，不管他再可怕，我都不會害怕，只是有點怕痛。

「媽，妳還好嗎？」阿夕探頭出來。我朝他微笑，但是效果不彰，可能是心裡難過的緣故。

「沒事，只是湯太好喝了，媽媽感動得流眼淚。」

我抹開不停啪答墜下的水珠，不能哭啊，不然阿夕會誤以爲我跟他在一起根本不幸福。

覺得好挫敗，原來自己沒有想像中萬能，甚至一點用處也沒有。這種時候好想找人撒嬌，偏偏想起家人都不在了。

「過敏怎麼又發作了？眞傷腦筋……」

我走進浴室，想把臉上纏人的鹹水洗乾淨，洗完卻蹲在馬桶邊，沒有力氣再走出來。

大概佔用太久時間，阿夕受不了來敲門。我跟他說老爺出門去了，現在只有便祕的母親，不太方便見客。

「媽，不要哭了。」

承蒙他拉下身段哄我，我高興都來不及了，怎想到被喉嚨再次背叛，嚎啕大哭。

明明湊巧得了他的我怎麼算都很划算，眞不知道自己在難過什麼。

此刻的我還不明白，這些爆發出來的淚水，一缽是爲了還清過去，一缽則是提早弔唁我們將至的未來。

神諭

我和阿夕並肩站在空地邊上，遙望一處小廟棚。

十月底了，西北風初起，不時聽見塑膠棚子被風颳得碰碰響，說它下一秒就變風箏飛向浩瀚天際，我也相信。

那個小棚子要住隻大黃汪汪都很勉強，卻是一隻兔子和大將軍神像的棲身處。動保團體都忍受不了，更何況是注重兒童福利的社會局，我一直等著傳票送來，可惜這附近的居民對於流落於此的白髮少年，並沒有多大反應，甚至還有婆婆帶著供品來參拜。

遠遠地，可以看見小七把綿軟好摸的白髮紮起來，傾身聆聽老婆婆繁瑣不清的訴苦：她的老伴死了，十多年前走的，最近常夢見他抱怨飯菜不夠。

婆婆很為難，她總是在開動前把餐點放上供桌，給老伴先用；但近來兒子媳婦不太記得家裡還有個老人，她總是一個人餓極了，才在屋內找到一點零嘴，拌糖水或是直接泡水吃，希望神子能向丈夫轉達她的難處。

「伊毋是計較，是怨嘆子兒序細不孝（他並非計較，而是埋怨孩子不孝）。」小七低身向婆婆開解。婆婆聽得動容，才知道老伴捨不得她。「伊講恁有一个姪仔，對待恁兩老眞有心，近來生意有成，也有意接恁過去，恁就放心過去。」

婆婆兩眼含淚，接受了神子的建言，只是望著小七，問她離開以後，還有多少人記得供奉王爺公？

小七說：「我是王爺公契子，一生一世攏會佇伊膝下。」

話說蘇老師暗地跑來公墓，看見小七孤伶伶地靠著神像睡覺，受不了打擊，被老王載去掛急診，到現在都還躺在醫院。兔子乾爹似乎是氣炸了，完全不接我電話。

阿夕說，整件事只有蘇老師這個結果是好的，我繼續淚目。

阿婆留下了一個白饅頭，向傻離開。我深吸口氣，拖著雙腳有千斤重的大兒子，一步一步往小廟接近。

「王爺公，我開動了。」小七在神像面前恭敬地撕開半邊饅頭，小口小口嚼著。

阿夕終究看不下去，拔腿邁步向前，超越我這個老母，把盒裝便當重重放在小七腳邊。

七仙目光從八開圖畫紙大的方型便當，一路往上到阿夕的冷臉，又轉向思念兔子過度的老母身上，呆滯兩秒，很努力地壓下澎湃的心緒。但是憑他的腦袋瓜，也不知道除了退開距離，該怎麼面對前任家人？

「白仙，給抱嗎？」我這個信徒懇請神子援助，其他寺宇的中年廟公都不能治好我的相思病。

「不行，妳不是我母親。」小七低著頭說。

林之萍受到致命性的攻擊！我好不容易修煉成兔子精，卻要被打回原型嗎？如果不當兔子老母，那麼我這個老仙女就只剩熊老母、魔王老母可以轉職。

「小七，跟媽媽回家好不好？」

「不行，我跟你們沒有關係……」小七低身跪下，把便當輕輕推回阿夕腳邊。

我把便當再推回去：「小七，媽媽好想你喔……」

我和七仙兩相對看，彼此都強忍著不哭出來。

阿夕接起手機，虛應幾聲，收線後，眼神在母弟身上逡巡。

「媽，我學校有事，要趕回去。」

我戀戀不捨地多看了兔子幾眼，跟著阿夕起身。跪坐的小七顫了下，卻又縮回殼中。

「愛兔，想回來就帶著鄭王爺一起回來，你永遠都是媽媽的寶貝。」

□

林今夕把努力吞淚的我載回小公寓，當我確認他的機車引擎聲揚長而去後，就從要自閉的床鋪來到玄關，套上還溫熱的靛藍色高跟鞋，溜出我以往眷戀的小家門。

天黑了，站在工地邊上已經看不清兔子，只依稀聽見他零碎的談話聲，像在教訓人，口氣很衝。不過，一隻天生的小毛球，再兇惡也不會變成肉食性動物。

我再靠近一點，看見小七站在廟門，拿著快燒完的白蠟燭，對著空無一人的曠地，連珠炮似地罵。

啊，是好兄弟，聽小七不停地微調內容和口氣，應該有不少隻來找他敘舊。

我躲在鐵條後面，不時探頭出來看小孩。和傍晚母子團聚時的樣子不同，夜晚的兔子看起來好有精神，只有在我面前才變得懨懨的，像是得病的家畜。

正難過著，小七突然直起身，轉頭朝我這邊望來。我鑽進水泥地基裡頭，以爲逃過追捕，他卻閃身站在我上頭。

「妳怎麼陰魂不散啊？」

「嗚嗚，小七……」我奮力朝他伸長手，怎麼也說不盡我對他的思念之情。「媽媽爬不出洞，救我——」

他不再像過去那樣任意吼我，只是低身把我拉出來，動作很慢很溫柔，連我趁機抱抱他的肩時，都沒多說什麼。

「回去。」

鑰匙扔了。

「叫今夕哥來接妳。」

嘿，沒帶手機。

「白仙兔子，小熊也去和花兒團聚了，民婦成了無家可歸、沒兒子玩的可憐人，能不能大發慈悲收留我？」

小七比向簡陋的小廟棚：「那裡看起來像能住人嗎？」

「原來你也知道那裡比狗窩還不如啊，臭小子！」我忍不住去拉他的白毛，氣死我了。「把你的王爺公包一包，跟媽媽回家！」

「妳別再來亂了，快走！」

「什麼來亂？是誰哭著離家出走！枉費媽媽還攢了一筆獎金要買新床給發育中的你，就算多一隻兔子老母出來蹭床，也綽綽有餘，你現在是要我情何以堪！」

「莫名其妙，誰要跟妳睡啊！而且妳睡相超差，熊仔好幾次都被妳壓在肚子下嗚嗚叫，妳還是睡得像死豬一樣！」

難怪熊寶貝大了，變聰明了，晚上和媽咪一起嬉鬧以後，不管再睏，還是一蹦一跳地去找他的哥哥們睡睡。

「先假設我是一隻輕盈的成年兔子，對熊來說只是暖和的被窩……」

「沒有這種假設！」小七矜持了一會兒，還是氣得破口大吼。該是怪他定力不夠，還是我的美麗太罪惡？「跟妳說話我真的會起痟，快走啦！」

他轉身回去顧廟，我縮手縮腳、屁顛屁顛地跟了上去。

「白仙，民婦有一事相求。」

小七頓下腳步，略顯遲疑地開口：「妳又遇到什麼垃圾東西？」

我悲憤地搖頭：「我可愛的小兒子都不回家，民婦該如何是好？」

「妳爲何執意要養無法回報奉養之情的孩子！」

他板起臉來，我不能讓氣氛鬧僵，畢竟神仙兔子要是眞狠得下心，有千百種方法把我驅逐出境。

「說來話長，我小兒子腦袋不靈光，我好擔心他被奇怪的中年大叔給騙了；他又生得清秀可人，雖然平常愛擺臭臉，不過笑起來一整個極品，我好怕他被有奇怪癖好的中年大叔給騙了；而且他身無分文，一個人流落在外，遲早會被那種對小男生心懷不軌的中年大叔給騙了。」不行，小七兔是媽媽的！

小七炸開毛：「我不會跟什麼奇怪的男人走，妳就放一百二十個心吧！」

要是一兩句保證能安下心，就枉費我自居優良母親十三年多。

「阿夕已經連續三天煮飯超量，你也知道哥哥他驕傲得很，不肯承認沒了養肥兔子的目標讓他很空虛。小七，媽媽是眞心對你說，你肉一點比較可愛。」

「恁娘咧，妳到底是什麼意思，有聽沒有懂！」小七繃起肩頭，煞氣騰騰。

「就是……肉一點比較可愛嘛！」幹嘛一直逼人家告白，很害羞欸！

「大姊！」

我覺得有點委屈。家裡少了個寶貝，總是半夜睜眼到天明。他如果能過得好，我也認了，但他卻除了一身神力之外，什麼也沒有，吃不飽穿不暖，好好的學校也不肯去了。他在我這裡絆了重重一腳，連帶想一口氣避開所有人的連結。

他從來不認爲自己是隻好白兔，而是給人帶賽的掃把星。好在他腦筋不好，固守在鄭王爺的舊地盤，不然眞的跑遠了，我用盡三十六計也逮不回來。

我把他擠開，鑽進小廟棚裡，負氣不走。

當小七動手把礙事的母親拖走，我就抱緊石塊上低眉肅目的王爺公。兔子毛都快氣禿了，直吼我沒體統，竟敢冒犯管轄一方的英靈。

因爲我和蘇老師有過約定才忍著不說，他家王爺公和他老母，有牽手、有附身、也有抱過一下下，還對我懷有一絲好感呢！

不過現在已經被絕交了，嗚嗚嗚！

小七瞪了我一會兒，又到廟口揮斥夜晚的空氣：「吹什麼口哨！她又不是我七仔，滾邊去！」

我從外套裡拿出充氣枕頭，埋頭吹氣，看它漲成一顆飽滿的兔子，完成長期抗戰的準備。

「妳趴著做什麼？快回去啦！」小七試著拔起我的蘿蔔小腿，我抵死不從。

「都這麼晚了，媽媽一個人會怕。」

「煩咧，我送妳……不行，那個地方進了就出不來了！」小七把溫暖的林家牧場，說得像專門吸引小男生的黑洞。

我把下巴擱在兔子枕頭上，任憑眞人兔子拔蘿蔔。回想林之萍闖蕩大江南北，惹來無數麻煩，畢生還沒有收拾不了的殘局，直到上次那個案子把家裡整個鬧翻——阿夕不肯讓步，小七又因爲退讓而離家。就算夢見蔡夫人帶著兩個孩子要出發前往另一個人生，讓我在臨行前給雙胞胎搓了又揉，我也沒兒子可以分享那種寧靜滿足的喜悅。

兔子沒有錯，可是兔子不願意回家。

我怕等阿夕的耐性告罄，直接撂話問他「回還是不回」。要是在底限之前沒來得及讓小七回心轉意，我的小家庭就再也修不好了。

「寶貝，你不在家，媽媽好寂寞，兔子太寂寞可是會死掉的。」

他幾乎掩飾不了難過的樣子：「妳不用再找藉口過來，這是我長大的所在，很適合我，沒什麼不好。」

當然，也沒什麼好的。鄭王爺親口證實，小七這輩子從孩童長成少年，幾乎沒有笑過。

「你是在埋怨媽媽沒有早點帶你回家嗎？」我側過臉，擰了口鼻一把，佯裝心酸。

「不是的，我怎麼會埋怨妳？」小七緩緩蹲下身子，右手猶豫很久，才拉住我袖口。

「我知道妳心慈，放不下我，可是我真的沒關係。」

「小七，你比較特別，不懂人的出發點終究是為了自己。我擔心你沒錯，但最終的目的只是想玩你的小屁屁。」

小七攢緊我的袖口，想來個過肩摔什麼的。

我成功地讓他又靠近我一些，趕緊拿出另一個充氣枕頭，噗嚕嚕地吹飽，然後把兩個兔子枕頭並排在一塊。

「兔兔，夜露思苦，一起來睡唄！」

七仙幾乎要崩潰了，從他試圖跟我講道理的那刻開始，就錯得離譜。

他木然起身，到外面巡了一圈回來，在廟口做出拉門的手勢；夜風似乎因此止步在外，讓我盡情踢踏只裹著絲襪的雙腿，也不覺得冷。

小七拈香和王爺公說完悄悄話，終於回頭面對躺在地上、為他大張雙臂的媽媽，如臨大敵。

我雖然用盡全力囂張，但是當他真的溫順地躺在我身邊時，心頭還是默默喜出望外。

我半撐起腦袋，另一手拍了拍他白嫩的臉頰，說：「瘦了。」

「別玩！」兔爪拍開母親之手。

我又揉揉他的髮，攬著他的背，當成毛球來順。他低低「嗯」了幾聲做軟性抗議，我咕唧咕唧地安撫。

「白仙子，怎麼辦？我眞的好喜歡兔子喔！」我忍不住湊近他的腦袋，用鼻尖蹭蹭，好想全力寵著他。

小七抱住頭，拉走充氣枕頭，背對著我遠離三寸。

他說：「大姊，妳能擋下雷殛嗎？」

身爲一名平凡的中年婦女，我只得沉默。

「違逆天的代價不是妳承擔得起的，離我遠點。」

我想假裝難過一陣，讓小七自動回頭安慰我，結果眼皮打架，背叛我的計畫，先行一步參加周公的桃花宴。

□

夢裡我穿著桃紅色長裙，有許多小兔子捧著桃子圍著我蹦蹦跳。我低身抱起其中一隻，問他是不是我失散的小孩。他不說話也無所謂，我就是認得出來，小七是我的寶貝。

兔子模樣的他只是張開口，發出淡漠的人聲——「妳承擔不起。」

什麼嘛，不過是被雷轟了一下，我謙虛，他還眞以爲我做不到？等天頂的霹靂下來，我再放開兔子就好了。

懷裡的小白兔卻掙脫出來，往前跳開；場景轉換，我追著兔子來到座落於山林的古老院落。

跨進門檻，從大廳走進內堂，一直到廊道盡頭的小房間。房間差不多就是我家供給小七的臥房大小，只差擺設和裝潢有著三百年的差距，便宜的合板單人床換作杉木剖半的原木床板，床頭還雕著象徵好彩頭的蘿蔔圖案。案桌和小櫃的作工精美，不像大賣場販售的量產家具，尺寸和漆色完全是爲小房間量身訂作，如同我小時候大伯自製的小家具。

我站在門邊細細打量，看小白兔他一蹦一蹦地跳到床上，沒入那個白髮男子的身體裡。因爲人家是在睡覺，突出床被外的肩頭赤裸一片；非禮勿視，我不好意思偷窺，但受小白兔引導，那頭白髮搭配年輕的肉體，讓我忍不住多看幾眼。

「小七？」我試探性地喚了聲。

他眼睫毛顫了顫，緩緩睜開那雙異色眸子，困惑地望向我所在的門口。

我雙手捂頰，無聲尖叫中。啊啊，是大兔子！二十來歲的七七兔！好大一隻！

「阿七，怎麼了？」

一頭不屬於他的烏黑長髮探出被窩，纖長的身子往我這邊半側過來，眉宇如畫，是張極爲秀美的臉龐，頸子以下也是全部淨空，背脊白淨無瑕。

做母親的目擊兒子長大了的一刻，內心百感交集。

「沒事，我以爲師父師兄在叫我。」大白兔有些傷感，美人摟住他的肩膀。「不過話說回來，你爲什麼會在我的床上？」

美人維持擁抱的姿勢，歪著腦袋反問：「爲什麼呢？」

我才覺得美人的聲線有點低，而且不是剛起床沙啞的關係。

「我把師父的房間整理出來，師父的床和布兔子都讓給你了，結果你還是死性不改，大半夜跑來壓我！」大白兔和小白兔一樣，吼人的時候特別口齒清晰。

「因爲我不敢一個人睡嘛！」大美男長手長腳地纏了上去，深具我的風範，被罵的時候，耍賴到底就是了。

「陸楓梓，你給我下來！」

「七七，我冷……」

我就看著大兔子沉著一張五官溫和的臉，把被子摺好，下床到櫃子拿出全套的衣物，像奶娘一樣地伺候著美男更衣，而他的絕世道友，從頭到尾只是咯咯地笑著，半根手指都沒有動。

大白兔自己只繫上一件白袍，就大功告成。從上輩子就生性簡樸。他半跪著爲陸美男穿鞋，又低身把人一把揹起，要帶他下山看大夫。照顧別人好順手，沒有一絲不耐，我看得熱淚盈眶。

這孩子眞的好善良，好怕他被謊稱有痛風的奇怪大叔給騙去喔！

陸美男在大白兔的背上笑語盈盈：「七七，看了也浪費錢。你窮死了，我不好意思。」

「你什麼時候歹勢過？生病就是要讓身體回復原來的生理，別囉嗦！」

他們嘴上一來一往，三百年後重生爲小男生再相遇，也還是一樣熱絡，有些情誼就算時間更迭也不會變化。

然而，忍不住對他們溫柔微笑的同時，我也注意到大白兔道友那身幾近透明的白，和大七天生的白膚不同，是血液循環不佳的病徵。

才擔心沒多久，他就在大七肩頭咳出大片鮮血，染紅大七原本純然的白色。

大七一怔，反手觸摸友人的額際，然後把手心移到太陽穴的位置，輕輕揉著，希望能緩解他的痛苦。

「阿七，讓我死掉算了，惡有惡報。」

「說什麼傻話！」大兔子憤然掐住大美男的大腿，「你被家裡人趕出來，吃我的住我的，又要我幫你挖墳，哪有這麼好康的事！給我撐住，你會好起來的！」

大兔子飛也似地往外奔去，我趕緊追上去，都快變成愛麗絲夢遊仙境了。

陸美男若有似無地回望我一眼，輕啓雙唇，隨即又一灘腥紅，支撐不住，昏厥過去。

大兔子的腳程不是兔子老母可以比擬的，儘管我氣喘吁吁地跑，最終也只能乾望著他成爲山徑的一抹白點。

我以爲就要跟丟兔子，孰料眼前一黑，被強制攫走意識。再睜開眼，我已經站在平地街道中央，沒有柏油，放眼盡是磚瓦平房，路的兩旁搭著布棚，食材、用具擺滿地，吆喝聲此起彼落。人們熙來攘往，全穿著古裝，剃了半邊髮，長長的髮辮盤在後腦勺。

緊接著，雪白的大白兔道士直往我面前跑來，與旁人差異立分。他的裝扮還停留在前一個朝代，無辮髮而束單髻，再看看他重病的好友，就知道不是士農工商。

眼看他就要撞上我，卻戛然止步。我趁機目測彼此的身高差，大兔子竟然在營養普遍不足的古代，足足有一個阿夕高，那他這輩子消失的十五公分到哪裡去了？

再檢查其他的部位，像屁股之類的地方，都發育得很不錯。抬頭再看，冷不防就撞上他的目光。我順勢對上他那雙眼，兩邊瞳色和這輩子一樣特別，卻有微小的差異在。

我伸手撫摸他的右頰，果然碰不到實體，嗚嗚，畢竟是夢嘛！不過因爲他沒有動靜，乍看就像大兔子安順地貼著我的手心。

還沒受傷前的兔子，眼睛好漂亮，唯有全然的柔和。

「楓梓，你起來看看，我好像碰到什麼髒東西。」大七兔連眨了兩次眼。

我垂目含淚，就算是上輩子，也要數落老母嗎？愛兔。

大七兔沒得到回應，回頭卻看到一枝披著道袍的樹枝，氣得蹦蹦跳，轉身去尋找友人下落。我邁步跟上，試圖和他同步，才能偷偷牽起他的手。

一路上，他不時地回眸看我，我每次都爲他揚起最燦爛的微笑。

小七，你看，是媽媽喔！

「失禮，我看不見妳，之前還看得到影子，走瘟之後就完全沒辦法視鬼了。」他悄聲地說，一邊尋找友人的蹤跡。「等我捉到那傢伙，妳有什麼遺願，讓他轉達給我，我會幫妳處理。」

林之萍最大的煩惱就是小寶貝不跟我回家，還請白仙大人指點一二，怎麼才能突破你下輩子的心防。

「七仙！」

後方響起深沉的男聲，他順著叫聲望去，正要招呼，卻見來者面色不善，不禁生起一股憂慮。

迎面而來一名深具威嚴的中年男子，黑金色的道袍式樣，和小七的白袍明顯不同，他頭戴玉冠，手持朱紅寶劍，身後十來個跟班更是襯得他地位高貴。

大七兔問道：「張大哥，怎麼了？」

男人還沒回答，跟班們倒是嚷嚷起來：

「把陸家的罪人交出來！」

大白兔凜起雙眸，男人揮手要跟班安靜，一開口就是沉穩的領導人風範，但怎麼也掩飾不了內心的沉重。

「張某望與白派掌門一談。」

大七不住訝異，畢竟男人看起來與他相識已久，這麼正經地把他「掌門」的身分拱出來，可見事態嚴重。

男人邀大七到公會的行館。大七頷首答應，臨走前還不忘我這個遊魂，輕聲交代一句：「過來，別怕，他們不會傷害妳。」

大七兔好溫柔喔！重大研究發現，原來小男生再養個七年，也可能收穫成「好男人」，並不是個個都會變成獨裁專制的大魔頭。

我拉著他的無名指和小指，看他一個年輕人與眾人斡旋也穩如泰山。阿夕也是這樣，從小沒有父執輩可以給他倚靠，就這麼被迫早熟。

公會行館離市集不遠，外觀就是座大廟，坪數很驚人，前庭一片小橋流水，看得出來油水撈得很足。

七仙無視宅子的富麗，以及旁人對他白髮的異樣眼光，昂首走進廳堂，即使因張大天師把主位拱給他而引起眾人譁然，他也依然平靜無波。

他站著，竟也沒人敢坐下。

「張大哥，請有話直說。」

主事的男人眉頭糾結：「楓梓在你那裡吧？」

「怎麼了？」

「他弒神啊，七仙！」

大七一時會意不過來，任誰聽到早上還在自己懷裡撒嬌的同伴是殺人犯，都會不敢置信的。

「我前天才在山溝撿到他，他身子這麼虛弱……」大七還想說什麼，男人卻叫手下帶證據上來。

他們呈上一個披頭散髮的青年，抱著一襲大紅嫁衣，瘋癲地哭鬧不止。那雙失焦的眼，一對上大七的那身白，即掙脫了左右，撲通地跪在他身前。

「白仙，風兒不見了！」

大七似乎認識瘋子青年，低身撫著他的臉，希望他能冷靜下來。

大七問：「司南，你不是帶著風姑娘到山林隱居，白頭一生嗎？」

瘋子青年呆怔地望著大七，記起他立下的山盟海誓。

大七又輕聲地說：「記得嗎？祂願放棄永恆的生命，化成人，與你相守一世。」

青年抖著唇：「白、白頭偕老，不離不棄……」

大七有耐性地聽青年顛三倒四地傾訴他們如何相遇相愛，經歷多少危難，又怎麼走到立誓相守的那一步，他們恩愛數月，直到美麗的風仙子倒下。

「她生了病，變得好老好醜，我還年輕，不能白費在她身上……」

大七沉痛地闔上眼。我明白了兩人的結局——那位為青年墮入凡塵的風仙子，就這麼被拋棄了。

「陸家說，我害風仙心死，她恐怕會決絕地離開這塊土地，島上的人們就會受旱災之苦。必須拔除她無形的羽翼，把她永遠禁錮在島上，才能永保台灣風調雨順！」

「這是不對的，自然固然無常，人為卻是反常。你這麼做，風仙又何辜？」

「是陸家叫我把她交給仙宮，保證會治好風兒的病，都是陸家害的！」

「風仙姑娘的病有治好嗎？」

大七開口這麼問的時候，我眼中的他，和這輩子的小七身影重疊了起來。他是打從心底以為別人會像他一樣，去憐憫失去愛人的病重仙子。

青年抽噎起來，除了像個孩子般哭鬧，沒辦法做出像樣的回應，一直哭到他淚腺再也分泌不出淚來，才用恍惚的神態擠出字句。

「她活生生被……那些人分食而死……陸家說，是他給了她最後一劍……」

「你確定嗎？」大七悲傷地問。我看旁人不屑的臉色，盡是以爲他想爲友人脫罪，不能明白他正爲一個無法挽回的生命哀憐——那名曾經奮不顧身要與情郎相守的美麗仙子，已經被慘烈地殺害了嗎？

「七仙，眞是陸家殺的，上蒼已經下達神諭，要除他而後快；如果不從，這塊土地受風雨澤披的萬民，都得拿去祭天。」爲首的張天師按下大七雙肩，眼眶帶著激動的紅。

「張大哥，你親口問過楓梓了嗎？」大七反手握住張天師的手背，盼望對方能再想想。去了一條生命，不是莫名地再殺另一條性命就能交代過去。

張天師直搖頭：「事到如今，他說什麼也沒用了。」

因爲青年已經瘋了，眾人認定他已經得到負心的報應，但殺神的罪狀、天的憤怒，需要有人用性命擔下。

大七好傷心，他沒有哭、揍負心漢發洩，或者對那群人大吼大叫「你們難道不知道他是我唯一的朋友」，但從他的眼神就能感受到他的痛楚。

「司南，你確定是楓梓一手主導風仙的死？」

瘋子青年嚎啕大哭：「他帶走風兒，風兒就再也沒有回來了！」

「七仙，你應該知道，他一直都在找機會對風仙下手。」張天師不得不站出來作另一名人證，然後單獨把大七往門邊帶，要說服大七加入他們的人道毀滅陣線。

「我知道，上次夏秋大旱，餓死許多百姓，他就一直吵著要捉風仙。我知道，卻沒有阻止。」大七這麼說，讓同樣身爲知情者的張天師，不得不變了臉色。「張大哥，楓梓做錯事，就不管他了嗎？」

他們極力想把情況簡化，大七卻讓事態複雜起來，不能隨意一刀兩斷。

殺人者死，天經地義。

殺人者因爲他人而殺人，而他人口口聲聲要還天一個公道，叫殺人者快去死一死了事，似乎有那麼點無恥的意味。

「七仙，我覺得那混蛋是故意的。」張天師扒了扒臉，低聲對大七說，「大夫說他過不了這個年，他就設了這個死局，把自己一起投進去。你別怪我，要是可以，我也想看他好好走完這輩子，但是……」

「我會找到他，然後向天尋求可以彌補的法子。」大七堅毅地說。

「你千萬別因此惹惱上天，百姓不能沒有你。」

「楓梓也爲人們做了許多，走瘟也是靠他求得藥之主入世平疫，卻沒有人感激過他。」

大七的話讓我忍不住想到某高傲大帥哥，這種行事轟轟烈烈卻什麼也不說明的傢伙，不是成為英雄，就是被歸類成喪心病狂的魔頭。

大七背對著張天師離開，我跟著倒退著走，想看清那些人是什麼神情。其他人的嘴臉都很快地模糊起來，只有那個天師男人還清晰著；雖然站在群體之中，但是他望著大七遠去的目光，卻滿是寂寥。

沒辦法理解彼此的大局與大道，終會背道而行。

大七安靜地遠離人煙，到民家的後牆邊，我知道他大概要使出跳躍空間那招去尋人。

「抱歉，可能要再耽擱妳一陣子。」他向我頷首賠罪。即使在這種時候，還是掛念一隻毫無瓜葛的幽魂，真是個好孩子。

「沒關係，媽媽喜歡跟你在一起。」

他應該聽不見我的真情告白，左手五指伸來、併攏、大張，我腳下立即興起白光，把我悠悠地帶進回憶的另一處。

我剛落地，就聽見熱絡的招呼聲：「小兄弟，買棺材乎？」

「不用了，我師門已經死光了。」大七隨口回應的話，讓圍堵上來的推銷員頓時散去。

這裡也是市集，不過組成份子和菜市場很不一樣，不賣魚肉豆蛋，而是棺木和喪服，不時有壯丁抬著竹架送來不會再呼吸的人，又一身輕盈地離開。

不知道是看透世事，還是賺死人錢不必有良心，這莊頭的人看來都好開朗，前一刻還對喪家表示節哀，下一刻就對收來的白包眉開眼笑。

哞個一聲，我飛快轉頭，果然有我想念許久的牛車。就在我撲上去玩牛的時候，車上的年輕人揚起斗笠，對大七露出猥瑣的奸商笑容。

「你要去陸家，對吧？這趟車正好順路，算你三枚洋幣就好。」

大七眨眼間，已翩然站在對方車頭：「喪寒，你有沒有見到楓梓？」原來是認識的人。

「你說大公子喔……」年輕人低眉沉吟，似乎對那人不敢造次，「有是有啦，可你還是要給我三枚洋幣才行，畢竟每年上陸家討債的道士那麼多，不能只優待白仙大人。」

「拜託，這件事很緊急！」

「可我感覺等下會有人想搭車殺去陸家，你這樣我很吃虧……好啦，看在白仙大人和陸大公子是咱們義頭莊的大恩人，含淚相送。」

年輕人好生遺憾，但任誰在大白兔面前，都不得不掏出良心面對。他把車上的可疑血污擦拭乾淨，脫下外衣鋪好，才請大七坐上，然後「駕」地一聲，驅車前往村莊之外的東邊山頭。

我側坐在牛哞哞身上，聽年輕人把所知娓娓道來。陸家住在東山頭，年輕人則是山腰的棺材行人家，每當山風下送，總會不小心聽見他們的家務事。

「早上我聽見山頭在鬧，每次都是大公子回來時，小公子才會抓狂。」年輕人瞄了下大七訝異的神情。「自從小公子娶親，他們就已經不和很久了。大公子一直把小公子當作自己的孩子疼愛，小公子卻站到妻子那邊，我勸也不聽。孩子果然不能太寵，大了就不孝。」

「小寂明明很在乎楓梓。」

年輕人微微按下斗笠：「白仙大人，你是個念舊的人吧？所以不明白人心爲什麼會變得那麼快。小公子有人陪了，可以把重病的大公子一腳踢開了啊！」

「我認識他們叔姪倆近十年，常人愛惜的是性命，而楓梓愛惜的是小寂。」大七黯然表示，「楓梓的處境堪慮，我會再和陸寂說明白的。」

大概已經耳聞公會下令誅滅陸家的風聲，年輕人朝唯一講事理而非挾私怨的大七深切一嘆。

「白仙大人，大伙兒都說大公子是邪魔歪道，我喪寒只知道他做的每一件事，從不是爲了自己。」

我在路上想過大七爲什麼不直接跳到朋友家，而是在山下小村轉車，直到沿途聽見滋滋聲響，半空不時浮現符文築成的防護罩，像是機場的檢測門，一層刷過一層。算算我們一行人，總計被嗶嗶了四十八遍，防衛不可謂不嚴密。

但按照遊戲模式，這種小關卡只是給玩家一個心理準備，重要的是住在山頭大宅的Boss。我有預感，對方的意念會決定整件事的成敗。

大七下車，走過寸草未生的前院，朝那扇新漆的朱紅大門輕敲兩聲。不一會兒，門板拉開，黑幽幽的大宅裡探出一名和大七年紀相仿的青衣男子，應該就是他們所謂的陸寂小公子，和糾纏大七的陸大美男一點也不像。

完了，看他的眼神幽暗無明，很難去想接下來能有什麼好事。

「小寂，楓梓人呢？」大七完全確定對方知道好友的下落。陸小公子就像個停格的遊戲人物，連問三遍才慢悠悠地回答「不知道」。

這種時候應該進屋去偷寶物，觸發小公子開啓大腦神經的機關，他才肯說實話。要是怕麻煩和非法侵入罪的話，試著打一頓也行。

「弟，什麼人，把他們趕出去……」裡頭傳來女子嘶啞的叫喊，小公子回說：是阿七哥哥。聽稱呼，至少小公子對大七還有情分在。

「她生病了？」大七聽得出那不是健康女子的聲音。

「懷胎七月，病得很重。」小公子繃緊的冷臉，有了一絲顫抖。「公會捉了她，不吃不喝囚禁她兩日，不只身體，她的驚症也更嚴重了。」

「讓我看看。」

小公子推拒了大七的好意：「這是我的家務事。」

送大七來的牛伕，在門外大聲冷諷：「人家白仙大人是正人君子，不是你那個血口噴人的瘋婆娘，不用窮緊張！」

「喪寒！」小公子往外吼回去，看來是怕某些壞事被大七知情。

「安怎！」牛伕把斗笠整個掀開，同樣咬牙切齒，「囉哩囉嗦，誰管那女人死活！快告訴白仙大人，大公子到哪兒去了！」

牛伕看來不是老王那種恨女恨天高的人，卻把有身孕的婦人說得如此不堪，之間一定發生過什麼嫌隙。

小公子無視大七多麼焦急地等待他的答案，逕自把門板拉上，大門卻不動如山。大七半根指頭也沒動，光憑眼神，就把整棟神祕大屋震懾住。小公子惱火地把他往外推，卻被反手壓制在地。他伸手喚出墨綠寶劍，打算和大七打上一架，卻被打小孩不眨眼的大七折手指，長劍清脆落地。

身高果然有其優勢，不然七仙這輩子就不會和高他十五公分的阿夕打平了。

小公子不可置信地瞪向大七。這名書生裝扮的小少爺，似乎從來沒輸過。

「你覺得你很厲害嗎？連你叔平時讓著你都不知道。」大七逼不得已，才代友人教訓這不受教的後輩。「楓梓腦袋有病，沒辦法像常人那樣反應，該傷心的時候只會笑，高興時就起癲。他對這個世間一直沒什麼感情，唯一的留戀就是你了。每次他說了厭世的傻話，都是因爲你的關係。」

小公子艱難地哼了聲，強要表現自己有多憎惡聽見那個名字。

「我只想和心愛的人共度一生，是他毀了我的人生！就算死，也是他惡有惡報！」

大七放開小公子的手腳，突然對「人」這種生物困惑起來。早上的青年承諾了愛卻拋棄所愛，下午的友姪口口聲聲詛咒相依爲命的親叔；身爲大白兔的他，無法理解他們爲何會如此決絕。

所以，大七溫和的眉眼又露出難過的樣子，媽媽看得好心疼。

「我用他去換我妻小安然回來。」小公子吐完實情，就側過臉、閉上眼，以爲大七會飛拳揍他一頓。

「你是說，楓梓已經在公會手上？」大七怔怔地，想起早上被邀去喝茶的事。張天師找上大七，不只是要尋求同盟，更是爲了轉移他的注意，確保他沒機會插手他們在陸家布的暗樁。

一群人要殺一個人，就算庸人對上天才，也是輕而易舉。

大七用左手去握小公子的手，右手喚出白刀：「小寂，以後的任何事，楓梓都再也無法為你扛下，這樣也無所謂嗎？」

「無所謂。」

大七的白刀隨即往小公子的胸口一劈，劃開空間，憑藉著小公子和大公子的關係去找他的道友，也不忘帶上我繼續跟著他穿梭陰陽界。本大娘臨走前，不禁回望那個把罪惡感藏了又藏、佯裝成大人的小孩，還依稀聽見牛佚遠遠地朝陰鬱的陸小公子撂話：

「陸寂，既然無情無義，就永遠無情下去，不要到時才來後悔。」

這次降落，可能因為大兔兔的情緒波動，出了點差錯。

我一個人站在寒風颯颯的山頭，眼見四周只有焚燒過的枯木，女童軍獎狀是混來的我，一旦失去儲糧兔肉，馬上陷入山難的窘境。

仔細想想，整天下來，林婦之萍還沒喊過半聲餓、沒對兔子流過口水，存在於此的「我」絕不是血肉之軀，只是會感覺到冷，真的很冷，來人呀，作個夢冷成這樣是要死囉！

我到處亂轉，想找個遮蔽物，意外地在坡度稍緩的南向坡，找到一間被藤蔓纏繞的廢棄工房，屋頂破了半邊，門鎖倒是又大又新。

好在我小時候常翻牆偷摘果子，當時老母都不懂這是未雨綢繆的生存訓練，只會打我屁屁，否則長大的我怎麼在野外環境中隨機應變？我從門後的窗口爬進工房，外頭陰濛，內室也見不著光，待我踩實地面，才發現破屋子裡關著人。

「我好不容易把七七擋下來，怎沒攔住妳？」身為事件中心人物的小道士，朝我微微一笑。

他的聲音眞好聽，清泠流水似的，和這輩子清脆的嗓子有些不同，但都一樣溫婉動人。

我過去他身邊半跪下來，想解開囚禁這麼一個漂亮人兒的枷鎖，雙手卻穿過貼滿符紙的鐵鍊，再試了幾次，最後只能無力垂下。

對不起，阿姨來遲了三百多年，來不及救你。

他被關著，卻仍不吝給出笑顏：「夫人，妳和阿七又吵架啦？」

「嗯，兔子不認老母了……」我說完，才驚覺不對，用力指向微笑的小道士。「你怎麼知道？不，應該說，你竟然知道我是誰！」

他維持著枕著單臂的臥姿，吃吃笑著。

「這兒不是過去，而是七七回憶過往的夢境。妳不幸入了他的夢，恐怕只能等他醒來才能離開。」

這要我怎麼把張大的嘴闔上？陸小道士既然身為小七回憶中的人物，還能不受他的意念支使，完全不合邏輯，奇人所懷有的異能，遠超乎民婦想像。

他又笑著說：「這夢不好，妳等會兒站遠點，才不會被雷劈到。」

我想起七仙上輩子的死因，兔子爲救犯天條的朋友而被雷劈焦，心裡有些忐忑。

「不能想想其他法子嗎？」

小道士聽了我的話，竟然放聲大笑。

「夫人，天可逆麼？」

「我不知道，只是沒辦法眼睜睜看你死去……」血腥味好重，不知道傷著哪裡了。

昏暗中，他勾起的唇角好像染上一絲無奈：「夫人，天不可逆。」

「那你這孩子又在做什麼！」我一定要代替他下輩子的爸爸教訓他。

「我不一樣，我是厲害的大道士！」

「把自己搞得這麼狼狽，還眞厲害呀！」同理，看小七窩在布棚裡挨餓受凍，我都快吐血了。

外頭的陰雲露了縫，窗口透進光，我以爲明亮總是舒朗，但卻不如暗處可以遮掩。

明知徒勞，我還是伸出發顫的手去摸他的臉，那雙漂亮死人的寶石眸子，被鑿成兩個窟窿，明明早上還在的……

「妳不知道我是怎樣的惡，才會存有婦人之仁。」不知道他帶著怎樣的痛，竟然還能笑得這麼悅耳。

「你的仁又是如何？殺神祇而利萬民，把人道放在萬物之前，是儒家而非道者吧？在君子心中，人比天還重，也比在凡人之上的得勢者寶貴好幾倍。那些修道之士不能理解你，因爲你們的中心思想根本不一樣。」

「夫人，陸某生平最討厭發臭的士子了，妳這樣是污辱我。」

「這是我爺說的，我爺爺是傳奇故事大王，陸家的事他熟得很，絕對不會有錯！」我除了拚命和他說話，想不出別的法子能減緩他的痛楚。「『仁以爲己任，不亦重乎？死而後已，不亦遠乎？』選擇往孔孟那邊站，好就好在這輩子幹完就能休息了，你卻強求身後事。」

「因爲我是無所不知的大道士！」他即使重傷，嘴皮子仍硬得可以。

「那麼會算，不會保護好自己嗎？」

眼看不能讓我死心離開，他轉念從別的方向下手。

「夫人，風仙子死得很慘，天上很生氣。祂死前還是想再見到那個男人，我卻殺了祂；祂哭著求我，我還是殺了祂。我如果逍遙活著，誰來還祂公道？」

我拿額頭去叩他。於理沒錯，殘忍殺害一名深情的好女人，眞該以死謝罪。

但是於情……不只不符常情，簡直是整個大崩壞了。

「這麼說好了，你眼下的狀況就像是一個大壞蛋，姦殺了無反抗之力的女人……」

「我從不強迫女孩子的。」這次他倒是反駁得很快。

「可是你姪子以為你欺辱他的妻子吧？」從陸家山頭眾人的談話中，大致推測出這段曲折。那個深植在小公子心中的誤解一定足夠醜陋，才能讓曾經的親誼變得什麼也不是。

「說不定我眞的做過呢！」又在強辯了。

「所以我才會先套你話。」明明才前一句的事，他卻歪頭給我看，裝什麼無辜小男生，「你已經習慣了既定事實，不說明也不解釋，但別人又不是我家體貼可愛的小七，只會把你的誤會累加上去。」

「夫人，原本我還能順利當個絕代大魔頭，都是被七七壞事，成了被他捨身相救的可憐人。」

怪小七幹嘛？誰教你要找大白兔當朋友。

「這就是你奇怪的地方。身為魔頭，應該要想辦法把錯誣賴到可疑的嫌犯身上，那個發瘋的情人不就是最好的對象嗎？你卻昭告天下你就是凶手，老天爺都不得不鎖定目標發雷公劈你，而你現在呢？一點魔王的風範都沒有！」

他嘆口氣：「妳眞的很纏人。」

對付你們這些腦筋打結的道士，就需要本大娘這種多管閒事的正義之士。

「夫人，我一來到這個世間，就知道該做什麼，是筆直的單行道，沒有別的選擇。差別只在於我遇上風仙的時候，祂已經化成有血肉的女子，我遲疑的結果，只讓祂遭遇最慘烈的死法。」

我才要再問下去，鎖得死緊的門板卻猛然飛向內牆，立即撞得四碎開來，可見力道之兇猛。

「楓梓，風仙眞是你殺的？」

大七凜凜地站在比室內明亮的門口。我聽見小道士幾不可聞的嘆息，隨即發出粗啞的大笑聲。他隨意往臉上一抹，就這麼抹去所有血痕，像是從未受到任何傷害。

飾演壞蛋的小道士，卑劣地喊道：「就是我殺的！你包庇殺神的犯人，罪責難逃。」

「誰要包庇你！恁爸恨不得把你切八段！幹恁娘，在我道觀白吃白喝兩天，卻什麼也不說，你把我當作什麼！」

我捂緊胸口，應該感受到他們摯友相殘的苦痛，而不是忍著不笑出來，好痛苦。大七在這時代的福佬話，一直到剛才都還有讀書人的文氣，現在完全爆掉啦！

「夫人，站遠一些。」陸道士在我耳邊彬彬有禮地說道，銬起的兩手間閃動起電光，化成青紫長劍，自動斬斷他的鐐銬。

他閉緊眼，呼吸急促，右手握劍，左手偷偷扶著牆面起身。這種狀態下的他，根本不適合與人決鬥。

「『她』在你旁邊？」大白兔朝我望來，我想和他說明清楚，但他聽不見媽媽的聲音。

「太煩人了，所以我乾脆滅了她！」陸小道士揚起陰戾的笑。完全是睜眼說瞎話啊，這孩子！

這時，大白兔竟然抽出他的銀白大刀，不再以熟人的態度對待小道士。

「多說無益，只能先斷你手腳！」大七說完，大刀立即劈向小道士面前。

小道士口中喃喃唱咒，長劍抵向刀鋒，與大七全力一擊，分庭抗禮。

大白兔瞪著小道士，異色瞳孔亮出泛金色的光芒，隨即四方震動，陰霾的天瞬間艷陽高照，斗室中藏不住任何黑暗。

「七七，隨意從現世延伸出空間，可是會被記錄下來的。」小道士反手壓低劍身，準備下一次過招。

「楓梓，我跟你打一場，你要是輸了，跟我一起去贖罪。」大七單手揚高白刀，前腳緊踩住地。

打鬥總是會沾染情緒，讓腦子失去節制手腳的作用，容易造成不可預期的後果，而他們兩人的眉目，竟然可以不存有一絲的意氣用事。

我想有一部分原因，是他們都不認爲自己會輸。

大七把擂台抽離世間有他的遠見在，他們開打不到半刻，山頭就被轟掉半邊，周遭好涼爽、好通風，因爲小屋早就被炸得稀巴爛。而就算他們打得天昏地暗、星月無光，卻一招都沒有波及到我方圓半尺，眞是太理智、太可怕了。

小道士那張嘴沒有休息過，法術一個接一個，源源不絕，喚出來的大火和大水何其凶猛，大七卻一刀刀劈開，沒有華麗的招式，唯有壓倒性的強悍暴力。

「楓梓，你玩夠了沒？我要禁法咒了。」

小道士額前沁出冷汗，大七把刀插入土地再抽出，封印完成。

想起我家兔子對上彩虹術士那次，任憑他們使出渾身解數，也扳不了小七半根手指。想來那也只是小七善良，給他們機會表演一下，不然在他建構出的「地盤」，其實能讓大魔法師變得像廢人一樣。

小道士拂開劉海，稍作喘息，然後咧開嘴角。

「你要開天眼跟我打？」大七不意外小道士蟑螂般的從容。

「七七，輪迴之後，我再怎麼不濟，至少也有房子可以睡，不像你要露宿荒郊，還拖你老母下水。」

不是天眼，而是傳說中擾亂人心的說話術啊，他對大七使出了「以後是隻不孝兔」之人身攻擊！我一直覺得他講起話來白爛得很對味，下輩子不來當我乾兒子眞是太可惜了。

「關我老母屁事！」大七直接掉入陷阱。

「你離家出走，她沒有一個晚上眞正闔眼。不能付出所有來保護你，讓她以爲配不上做你母親。」

我乾嚥下口水，小道士被叫作神算，眞是名副其實，要是別拆我台就更好了。

「我下輩子還是那麼帶賽嗎？」大七偏偏認眞看待了這句沒來由的預言。

不是的，就算屁屁是便便的地方，我還是最喜歡小七的屁屁了。

大七突然看向理應透明的我。啊啊，這就是母子間的心電感應吧？

小道士得逞地一笑，但表面上還是諄諄教誨的導師：「當她把心捧到你面前，只要不愛她就好了。」

「如果我和她徒有血緣，沒有緣分，或許做得到。像這幾年來，我也能漸漸不去想師父和師兄。但要是她來到我身邊，一股腦兒地想對我好，要我怎麼拒絕得了……」

大七的回憶記錄被小道士攪入小七今生的意識，純淨的眸子沾染上我常見的哀傷，看得媽媽好心痛。

「阿七，一次一次的，終究是你離開她。」

「我只是……」想要保護好媽媽。

今夕趕走兔子那晚也問過，爲什麼小七最終還是拋棄受輪迴所苦的所愛，到天上成神。小七那顆小兔腦袋單純得可以，他只不過是想用最萬全的方式保護世間的人，間接保全他深愛的父兄。

我能明白，因爲我是他老母，太了解小兒子是怎麼一個笨蛋。

就這麼一瞬的失神間，小道士的劍尖抵上了大七的咽喉。

「七七，你要是能像我一樣沒心肝的話，四維之中，無所匹敵。」

「楓梓，看到人受傷而難過，不對嗎？」

大七無視利劍，顫抖著手去摸小道士的那雙眼。他禁止法咒的同時，小道士的僞裝也跟著瓦解，裸露出傷殘的臉龐。就在青紫長劍刺穿大七喉嚨前，小道士不得已鬆了開手。

決鬥的不成文規定，放下武器便是投降。三百年前小道士輸給七仙，如今在夢裡還是輸了。

「我已經是個廢人，就讓我安心去死吧！」小道士燦爛地說道，如同大七之前說的，這孩子腦袋壞了。

「楓梓，這不公平……」大七晃著腦袋，同時間，四周變回原來的木頭牆壁，回到一開始的禁閉小屋子裡。

我不禁想起和小糖果的交換日記。她娟秀的字跡寫道：大家都知道七仙子熱心助人，但不敢與人更進一步，除非像她一樣積極索討。小七那笨蛋這麼告訴她，和他當朋友不好，會被劃在天理公道之外，爲了公平性，反而成了理所當然被不公平對待的那方。

小道士靠著牆，慢慢坐倒在地，對大七意興闌珊地揮揮手。

七仙卻過來跪坐在我對面，掌心冒出清水，一點一點地洗淨小道士臉上的血污。

小道士垮下嘴角，偷偷朝我抱怨似地吸了吸。我能有什麼辦法？這隻兔子生性刻苦，不願同享樂，卻要跟人共患難，根本與古代的君王之道背道而馳。

「楓梓，我會替小寂收拾你的身後事，以事易事，你最後再跟我說些我母親的事吧？」

「你娘親是個好女人。」小道士當面誇獎我，我忍住不要太得意，「你對母親的任何揣想，她都會十倍地呈現出來，讓你些些感到困擾。」

大七微垂下眼，我溫柔地望向我的孩子。他母親心甘情願地爲他投生作兔子老母，夜夜把他的被窩滾暖，還有一起幸福地泡在露天浴池，與大自然融爲一體，雖然最後一項只出現在我夢裡。

「楓梓，這麼說來，老天實在待我不薄。」

「天啊，你在說什麼傻話？」小道士露出誇張的滑稽表情。

「你以前說過，受天雷而死是最無可挽回的死法，魂飛魄散、灰飛煙滅，完全被抹除於世間。就算異種能修煉成妖，當它的力量和智慧超出天所容許的界限，就會遭遇此劫。」大七反覆撫摸著小道士受創的眼窩。小道士看不見大七的神情，不然就不會繼續嘻笑以對。

「抱歉，我一直以爲你腦子不太好，沒想到你記得。」

「我六師兄是妖精，師父師兄對妖怪的法則格外上心，怕他哪天不愼被雷給劈焦了。」大七還是溫溫地陪著小道士說話，度過難熬的行刑前夕。「楓梓，這是你千年來的雷劫？」

「你忘啦？是我殺了風仙……」小道士不動聲色地一笑置之。

「只是順便。」大七不禁憂傷，「你早算到自己最後這步田地，所以去犯最重、最不可饒恕的罪；你既然註定受雷而死，就要完成這一世對這塊土地上的人們最重要的事。楓梓，你和司南不同，你比任何人都還要明白天道的是非，卻還是執意犯過。」

「我這個人呀，根本無可救藥。」小道士興高采烈地說，和悲傷的大七形成強烈對比，「你這個夢不多不少也做過三遍，每次都把我鎖了，自己去迎雷公，我都快懷疑你是不是偏好人肉的焦味。這次總算能好好地說清楚，本大爺好不容易才把天雷攬到自己身上，你區區一粒菜頭，別再、再、再壞我好事！」

大七不聽人勸，指尖的白光緩緩滲入小道士受創的雙目。

「楓梓，你那麼聰明，卻不懂我爲什麼放不下你。」

小道士突然放聲大叫：「夫人，捂耳朵！」

可是阿姨也想知道你們小男生間的小祕密。

「我看世上的人來來去去，沒有人比你還要寂寞；你話都說不完似地，明明比任何人都還要喜歡人們……你這些年來，總是代我父兄指引我前路，但我追隨了道，不能只守著你，要是有誰能一直陪著你就好了……」

小道士挪開大七覆在臉上的手，那雙重歸於完好的琉璃眸子緩緩眨了下，茫然看著大七眼眶不停湧出斗大的血滴。

「七七，早知道你廢話那麼多，就不阻止你去撞雷公了。」小道士伸手想抓大七的白袍，手臂卻陡然垂下，「夫人，那很痛，攔住他……」

小道士昏迷過去，大七摸了摸道友的臉，眼中盡是決絕的溫柔。

「楓梓，請好好活下去。」

說完，他往淅瀝落雨的外頭跑去，我也拔腿追出去。濃雲遮天幕，透不下光，電光隱隱在其中顫動、低咆，七仙就站在醒目的山尖上，隨著山風輕擺，闔起瞎盲的眼，等待將至的審判。

「小七——！」

他回眸的瞬間，第一道雷轟天落下，我的心跟著停擺。

焦味瀰漫開來，雪白的他全身焦黑卻依然直挺站著，艱難地張開口，卻沒有聲音。

「是妳嗎？母親。」

第二道巨雷緊接而來，我眼前已經模糊，看不見他不成人的樣子。

「對不起，我不是故意嚇著妳。不會很痛，我不怕痛。」

理智告訴我這一切只是虛幻的夢，情感卻跟著轟雷崩落，明知什麼也抓不住，卻還是無謂地朝他伸長手。

第三道鋪天蓋地的青紫電光席捲大地，我眼睜睜地看著那抹心愛的人影完全崩解，形魂俱滅。

□

「大姊。」

我刷開眼瞼，是漆黑的小布棚，懷裡是奮力扭動的十七歲白嫩嫩男孩。

小七側頭瞪著我，踢開我夾緊他腰身的右腿，一邊抹去我臉龐的淚。

「妳剛才在夢裡一直叫我，我就醒了。」

我抽抽噎噎，抱著小七的一隻爪子哭著：「嗚嗚嗚嗚，烤兔肉，全焦了，沒一塊能吃的……」

「啥小？」小七用力白眼了媽咪。我只能說，能聽見他再次吐槽我，眞是太好了。「妳是不是又被我的意念牽進夢裡？那對我只是明志大道的叮囑，但對凡人的妳來說，可是殘忍的酷刑，妳受不了的。」

他這麼一說，我又要哭了。

「好痛喔，媽媽心都要碎了，寶貝……」我把他揉進臂彎裡，嗚咽許久都停不下來。

他垂著那雙玉眸：「大姊，之前的事，上天罰我並不是我把事權讓給冥世，而是我不能堅持正道。」

「哪有？我從頭到尾只看見一隻正義兔子。」

「我是因爲想回家，才把責任推給陰間，這是不被允許的事。」

老天爺，聽到沒？他說他想回家啊！我摸著他的髮，他又用那種怯怯的眼神看我，很想喜歡又不敢去愛。

「我這一世長得像母親，人家一眼就看出我們是母子，讓她非常痛苦。她每次想扔下我，旁人就會喊：『太太，妳的小孩！』我眞的對她很抱歉。」

「小七明明也長得很像媽媽！」我大吼出聲。有時候，大聲就能吵贏。

「妳別意氣用事而是非不明，我跟妳只適合做陌路人。」小孩子偶爾說說傻話，大人聽聽就算，絕不採納，「我們沒血緣，妳隨時都可以收回去。」

「好吧。」我連嘆了兩口氣，「媽媽不要小七兔了，切八段吧！」

話雖這麼說，我卻把他抱得更緊，不斷地向天聲明林之萍這名惡婦要拋棄小兔兔，滿足祂極力拆散我們母子倆的變態願望。

小七說這樣很好，睡著時卻緊緊攢著我的衣襬不放。

再睡已成自然醒，還沒正式睜眼向新的一天打招呼，鼻尖就嗅到炭火的香味。現在家家戶戶都改用瓦斯爐，我一直挺想念小時候老家灶腳的氣味。

我仰臥起坐一看，那個在小布棚外露天野炊的年輕人，不就是我親愛的大兒子嗎？旁邊還停著黑機車，以及在機車墊上晃腿的熊娃娃。阿夕曲起長腿，坐在臨時搭建的爐灶前，陰沉地盯著磚頭間的火苗。聞這香味，應該是在煮蘑菇濃湯。

我手腳並用地爬出布棚，一溜煙擠到阿夕身邊。他明白的，好料都應該先貢獻給辛勞的母親才對，快快盛一碗給我。

「媽，我從來沒覺得自己這麼蠢過。」阿夕只是敗給他內心深處的家庭主婦之魂。他從小照料老母到大，沒辦法自己睡好吃好而不管家人死活，也就註定要勞碌一生。

我捧著湯碗，盯著熟睡的兔子配菜，那嬌嫩欲滴的小臉蛋和微微翹起的小屁屁，都令人食指大動。

三十秒後，小七帶著一身雞皮疙瘩、捂著臀部蹦起身。善哉，他可能感受到爲人兔肉的命運。

「妳這個變態老查某！」他一早的晨間問安就火力十足。

「小七，醒了就過來。」阿夕喚了聲。小七頓時有些無措地望著前任大哥。「別發呆，東西冷了不好吃。」

七仙低頭踏出小布棚，熊寶貝瞧見兔子，立刻從機車座飛躍而下，一蹦一蹦地湊到他身邊，四爪並用，黏著小哥哥不放。

小七無奈地把小熊從小腿上拔開，抱起來輕晃：「熊仔，沒有乖乖吃飯，你看你，都瘦了。」

阿夕旗下的眾䄂父䄂母都寵熊寶貝，要是小熊執拗起來，因爲多日沒見兔子而不想吃飯，他們也不會兇惡得像兔子那樣強押他吃供品。不過，最失職的莫過於小熊他老母，我整天抱著蹭都沒發現，只覺得小熊棉花塞得很足。

熊寶貝賴在小七懷裡，爪子比向阿夕，示意小七帶他過去，小七只得走到我和阿夕之間。從我這個角度看過去，他的臉和屁股都很可愛。

「小七，要回來就回來。」阿夕漫不經心地說了句。我屏息以待。

小七呆站著，遲遲不坐下和母兄一起圍爐。

「還可以叫你『大哥』嗎？」

林今夕舀湯的動作頓了下，我嚥了下口水。太小心翼翼也可能點燃阿夕的火藥庫，雖然他明知是誰把兔子嚇成這樣。

「我一直以來都是獨子，那時依她的喜好把你招進家裡，沒有料到事態會發展到這一步。我們本來就不適合當兄弟。」

我被阿夕掐著後腰，吱吱痛叫，沒辦法插話。

阿夕漠然地表示：「你以後就直接叫我名字，符合你所謂的公平。」

小七還是呆呆望著他大哥。阿夕故意把他那份早點捧得老低，用飼料誘使兔子靠近。七仙跪坐下來，先向布棚的神像一拜，然後恭敬地接過阿夕從家裡帶來的兔子餐具。

「謝謝你，今、今夕……」他說完，整張小臉刷紅到極限，都快滴出蕃茄汁來。阿夕這才滿意地哼了聲。

「夕夕，你怎麼可以光天化日下、老母在旁時，調戲你弟弟！」太令人羡慕了！

「什麼調戲，亂講。」小七含著聲音替阿夕辯白。我震驚地望向他，所以說，是你情我願囉？

我攬著煞氣全除、賢慧包起三明治做便當的大兒子，借一步說話。

「阿夕，知道嗎？喜歡小男生可是有罪的。」

「媽，這種話從妳嘴裡說出來格外諷刺。」

我們看向小口小口喝湯、不時摸摸熊寶貝的白髮男孩。老實說，就算下十八萬層地獄，我也要喜歡到底。

「就像茵茵一樣，他完全彌補妳這個白目在我心中造成的缺憾。」

「就像小熊那樣，他也補足了我沒玩夠小夕夕小時候屁屁的遺憾。」

我們母子深情地對看了一陣，然後阿夕用他的大手掐緊我的五官。痛痛痛。等他放手，我的章魚嘴有好一會兒都變不回櫻桃小嘴。

「你們在做什麼？上班上學要遲到了。」小七擔憂地說道，而在我和阿夕談判要如何分贓肉排的時候，他已挖完了鍋子裡的最後一口濃湯。我想阿夕現在應該很想把他綁在機車後座，帶兔子回家吃完這幾天積累下來的剩菜剩飯吧。

阿夕招來熊，把母親趕上機車，接過小七還來的湯鍋。

「弟，再給你三天。三天之後，我要看到家裡回復原狀。」

阿夕回頭催油，我偷偷地朝小七比拇指。他大哥話說得這麼明，乖兔子都知道該怎麼做了吧？

小七卻怔怔地鬆口氣，曲解了阿夕的意思，好像只要撐過三天，他就能名正言順地離開這個家。

□

老王見我穿同一身套裝來上班，毫不保留地露出厭惡的目光。

「胖子，爲了我倆的未來，你要習慣發臭的老阿萍才行。」

「結婚也不要和妳住一塊！」

哼哼，說溜嘴了吧？我欣賞包大人難得困窘的樣子。但是，才得意沒兩秒，就被他扔資料夾。好在我敏捷閃過，否則他難逃家暴的罪名。

「我們都是中年人了，我不介意你應酬結束順路帶個小姐回家。眞的，但是存款簿要給我保管。」

他說，去死吧，林之萍。

我工作了一陣就開始打盹，這個禮拜以來都是如此，連著被老王巴醒七次。他甚至祭出精神興奮劑「八卦」來誘使我處理專案，可見已經皮打不疼的我是多麼無可救藥。

承蒙老天有眼，謀害蔡夫人的主使被揪出來，整個教團收押候審。蔡董事拿回部分的財產，保險公司也認了他妻子死亡的單，供給了足以讓他離開這塊傷心地，去尋求另一片天空的龐大保險費。然而，他卻把大半的錢砸到本公司，靠關係從其他董事手中買回他原本的股份。

老王說，蔡董事邀他到自宅用餐，一邊剷起半焦的魚，一邊囂張宣示：我們公司連個繼承人都搞不定，他不放心幾百個員工的飯碗毀在高層手上，要親自監督我們，直到有個像樣的結果出來。

「眞是個好男人！」說實在話，敝公司就是欠缺這種有前瞻性的大股東。

「什麼好男人！阿晶都身體不好還去試毒，吃完他那頓，回來吐了整晚，我絕對不放過他！」

「你們這群單身漢，彼此照顧也是應該，要是能不以卑鄙的手段和蔡成嘉建立起良好友誼，下一任董事長就是你啦，包包！」

老王睨了我一眼，眼神古怪，我連著眨眼回應。

「那個公子爺邀妳下次一起共進晚餐。」

我榮幸地笑了兩聲：「不了，阿夕會宰了我。」

「他妻子離世的時候，不是有意把妳推到他身邊？」

「你承認你吃醋，我就跟你解釋什麼是女人心。你誤會啦，沒這回事。」我擺擺手，答應照顧朋友他老公，在君子之交的心目中，如同字面般單純。「更何況我連給自己的男朋友一個心安的保證都做不到，只能佯裝大度，跟他說盡量去找漂亮小姐洩慾沒關係，一定要找比我更漂亮的才可以喔！」

老王沒理我，低頭批示文件。我順道把手邊的工作疊過去他那邊，又被他用豬蹄卯頭：「林之萍，妳很怪。」

「這不是全天下都心知肚明的事嗎？」我表現出奮發工作的樣子，老王卻開始推理。

「兩年前，也差不多這個時候，我送總經理回去，又回來公司拿文件。當時妳躲在廁所，說要找穿越時空的祕密通道。」

「對不起，我只是便祕，害你當眞了。」

「老太婆當眾羞辱妳，妳哭到兩眼發腫，竟然還笑嘻嘻地對我撒謊。妳說妳要坐時光機回去找妳的家人，還打開馬桶蓋伸腳跨進去。」

「幹、幹嘛揭人家瘡疤，討厭！」

「妳又想家了，是不是？」他準確無誤地結案了。

我矜持住，不哭就是不哭，都四十歲了，還吵著要爸媽疼，實在不成體統。

「胖子，請介紹觀落陰的靈廟給我！」我拍桌起立。

「妳不是有個上天下地的神仙兒子？」

「不能給他知道，over！」

老王本來寫了幾處宮廟，卻把紙條給收了回去。我眼巴巴地望著他。

「林之萍，死生還是得劃清界線，妳最好別跨進去。」

「唉喲，我又不會下去陪他們，他們也不會容許我逃避活著的責任。」想起以往種種，就會覺得被他們所愛，眞是無比幸福。「我還想見一位毫無瓜葛的鬼，有辦法嗎？」

「聽不懂人話啊妳！」

「胖子，你覺得生而為人幸運嗎？」

老王回：「生命即是苦難。」和兔子一樣是悲觀人種。

「我啊，下輩子想投生做兔子，飛到月宮找嫦娥敘舊。但是這一生能生為貌如天仙的女子，我很滿足。我不是在逞強，只是很感激能擁有這一切。」

「妳就算是一個人，也能過得很好。」老王沙啞地說，我似乎傷到他的玻璃心肝。

「是呀。」我拿兔子髮夾挽起劉海，振作起來，「其實我也這麼覺得。」

說是這麼說，下班時間一到，我還是興沖沖地跑去公墓找兔子玩。

他忙著接待年幼的客人，我趁機偷偷往小布棚靠近。三個戴著瓜皮帽的小學生，圍著他吱喳說話，小七微蹲下來聆聽小孩子沒啥邏輯的敘述——小朋友們懷疑他們學校的儲藏室裡有鬼，那個房間在太陽照不到的時候，會發出同齡小孩的啼哭聲，請白仙哥哥去調查。

說完，他們拿出各自的便當盒：「這個是中午剩下來的炸雞塊，給你。」

小七怔了下，隨即笑了聲。天曉得我已經多久沒聽他笑過。

「這供品眞不錯，王爺公最喜歡雞塊了。」

「眞的嗎？」小朋友顯得很高興。我家兔子對小孩子還眞有一套。

「就包在我身上，這是我和你們之間的約定，別說出去。」小七大概不希望別人把他們當成說謊者。有時候，小孩子比較容易接收到另一個世界的訊息，但大部分的人完全無感，就會否定掉孩子認爲的眞實。

「知道了！」小朋友們的神情變得輕鬆許多，「謝謝白仙哥哥。白仙哥哥再見！」

小七朝他們揮揮手，回頭發現我高舉兩臂貼在臉旁充作長耳朵，閃亮亮地現身，著實對我「嚇」了一聲。

「咕唧，小七，是媽咪呀！」

「總有一天劈了妳這妖孽。」不孝兔恨恨說道，「就叫妳不要再來，聽不懂人話。」

他收拾一下，然後往小朋友所說的小學出發。我把帶來的飯菜放在王爺公腳邊，跟了上去。

一路上他都沒有理我，到達目的地也自個兒翻過圍牆，一點也不體貼穿窄裙的老母，我只能去跟警衛聊聊天，僞裝成主任的朋友，順利闖關成功。

儲藏室在校舍的最西邊，只是樓梯下方的一處小空間，擺滿掃除用具。小七蹲著對空氣軟聲說話，能讓他蹲下來的對象，也只有小朋友了。

小七伸手在半空、平行於地面畫了個圓，兩手合起再逐漸拉開距離，隱約有白光亮了下。接著他不再動作，蹲著和空氣有一句沒一句地聊著，直到黑夜降臨。

他起身與另一道空氣攀談，再招來原本那團小小的空氣。

「這是姊姊，是你這一路的新老師。跟著她走，乖，別怕。」

白光又亮了陣，我勉強看見一抹女子似的鬼影，一手拖著沒入地下的鐵鍊，一手牽起全身發紫的幼童。幼童睜大僅有眼白的雙眼，發出刺耳的銳音。

小七聽得懂，瀟灑地說了聲「掰掰」。

送小朋友上路之後，他才死人臉地面對自家老母，兔爪毫不客氣地往我的天靈蓋一拍，我才定定回過神來。

他再度選擇翻牆路線，不過這次倒是把後背展現在我眼前。我二話不說跳了上去，他就這麼揹著老母，爬過牆、跳過水溝、大街小巷地繞，千里迢迢地帶我回公墓。

我在布棚裡展開野餐巾，把冷掉的小菜擺出豐盛的陣形。小七在一旁連著吼「滾」、「快滾」，我都沒理他。

「兔子，快來跟媽媽坐！一起開動！」阿夕早上送我上班時，叫我晚上熱菜自己吃，我也不理他。

「大姊，天色不好。」

拜託，以為我耳聾沒聽見秋天不尋常的響雷嗎？我當然知道，只是裝作不知道罷了，誰教他剛才不直接送我回家。他寧願讓老母摸黑走夜路，也不願再接近他住了快一年的草窩，可見他有多討厭那個地方。

他拉著我起身，即使打翻湯汁也不管：「妳快回去，回去啦！」

「陌生人拜託你就可以，媽媽的話卻不聽，壞兔子！」

他大吼：「妳眞要被雷轟過才甘心嗎！」

雨點嘩啦落下，我有了不歸的正常理由，於是霸占了布棚，反客爲主，向他喚道：「一起來吃嘛，小七。」

他睨著發紅的兔眼，雙唇顫抖。我裝沒看見，非常愉快地用餐。

「是我不要妳……是我認妳做母親卻反悔……是我要跟妳劃清界線，妳滿意了嗎！」

「哼，你這個不孝子……」我嚼著美味豆皮，淚水沿著鼻子滑下，正好加了點鹹味。

「我乾兒子乾女兒滿天下，誰稀罕你？你以爲媽媽沒有你會活不下去嗎？」

我扔下碗筷，作勢要走，小七也沒攔我。可雨越下越大，我的骨氣被澆滅了，到後來簡直是下狗下貓，可憐巴巴地望向剛剛斷絕關係的小兒子。

「妳不要呆呆站在那邊給雨淋！」小七把我拉進棚裡，動手擦拭我給雨潑濕的苦情臉。

「你不是不要媽媽了嗎？幹嘛還管媽媽會不會得肺炎死翹翹？」

「禍害遺千年，妳沒那麼容易死！」

「嗚嗚，小七不要媽媽，媽媽死掉算了……」我終究還是大哭起來。

「哭什麼哭！」連續劇女主角都能帶動小七的情緒，更何況是活生生的老母眞情流露，讓他也跟著眼眶泛淚。

雨一直下，很快地，平時勉強能擋風的小布棚遭遇上空前的挑戰，淹了。

小七把我揹起來，打算先送我離開再說。「大姊，預備好，一二三，跳！」

怎麼辦？毫無動靜。

「她和我沒有關係，我只是要帶她脫離危險！」小七對無形的空間再三聲明，奈何旁人都心知肚明我是他最愛的老母。

不到半個小時，位於低窪處，又沒有任何排水系統的公墓，就變成一片汪洋。

「媽、小七！」阿夕的黑機車直衝而來。他連雨衣也沒穿，頂著濕淋淋的頭毛，擔憂全寫在臉上。

我和抱著神像的兔子，一起站在突起的水泥塊上，瑟瑟發抖。

「你們兩個……」阿夕氣到說不出話來，好可怕。「小七，你不是可以瞬移到別的地方去嗎？不回家，你還可以轉到學校教室，或是去我社團辦公室，窩在這裡做什麼！」

「我沒辦法帶大姊走……」兔子都快哭了，他試了又試，我們始終停留在原地，被空間禁止通行。

「你自己先過去啊，或是來找我也行！媽都是個大人了！」

小七直搖頭：「不可以扔下母親……」

「結果就是你們兩個笨蛋一起淹死嗎！」

我和小七一起發出無意義的嗚嗚。

「跟我回去！」阿夕吼完，小七就把我推到他大哥身邊。我當然緊抓著他不放，這世上沒有把兔子扔下來淹掉的兔子老母。小七卻蠻橫地甩開我的手。

阿夕忍受不住，把小七揍進水裡，兩個人不管時間地點，就在雨中扭打起來。

「我對你百般照料，你怎麼可以不知好歹！」

「把她還給你就是了！」

他們從左方打到右邊，一會兒在上一會兒在下，動眞格地揮拳。好在水減輕了雙方的力道，但也大大增加了他們感冒的機會。

「你們不要爲了老母打架，成何體統！」我使勁地分開兩兄弟，奈何他們糾纏得難分難捨。

雨中猛然大亮，一台黑色轎車像汪洋中的那條船般駛近我們，老王從駕駛座探頭出來，大喊著我的名字。

阿夕這才肯收手，站起身攔到我面前，小七則是搖搖晃晃地回去顧他的小廟。

「明朝。」聽見這聲呼喚，小七整個人僵了下。

蘇老師一臉病容，從後座撐著傘下車。小七縮著手腳，不敢看。蘇老師不住地喘息，涉水走到布棚下：「來，跟老師走吧？」

「阿晶，我……」我的伶牙俐齒使不上來，只換得蘇老師不諒解的眼神。

他把白仙託付給我，就是不想再讓這孩子挨餓受凍，有個屋簷遮風蔽雨，我卻辜負他的期望。

即便最愛的蘇老師抱病出馬，小七還是低身挨著神像，不肯離開。

蘇老師猛然抓起神像，狠厲地往泥濘的地上摔去。

「老師，不要！那是我契父！」小七驚險地撈住被砸落地的神像，緊緊護在懷裡。「王爺公，您有沒有怎樣？都是七仙不肖，都是我不好……」

蘇老師張開口，卻一句話都不能說。

小七抽抽噎噎著說：「老師，王爺公從認我做義子起，就一直照顧我，從來沒把我丟下來……」

傘落下，蘇老師抱著小七滑跪在地：「誰捨得扔下你，怎麼捨得！」

小七惶然地把蘇老師扶起身，直說他的膝蓋不能泡水。我看著卻不敢動，直覺我的小家庭就快瓦解了。

此時，阿夕冷漠的聲音傳來，說話的對象竟然是死敵老王：「你帶他們回去。」

老王臭臉依舊，伸手去拉今夕的手臂：「上車，擠一點坐。」

「別碰我。」阿夕沉著眼，老王的手被硬生生地彈開。雖然一身狼狽，他仍然不改命令式的語句。「小七，過來、上車。媽，妳也是。」

等我回復意識，已經坐上副駕駛座，而小七則和半昏迷的蘇老師靠坐在後座，懷中緊緊攬著王爺公的木雕像。

只剩阿夕一個人直挺挺地站在雨裡，到老王的車駛離公墓，才肯低身去扶他的機車。

老王把我和兔子運送到府，因為蘇老師高燒不退，他放下我們母子倆後，下一站就直奔醫院急診處。

我掏出其實還在的鑰匙，打開門，抱著神像的小七恍惚地跟著進來。我們對坐在玄關，沒有關門，任憑經過的鄰居太太對濕淋淋的我們投以驚疑的目光。

大概過了半小時，隱約聽見樓下機車入庫的聲響，我和小七同時坐直起來。當阿夕踩著沉重的腳步上樓，我的心臟幾乎漏跳了一拍。他的髮絲不停地淌下水珠，讓人分不清是雨還是淚。

他到家門口才發現我和小七的存在，摘了眼鏡的眼微瞇起來，想看清這是不是幻覺。

「我以為你們不回來了。」阿夕聲音很淡，眼神很空，「每次我想要什麼，到頭來什麼也沒有……」

兔子老母和小兔子同時撲抱上去。一粥一飯當思得來不易，我們又怎麼可能不在乎養肥我們的飼主？

阿夕抱起來好冷，根本就失溫了，好一會兒才回復像人的熱度。

「去洗澡吧？」他沉默後的第一句話非常溫柔，也是我最想聽的一句。

「來吧，脫光吧，寶貝們！」我燦爛地笑道，然後被大小兒子一起摀住嘴。

五分鐘後，媽媽取得了偉大的勝利。

「你怎麼可以依了她的色心？」

「還不是怕你著涼？」

我趴在水溫宜人的浴缸中，看著半裸的大兒子清洗著全裸的小兒子，鼻血都快流出來了，呼呼！

「小七，媽媽也想幫你刷刷背。」

「待在裡頭，別出來！」他們兄弟倆齊聲大喊，我似乎被當成該被封印的黑山老妖。

阿夕繼續搓揉小七那顆白頭毛：「你看你這幾天睡在外面，耳背都長垢了。」

小七低著頭，任由阿夕擺布。我強烈懷疑身代父職的大兒子，被蘇老師那番話給刺激到了。

「好了啦，我手又沒有斷掉……」白嫩嫩的兔子被洗到全身都紅通通的，「我還是叫你『哥哥』，比、比較習慣……」

「錯了，叫『爸爸』。」

我原本自個兒玩著鯨魚噴水的遊戲，聽到阿夕的話，整口水強力地噴射出來。

「好髒！大姊妳在幹嘛！」小七潑回一勺水反擊。

「別被媽轉移注意。」阿夕把小七的腦袋扳回來。「快，叫『爸爸』。」

「可是我是王爺公的義子……」

小七戳到點上，阿夕眼神暗下：「叫、爸、爸！」

「大姊，大哥他怪怪的！」小七驚恐地喊道。

「真是的，別鬧你弟弟，阿夕。」我掀起掛在牆上的大浴巾，凜然起身。「受不了你們，屁屁就交給我洗吧！」

「妖孽，待在裡頭，別出來！」

結果我們一家子洗到頭暈才出浴室，阿夕去熱累積了三天的剩菜，小七說他有點餓，而熊寶貝的肚子上蓋了條毛巾，在阿夕床上呼呼大睡，今晚的風波不及於幼熊。

小七吃到第四碗，我們又替他挾滿菜的時候，他不住地喃喃：「這下眞的完了。」然後他繼續吃到第七碗，阿夕忍不住去按小七的肚子，確認好像沒有積食的情況，就再接再厲地餵食下去。

我也忍不住多吃了兩碗飯，阿夕卻叫我注意卡路里攝取。

電話鈴鈴響起，媽媽爲了運動一下下，自願充當接線生。

「喂，這裡是林家牧場股份有限公司，要找兔子老母請按一……」

我聽到叮地一聲，對方還眞的按了。

「您好，我是兔子老母，很高興爲您服務。」金馬獎，我來了！

「林之萍女士，請認眞聽我說一次。」是年輕女子的聲音，咬字急促，是耐性耗盡的跡象，「令公子的親生父親，有意接回當年失散的孩子……」

我把電話掛得乾淨徹底，兒子們不禁探頭過來，我微笑，裝作接到惱人的詐騙訊息。

親生的又如何？那是我豁出性命換來的寶貝，半根毛都別想！

□

事過境遷的星期六下午，我放假在家，阿夕帶著熊去團練，小七在沙發上打盹。

外頭雷聲響個不停，我隨意轉著遙控器，背靠著兔子肉枕，很是舒適。隨著雷聲漸漸接近牧場，身後也有了動靜，我摸摸他腦袋，隨口問了句：「醒啦？」等七仙完全睜開眼，卻是一雙金色瞳孔。

我身上寒毛瞬間筆直豎起，這不是我家兔兔！

小七臉上泛起微笑，眼睫毛映著金光，很美，卻怎麼也稱不上他平時的可愛。

「請別緊張，只是下來看看『我孩子』的母親。」「小七」有禮地笑著，饒富興味地看著我。

我背後的冷汗以等比級數成長，明明他的神情如此柔和，卻讓人像是承受了千斤壓力，堪比在簡報時被董事長直瞪著的那種煎熬。

「您要帶走他嗎？」我用最戒慎恐懼的態度詢問，害怕得不得了。

祂搖頭：「還不到時候。等他完成歷練，我會重重酬謝妳。他在凡間終於肯笑了，真可愛。」

「不能把小七給我嗎？」我祈求道，祂只是憐憫地望著我。

「不能。」

我一時被絕望淹沒了知覺。

「抱歉，我好不容易才尋得合適的孩子，天上很需要他。雖然我感受不了妳的痛苦，但我眞的很抱歉。」

「天帝跟凡婦道歉，我會不會折壽啊？」

祂輕聲地回：「這倒是不會。」

對不起，過去誤會您是小心眼的神渣，雖然您在我心中的評價一樣低於半顆星。

祂打量我好一會兒，轉頭看看電視，又環視起這處中古公寓，很平靜地好奇著。如果祂眞身的樣子小於十八歲，我可以幫祂提升評價。

祂的視線定在阿夕的房間，久久沒有移開。我忍不住想起爺爺的壓箱寶故事。

「您難道不想見見今夕？」

祂這次牢實地正眼瞧我，微偏過頭，模樣有些無辜。

「他很恨我。」不帶任何悲傷，只是直述某種事實。

「可是，你們不是彼此唯一的親人嗎？」

「自從我的史官死了之後，好久沒聽到這種話了。」祂一臉懷念，看起來擁有各種表情，但是沒有感情。「如果能夠，我眞想忘卻與他的關係。」

反之亦然。

「我們同時誕生，他卻先學會了笑和憤怒，還有唱歌。沒有語言之前，他就會唱歌給我聽，度過沒有日光的時間，因爲我怕黑。」

爺，我好像知道了關於上下界定位很不得了的答案，連本人都不知道祂說溜了什麼。

「明明他比我聰明又溫柔，卻被判定爲『不穩定』，成了淘汰的部分，爲什麼？」祂不能理解，我也完全不懂這是哪兒來的白痴機制。

「您不打算和好嗎？」像我家大小兒子打成一團，到頭來還不是一起洗香香。

「無法，他被淘汰了，這是上天的聖諭。」那雙金眸睜著卻沒有神采，像傀儡娃娃的漂亮眼珠。

「什麼話？您不就是眾神之神？」

「沒有差別。」祂抱著小七雙膝，腳趾在沙發上動了動，眸中閃過不知道是憎恨還是什麼情緒，隨即又復歸於虛無。「在所謂的『天命』底下。」

人禍

我鮮少想起父親。

爺爺疼我、老媽負責打我，家長的工作全被林家最優秀的長者和美人包了，老爸就顯得可有可無。

他在家中排行老二，地位是老么。剛出生便染上風寒，燒壞了一點腦神經，以致於反應總慢上人家半拍，成長路上少不了輕蔑與嘲笑。即便如此，還是讓他騙到聰明美麗的老媽，讓大美人甘願委身到貧困的山村裡做當家媳婦。

印象中，父親深愛著母親，不用金山銀山、權力威勢，對子女來說，這就是種非常美好的回憶。

然而，就算他沒辦法正確閱讀、組織不了太長的語句，某些部分真的非常笨拙，但我卻曾懷疑他其實奸詐過人，大半時間都在裝傻，好讓老媽對他放心不下，才能把心軟的好女人綁在身邊一輩子。

他總是讓著別人，給盡所有好處，唯獨母親，一點點都捨不得分出去，還被小姑數落過好幾遍「別黏妹子太緊，會被討厭」，但也都沒聽進去。母親忙碌的時候，他老愛問我要不要去工作的書房找媽媽，這樣他就能光明正大地拿我當藉口，抱著我窩在老媽身邊。

人世間最奇妙的地方就在於，我媽也喜歡這麼不中用的老爸，常常被我們父女倆顯露出的痴呆樣弄得哭笑不得。每每睡前，我和老爸都得你死我活一番，搶老媽的大腿躺。

只有一天，我稍稍崇拜過一向沒存在感的爸爸，原來他除了臉皮，還眞有帥氣的一面。

那天是假日，爸爸媽媽牽著我到他們相遇的城市裡逛大街，挑戰一毛錢都不花而能製造美好回憶之不可能任務。爸爸沒有什麼優點，就是體力好，便當茶水都是他一肩扛，還有餘力空出手把走累的我抱在臂彎。

想來我小時候肯定長得很可愛，只不過在長椅上等一下去尿尿的父母們，就被人強行抱走。

男人尿尿比較快，所以老爸是第一個發現案發現場，大叫我的小名，拔腿直追。我嚇呆了，沒有哭，只是盯著父親憤怒與驚懼夾雜的臉孔；路上車水馬龍，他也不管惱人的喇叭聲，眼中只有我這個女兒的身影。

調適好心情，我終於想起自己該做什麼。

「嗚嗚，爸爸救我……」

我揮舞著小手，試圖讓自己和父親的距離再近一些。剛才嫌他流汗太臭都是小萍不好，我不要給臭咪摸的壞人抱，只想回到他的懷抱裡。

歹徒以爲我爸看起來弱男子一枚，撐不了太久，但他卻在車陣中追了上來。那些壞人心一橫，把我帶到暗巷裡，三個壯碩的大漢包圍我爸一個。

「想要回你女兒，把錢交出來……啊！」

看過動作片嗎？不，應該算是武俠片，西方人總會訝異爲什麼東方人的勝負和肌肉大小無關。老爸旋身用長腿凌空掃落帶頭放話的歹徒頭子，當對方巨大的身子往地面撞擊出巨響時，第一回合結束。

這時我才眞切了解到，這十年來和他玩床鋪格鬥，原來都是放水給我贏。他是故意把母親的大腿讓給我，把他這生的最愛讓給寶貝女兒。

「別過來，你再過來，我畫花她的臉蛋！」

我被人拿美工刀架著，像是一顆待剖的西瓜，只能無助地看向老爸。他一雙微勾的桃花眼瞇了起來，似乎在盤算著什麼。

「小萍，閉眼睛。」

這種時候，短句特別有它的魄力。

風聲颯起，我聽見類似劃開絲帛般的急促銳音，然後我的身子開始下墜，落入父親厚實的胸膛。

等我睜眼，看見挾持我的男人，右手腕上插著父親愛用的瑞士小刀，噴灑出大量鮮血。父親幫我擋著，那些腥臭的液體全濺到他背上。

我算數還不錯，知道還有一個人，還不能安心地抓著爸爸的衣服大哭。

眼看著兩個同伴倒下，僅存的綁架犯也不快滾，反倒抽出明晃晃的西瓜刀。大概是看我父親還得顧好我這個拖油瓶，決定放手一搏，要殺我們父女倆滅口。

老爸從牛仔褲袋裡摸出迷你指甲刀，對上那把帶著可怕血污的西瓜刀，一看就知道哪邊勝算比較大，可是無論如何，還是得支持自家人。

「爸爸加油。」我這個小屁孩總計也只有打氣的功能。

父親笑了下，從容避開從頭頂上落下的刀刃，飛身往前一刺，男人低叫一聲，往後倒下，胸口暈開紅色。

等父把驚魂未定的我抱到陽光底下，給我餵了口自家的冷泡茶水，甘甜回味，我才有辦法重新端詳父親徒有臉皮的面容。

「你是誰？真的是林小萍的爸爸嗎？」

「我剛才被鬼附身。」他嘆口氣。我看他明明腳踏實地，影子也很正常。「看到寶貝被搶走，忍不住又變成禽獸了。」

「是喔。」原來是小叔叔所說的腎上腺素作怪。「可是我覺得為了小萍兒的安危而變成猛獸的爸爸好帥。」

老爸又笑了下。我們家一家子妖孽，他要是不說話，沒人看得出這個英俊的男人是個腦性麻痺患者。

「你們兩個，快過來給我看看。」

我們一起抬頭望向巷口那位臉皮緊繃的大美人。老媽抿著唇，髮髻散了一半，看來也是爲了我，跋山涉水追到這裡來。

「嗚嗚嗚，媽媽，小萍好怕，抱抱！」

我趁機一頭鑽進母親豐滿的胸脯，讓老爸羨慕得半死。

母親溫柔地拍著我的背安撫，又擔憂地望著身上血跡斑斑的丈夫。

「沒有受傷。」父親討好地說道。

「那好，你別碰我，別弄髒我的衣服。」老媽冷冷地做下命令。

老爸披上外套掩蓋血漬，落寞地跟在我們身後。回程的時候，母親緊抱著我，就算坐上公車也不放手。

我這個貼心的女兒，只得反覆告訴媽媽：小萍沒事，因爲爸爸英勇地保護了林家最可愛的小寶貝。

說到口水都要乾了，老媽才被我說動，不再遷怒到老爸頭上。老爸終於能再次牽起老媽的手，五指加五指交扣成連心的十根指頭。

我在他們兩人中間睡得好熟，一直到爸爸揹我回家，要吃晚飯才醒來。

當晚，我忍痛割捨爺爺傳奇故事的續集，跑去做老爸老媽的大電燈泡，睡在父親的臂膀上。

爲了子女的性命而忘了自己的性命，我以爲全天下的父親都和我老爸一樣，是不善言詞的好爸爸。

然而，這個通例卻不適用於阿夕和小七身上。

□

三更半夜，我正夢著自己毛茸茸地和小兔子窩在鮮綠的牧場裡吃草，突然被人暴力撼醒，回過神時，阿夕已經把他母豬般的老母拖到家門口，左手抓著睡眼惺忪的小七，揹著熊寶貝，一個人扛起整家人的重量，直往樓下衝去。

等我們出了大樓大門，才開始天搖地動。

尖叫聲四起，要不是阿夕攙扶著，我幾乎要站不穩。活了大把年紀，還沒遇過這麼嚇人的地震。

周圍黑漆一片，電恐怕是斷了，而這也讓小七身上的微光更明顯一些。夜光小兔子，感覺就是能大發利市的福氣商品。平時感覺敏銳的小兒子，這時卻依然挨著他大哥，睡到震動平息才清醒，昏沉地揉著兩隻不同色的眼睛。

我沒有撲醒他，是因爲害小兒子晚睡的凶手就是我本人。

警車和救護車一前一後地趕來現場，情況不是普通地糟，我們家隔壁再隔壁的老大樓歪了半邊，有許多人來不及逃生。

我挽起睡衣袖子，想去幫忙一下，卻被林今夕勒住了後領。同時間，睡醒了、明白狀況的七仙，也馬上消失在我們面前。

約莫過了一個半小時，小七才在救出近三十戶人家後回來。因爲英雄兔的關係，雖然無可避免地有人受傷，但至少沒有生命逝去。

小七搖搖晃晃地站著，他本來就異常睏倦，又疲於奔命，緊繃的神經放鬆下來後，恍惚的他走到我面前，叫了聲「大姊」，一個不穩就栽進我懷裡。

我沒有暗自竊喜，而是滿腹憂愁地抱著小兒子搖。遠遠望去，我們家外牆不時有碎磚落下。怎麼辦？我的二十年房屋貸款。

警方又來了同一招，拉開封鎖線，不准平民百姓再進入危險區域。社區公園裡到處擠滿像我們一家子的小圈圈，大家朝天空望去，安靜地盼望這次天災不要造成太大損失。

「阿夕，靠過來一點。」

我屈膝坐在草坪上，右手臂攬著睡沉的兔子，用大腿把熊寶貝挾到肚子上，左手硬是將大兒子修長的身子扳到我肩膀，這樣子我就能緊緊抓住最重要的家產，不用再去注意身外之物。

「兒子，要是你睡不著，不妨和英明的媽媽聊天。」

「媽，主詞反了。」

我知錯能改，是個優良母親。

「英明的夕夕，煩請撥冗與失眠的媽咪說說話。」林大嬸就算拐騙小兒子和她玩紅白機遊戲到凌晨，碰上這檔災難，還是眼皮大睜，需要大智者阿夕來指點眼前路。「咱們住了十三年多的家，看來快塌了啊，阿夕。」

「啊。」林今夕輕叫了聲，似乎忘了個相當重要的東西，重要到他動手掐緊小七熟睡的臉頰，讓弟弟揉著發痛的右頰醒來。

阿夕在小七耳邊嘀咕一陣，小七立刻挺起胸膛，表現出可靠的模樣，腳一踮，鍊子一轉，兔子魔術師又將自己幻化為無形。

我看阿夕點著食指，藏不住焦躁，猜想那東西肯定重要到僅次於一個老母和兩個弟弟，非常期待答案揭曉的那刻。

不一會兒，小七回來了，卻一臉哭喪表情，低著頭把背後的寶貝拿出來，原來是阿夕的那把黑吉他。

「天花板垮下來，頭被壓斷了……」

阿夕接過吉他，再三打量斷裂的端頭，神情凝重到連寬慰小七的話也沒辦法說。

「對不起，如果我早點去拿就好了。」

「道歉有什麼用？」阿夕爲他的吉他失去理智，不分由說地遷怒無辜的兔子。

「我有錢……」小七急忙解開腰間的大包袱，翻出白瓷兔子存錢筒，打開底部的封蓋，倒出存了半年多的零用錢。

就算小七有節儉的美德，捨不得花去我的血汗，每一分錢都很珍惜地存下來，可是生在林家牧場，每個月分到的糧草也只有那麼一丁點，拼拼湊湊勉強才三千多塊，無濟於一把高檔吉他。

小七把全部的財產捧到阿夕面前；一般犯下此等大錯的人，早就被林今夕連錢帶手地踩在地上踐踏。先不論小七是否有必要爲吉他壞掉揹負責任，光是他難過得要命，把他大哥的寶貝看作比自己的所有物還要重要百倍，就讓阿夕的那口氣哽在喉嚨無處發。

「不夠。」最終，魔王陛下僅僅擠出這句話，一點惡意的諷刺也沒有，可是小兔子卻還是聽得眼眶泛淚。

這種時候，林大嬸再不出馬，可是會被說成只會看好戲的無聊母親。

「今夕，沒關係，媽媽再買一把給你。」這一刻的我眞威風，似乎還能包下一整個維也納美少年合唱團。

「媽，這把二手的，十五萬。」林今夕冰冷徹骨地說道。

阿夕抱著黑美人吉他回家時，我記得他高二。一個單親清貧，又為了打理家務而沒在外工讀的高中生，如何弄到這麼一筆錢，我好想知道，但又不敢問。

「我連兔子都生得出來，何況區區十五萬！」

「前面是假的，後者也就不是眞的。媽，妳的私房錢不是都給了上次帶頭欺負小七的那家人？」

我努力吹口哨裝傻，雖然牛皮已被戳破個大洞。

「大姊，妳安靜點，救護車在那裡，別被捉去精神科。」小七再難過，還是忍不住囉嗦老母。「大哥，我會想辦法籌錢，這段時間你們先別來找我……」

我和阿夕不約而同地抓住逃家前科累累的小七。林家正逢無預期的災變，難道兔子要丟下儲備糧食的工作？

「你怎麼賺？賣屁股？」阿夕毫不客氣地質疑小七謀生的能力。

小兒子身為天地間的大道士，被我撿回來之前，卻窮困潦倒到沒飯吃，可見呼風喚雨和招財進寶一點關係也沒有。

「不行不行，小七的屁屁是媽媽的！」我哭嚎著撲了過去，被小七單手抓臉擋在一尺之外。

「不要再討論我的屁股了！我跟王爺公保證過，要潔身自好，不可以丟祂的臉。」小七把帶出來的木頭像立好，合手拜了拜。「總之，賣血賣肉也要湊出十五萬還今夕哥！」

總歸一句話，兔子，你還是決定要賣肉嘛，蘇老師不知道會有多傷心。

「媽，把笨蛋關起來。」

接獲再也受不了小弟呆腦筋的阿夕聖旨，我把小七抱得死緊，絕不讓他有機會回去過那種非人的日子。

「寶貝，媽媽好慘，已經無家可歸，怎麼可以再失去你？」

我親身感受到小七繃起的肌肉又回復到軟綿綿狀態的過程。

「大姊，不只大哥的吉他，我們家也壞掉了……」親眼看到以往和親親媽咪、大哥和小弟一同和樂住著的房子傾垮，小七受到的打擊不謂不大。

老房子嘛，斷垣殘壁的景象我想像得到，雖已做好心理準備接受一切，但難免心頭也跟著崩落一角。

可是，我是家中的支柱，這種時候更應該笑著才對。

「小七，新家和你大哥的樂器，媽媽都會想辦法，在我真正想到好法子以前，會有一個不太舒適的空窗期，也沒有阿夕的好菜了，可能沒辦法像在自己家那樣自由，陪媽媽一起忍耐，好不好？」

「妳幹嘛像在哄小孩一樣？真正的囝仔在那裡。」小七紅著眼眶，指向正在打盹的熊寶貝，而我還是目不轉睛地望著他，他這才微弱低語：「我只怕妳不要我，怎麼可能丟下妳？」

很好，達成共識了，我拿出隨手抓出門的手機，撥了個萬能的號碼——

「包大人，救救民婦和膝下三名幼子！」

我聽見老王爆粗口，對著話筒大吼：「林之萍，又怎麼了！」

「哦，我家被地牛擊敗，現正需要睡覺的避風港。」

「地震？」老王的聲音瞬間清醒三分，「阿晶，不要半夜靠在小夜燈旁邊看書，你剛才有沒有感覺到搖晃？」

我聽見蘇老師輕聲證實沒有地震，那與老王同市而住的我家社區，怎會一片慘兮兮？

「妳該不會半夜一時興起，打惡作劇電話過來吧？」

「大人，你不僅用長工時佔有民婦的人，還糟蹋民婦的清白，剛好我存款到底了，小孩你養定了！」

「妳那個大的應該在旁邊吧？」老王提點道。我捂住電話，轉頭看向冷到冰點的阿夕。

「今夕，哈哈哈，和王叔叔說晚安……」

「媽，有他就沒有我。」阿夕壓根不願意去住老王他家。

「可是還有蘇老師耶！」我先把電話拿給小七，讓他和心愛的亮晶晶老師報告家裡的事情。

「只對妳和小七有加分效果。像我，想到妳和那些老得發臭的單身男人住在同個屋簷下，就深惡痛絕。」

小七瞟了一眼過來，聽到他大哥決絕的話，忍不住失落。

「蘇老師，對不起，不能跟您一起住，就算搭帳篷或露宿街頭，我還是想和家人在一起。您放心，我有把王爺公眞身抱出來，沒有香火，也會用心來拜……喂喂？老師，您怎麼了？」

鄭王爺轉換人格的時機不妥，被小七正中軟肋。

電話又回到老王手上，所以對話者也轉換爲林阿之萍小姐。

「我看了電視，妳家那邊情況的確很嚴重，明天准假。」

我歡呼一聲，就說胖胖對萍萍最好了。

「那麼，親愛的，共體時艱，我家一大三小，生活費來一點吧，嘿嘿！」

「得寸進尺，想都別想！」

老王摔了電話，不打算借我零花養小孩，他深知林之萍這個債務人有去無回，我都把他的存款當作未開發的寶庫。

「嗚嗚，兔兔，媽媽的姘頭一毛不拔！」我假裝被回絕很難過，這樣就有藉口去抱清醒了就嚴防老母偷襲的小七。

「老子半根毛也不會給妳！」

我們兔子母子纏鬥了好一會兒，直到阿夕咳嗽起來，才記得回來面對無家可歸的窘境。

我要解開身上的睡衣給大兒子保暖，被他嚴詞拒絕，而小七則慌慌張張地跟我幹了同樣的蠢事，也被阿夕揪了兔耳朵。

阿夕的鐵灰眸子凝視著我們，想要鬆口叫我們儘管投向胖子和老師的懷抱，卻又很不甘心。

「你既然不想認山豬做父，媽媽又怎麼會勉強你？」

「媽，妳已經有委身給他的念頭了嗎？」阿夕不過皺了下眉，我就矢口否認白紗禮服的美夢，讓他以爲我會永遠在他身邊。

他近來總是睡不好，經常喉嚨痛到半夜到廚房找水喝，看了幾間小診所和大醫院，都不見功效，不能再讓他感到一絲不安。

「媽，我還有一點現金。」阿夕清點好現有物資，低調地把我和弟弟們帶到隱密處。

「小七，到最近的旅舍去。」

小七頓了下，才愼重點頭。

一晃眼，我們就站在了小而美的旅店大門口，自動門開啓，聽到櫃台小姐那聲「歡迎光臨」。雖然我們一行人無論是在這個時間點、穿著，還是組合，都有點奇怪，但她還是善良地遞出房間鑰匙，五一三號房。

上樓前，小姐突然叫住我們，壓低聲音說道：「不管你們聽到隔壁有什麼聲音，都不要理會。」

阿夕聽了，一時間想要把鑰匙砸回櫃台小姐的臉上，但被小七阻止了。

好死不死，選中會鬧鬼的旅舍，帶路者小七被以捏臉處刑。兔子對魔王的暴力總是毫不抵抗，說不定還傻呼呼地以爲阿夕是在跟他玩。

像熊寶貝就黏過去，揮動雙爪吵著他也要玩。

我們沿著樓梯，來到叫作五樓的四樓，燈光明顯比別樓昏暗，地板還不時發出熱脹冷縮的嘎嘎聲。等我們走到最底，確認房門號碼後，隔壁房門突然開了一道縫，裡頭黑暗無光，一看就知道不是人在惡作劇。

可是我一點也不害怕，因爲有小兔子道士做老娘的靠山。小七卻不停眨眼，感覺他雙瞳的色差似乎變得沒有那麼明顯。

「大師，怎麼了？」我摩挲雙手。剛才在外面沒感覺，現在眞覺得有些冷。

「今夕哥，有東西嗎？」小七要抽刀應對，但手勢做了兩次，雙手還是空空如也。兔子傳送機今夜一口氣跳了近百次，故障也是難免的。

「看不到？」阿夕臉色沉了下來，把我拉到他身後。

林今夕已經不是以往那個被鬼嚇得眼眶泛淚的小男生，而是虎落平陽被犬欺之後又爬上半山腰的老虎。阿夕張嘴想對步步逼近的惡鬼大吼，卻猛然咳嗽起來。等他緩下症頭，喉頭就只能發出嘶嘶氣音，徹底倒了嗓子。

我扶著天生和鬼犯沖的阿夕，決定撤退。

我們一家人緩緩往樓梯口移動，想要求櫃台小姐退費。但走下樓之後，卻還是那僞裝成五樓的第四層房間，大概是碰上鬼打牆了。

不是我自誇，平常人頂多被騷擾整晚的鬼怪事件，到我們身上，就會往上加級三倍，一口氣變成厲鬼索命的程度。

我左邊抓著阿夕，右手攬著小七，冰冷冷的陰氣逼來。即使它身爲鬼而自然帶給人無形的恐懼，我這個老母也絕不會讓鬼搶走我的孩子！

「小七／大哥，帶她走！」

兒子們不能理解母親的決心，滿腦子都是我的安危，媽媽的胸口也跟著發燙。養兒防老、養兒防無聊，養小孩眞的是件很棒的事，我好喜歡，今後也會繼續奮鬥下去。

「既然你們都無能爲力，那麼，媽媽可以站在前面了嗎？」我還來不及跨出腳步，他們就不約而同地往我腦袋敲下去，神情忿恨。不孝有三，打老母爲大。

充滿意外性地，在我們不注意的時候，有隻毛茸茸的熊寶寶挺身而出，抖著耳朵，挪動他的小短腿，靠近門縫延伸過來的黑影。阿夕和小七都還來不及衝過去把小熊抱回來，熊寶貝已兩爪一撲。黑影淒厲尖叫，隨即重重關上房門，我肩膀的壓迫感也跟著退去。

「哇哇哇，熊寶貝好棒！」

我過去把小熊抱起來轉圈。他素來膽小，卻爲了我們，不習慣地做了勇敢的壯舉，大概已經緊張得快嚇哭了吧。我一連獻吻三記，把他當英雄一般飛高高，小熊才重新拾起爛漫的笑聲。

「熊仔！」小七在一旁大吼大叫，「下次不准這麼冒險，被惡鬼吃掉怎麼辦！」

熊寶貝和媽咪抱成一團，讓我盡情享受棉花的柔軟觸感，沒把小七的話聽進耳朵裡。

阿夕無力地開了門，房間也不換了；把我們統統趕進來，檢查完門窗後，就往房裡唯一的一張大床倒下。

「媽、小七，不要亂跑。」阿夕闔眼就睡，今晚眞是累垮他了。

小七幫阿夕拉好棉被，放了熊寶貝增進安眠效果，回報平時沙發打盹總是被大哥抱回房間的恩情。接著，把我拉離床邊到浴室那邊，以不打擾到阿夕睡眠的音量說了壞消息。

「大姊，我的法力好像不見了。」

「全部嗎？」我從頭到腳打量七仙一遍，目光停留在他的屁屁上最久，「身體有沒有不舒服？」

小七搖搖頭，我鬆了口大氣。

「那好，我們手牽手到走廊去拿壺溫開水回來給阿夕，然後一起去睡覺吧？」

「大姊，我現在失去能力，不知道什麼時候才會恢復。」

嗯？他剛才不是說過了？以防萬一，我也確認過他的臀部曲線了啊，爲什麼還要重申一次？

我想起他小時候輝煌的過往，被供在最豪華的寶座上，金縷衣、銀絲鞋；等到廟宇的香火衰敗，他的養父就再也不把他當人看待。

「你是媽媽的小孩，不管你是神子還是普通人，都不會改變。」

「我知道，我只是……」他一句話說了三分鐘，彆彆扭扭的，也不過來，而是挪到房門口罰站。「我去拿水！」

我望著因爲太害羞而跑走的兔子，咧開嘴角，沒告訴他聽見法力失靈的事，林之萍偷偷在心底開心了兩下，以爲他從此都會是林家乖巧可愛的小兒子。

小七取水回來，我揮舞著從梳妝台翻到的兩支鉛筆和白紙，還把被單鋪在地板上，把他招過來。

上個禮拜，蘇老師用眉飛色舞的字跡告訴我，學校的美術老師說小七的畫再度讓他這個退隱的大師興起奇妙的感覺，很可能是世上難得一見的天才。我問蘇老師是眞的嗎？不是因爲他不小心打破美術老師的石膏像被記恨唬爛的吧？

蘇老師堅持和石膏像絕對沒關係，而且小七動筆塗鴉的時候，總是很快樂，就像個普通的高中生。加以之前也有國寶級大師讚賞我家小兒子是塊璞玉，只需要再雕琢兩下，玉色就能被大眾所見。於是我興沖沖地幫小七報了課後美術班，請專家教導兔子現代的繪畫技藝，費用不太便宜。

雖然被老王不只罵過一次「白痴媽媽」，但我覺得只要能哄得孩子開心，月球和北斗七星我也摘得下來。

「要畫畫嗎？」小七咕噥一聲，不自覺地接過筆。

我趴在地上，簡筆描了一個撐拐杖的老人，在旁邊註解爲「爺爺」。

小七也埋頭塗塗抹抹，短短幾筆，卻看得出來畫的是中男子的威嚴和英氣。

「師父。」他深情說明所描繪的對象。

我也在自己的紙上添上兩個最愛的家人。

「阿紫爸爸、小朱媽媽。」

小七不落人後，趕緊加碼四名神采不凡的長袍年輕人。

「彩衣師兄、阿穗師兄、天師兄和水師兄。」

接著，我愉悅地畫出林家現任的可愛成員，小七也和我想到同樣的主題。

「熊寶貝。」

「今夕哥。」小七獻寶般地揚高了聲音，我瞄見床上的阿夕眼皮動了動。

「小七兔！」我畫了小白兔子，也不見小七生氣。

「大姊！」

聽見他的輕靈笑聲，我不敢妄動，撐著頰，品味他細秀五官染上的笑意，打算在心中保存一輩子。

「哇，這個仙女好漂亮。」我把腦袋靠過去，依偎著他的軟髮。

「什麼仙女？我就在畫妳……唔，頭髮好像真的太長了一點。」小七拿筆端的橡皮擦仔細修飾，小心翼翼地不把畫中的我碰髒。「大姊，妳年輕長髮的樣子好看，束髮也很漂亮；剛洗完澡垂著髮的時候會讓人想靠過去，想拿吹風機給妳吹乾。」

他有時候心裡想什麼就隨口說出來，幾乎讓人看透那些再單純不過的念頭。

小七，媽媽已經很努力忍耐了，這都是你自找的。

我撲過去抱住他，筆歪了，畫紙也飛得老遠。他想破口大罵，卻怕驚動阿夕，最後也只能任我抱著他，在地板上滾來滾去。

「寶貝，你怎麼可以這麼可愛呢？」

「那妳爲什麼又能夠這麼變態啊！」

玩到筋疲力盡，我把散落的髮絲挽回耳鬢，直瞅著阿夕身旁的空位。

「妳幹嘛？玩我就算了，不可以吵到大哥。」

「嘖，媽媽怎麼可以厚此薄彼？快快，左邊給你，右邊我來！」

我上床環住阿夕的胸膛，小七在床邊躊躇好久，天都快亮了，才輕手輕腳地鑽進被窩，靠上阿夕的左臂。

「小七，晚安。」

小七有些生氣地說：「大姊，晚安。」

開始計時，大約過了一分半鐘，小七已經睡熟得可以，阿夕才睜開半雙眼，近距離地瞪著他母親，帶點埋怨的味道，更顯得風情萬種。

「妳是要我怎麼睡？」

「閉上眼睛睡吧？」

要是床上只有我和阿夕，即使我們感情如此之濃厚，還是避免不了像是生理期的不自在，但我們之間加上個小七兔子，就是一家人，盡情抱著也沒有芥蒂。

「媽，妳總是這樣，奸詐地迴避問題。」

我心虛，只是更在意阿夕沙啞的嗓音，伸手摸向他的喉嚨。

他起初不願意，後來似乎是我打探到的祕方，成功緩解了他的喉嚨不適，才讓我撫摸他的前頸。

「媽，我也討厭害怕改變現狀的自己。」他給小七拉好被子，安靜地窩進我的頸畔，天曉得他有多久沒撒過嬌，可能我和兔子總是在他面前毫無顧忌地廝混著，連帶讓他也想爭取一點兒子的權利。

「今夕，不管怎麼說，媽媽最愛你了。」這是百分之百的眞心話，沒有灌水或是添加化學物質。

他看著有水垢的天花板，問：「不能只愛我一個嗎？」

我以前說不定會順從他，可是我現在已經有小七了。

林今夕嘆了口氣：「讓他進門是我最大的失策。」

我驚恐於阿夕的念頭，不想讓之前的家變重演，連忙幫小七說話。

「可是你也玩兔子玩得很開心啊，五點起床就爲了給兔子的營養便當挑魚刺。」

扣掉鬼神之間的紛爭，以人間的角度看，阿夕因爲單親而受到的委屈，他都極力避免讓小七遇上。我不能只聽他的片面之詞，就相信他養膩了會對他呆呆笑的兔子弟弟。

「我不想再錯第二次。」

「第一次是什麼？」

「很久以前的事了。媽，不要一直想套我的話，妳眞以爲我不會把妳滅口嗎？」

林之萍拍胸脯，完全相信大兒子不會動我一根毛。

靜了些會兒，阿夕又低魅地開口：「媽，要是我啞了，妳會不會棄我而去？」

枉費大兒子聰明一世，結果和兔子一個樣，爲了不可能的事，在心裡糾結了九彎十八拐。

「媽媽會難過到滿地打滾，然後緊緊守在你身旁。」

阿夕笑了下，但並不屬於開心的笑容。我「唉喲唉喲」地心疼叫著，把他箍得緊緊的；十多年來，我始終持續不懈地想把這座美麗的冰山融化。

□

翌日，電視台與各大報都特別報導了昨晚原因不明的大地震，但是卻沒有一台儀器記錄到這場天災，要不是我們社區從畫面上看就是那麼淒慘，沒有人會相信我們一家子才剛經歷過生死一線。

就在我認真思索今天要帶小孩到哪裡玩時，穿好制服的小七從浴室裡走出來，阿夕也一身清爽地緊接在小七屁股後面。

「大姊，我們去上學了。」

「路上小心喔……等一下！」我重重地放下和小夕夕一起牽手買的早餐湯麵，對阿夕指著古錐的小兔子，又比向也挺可愛的兔子老母。

他們竟然要丟下難得休假的媽咪，兄弟倆甜蜜蜜地到學校幽會！

可惜我的高中制服擱在家裡，不然我也要坐在小七隔壁，藉口我這個美少婦轉學生沒帶課本，好讓我可以坐上兔子青春的大腿。

「大哥，怎麼辦？我已經沒信心能應付她的神經病！」小七雖然左右眼不同色，但對著老母瞪大起來都是圓滾滾的，我好喜歡。

阿夕捏了下後頸，心裡在想該怎麼懲治我這個變態。

林今夕叫小七坐在旅舍的彈簧床尾，然後自己輕巧地往兔子併攏的雙腿一靠，再優雅起身。

兔子小七不明所以，而媽媽則被大兒子殘酷的舉動重創了小心肝。

「媽，他大腿的第一次，我已經拿走了，還有之前的臉頰和嘴唇。妳再覬覦他什麼，我就拿走他的那塊肉！」

「不，夕夕，你不能這樣對我！」

「什麼跟什麼啊！」身爲被母子倆反目爭奪的那隻小動物，小七完全搞不清楚狀況。

盡興鬧過一輪，我才依依不捨地送他們出門，而還在睡眠狀態的熊寶貝，也被他們強行帶走，今天的老母要自立自強才行。

細數我一天充實的行程，包括躺在隔壁有鬼的舒適大床上睡回籠覺、看卡通、打了通越洋電話炫耀我的小孩很可愛、把海苔加在美味的泡麵上、去跟心虛的櫃台小姐聊天。

好不容易才把櫃台小姐那張只會微笑的嘴撬開，她說旅舍老闆待她很好，從她年輕半工半讀開始，就沒對她少過照顧，不願意洩露任何會傷害旅館名聲的眞相。

恩義情長是一回事，可是天地良心也不能忘了，這位美人小姐，我們一家四口可是差點葬送在冤鬼手上。

她說：「很抱歉，你們如果死了，我們一定會賠錢。我們已經請了許多法師，但都趕不走那隻鬼。」

原本小七一定會有辦法的，但經過昨夜的那一震，從神仙兔子變成一般的食用兔子，除了給我抱著玩之外，已經沒有其他的功能了。

「這樣好了，那個死者的名字，再告訴我一次。」

我在暑假時偷偷和羅師父學了一點簡單的道法，主要是想和「鬼」這種東西聊聊天，以備不時之需。雖然阿夕不准，小七也不准，但世上哪有媽媽要聽從小孩的道理？於是我從暫住的客房搬椅子過去，敲了兩下門。

門開了，響起鬼笑，歡迎光臨。

我嚥了下唾沫，挺起胸膛，水來土掩。

之後，我花了整個下午開導那個燒炭自殺的男鬼。有很多事，包括非身體上的心痛，並不是死一死就能解決的。會想捉咱們可愛的一家子當替死鬼，可見它對輕生一事確實是後悔莫及。

它沉默良久，終於出聲，我豎耳去聽和人聲頻率不同的鬼話。

他尋死是因爲活著太孤獨，沒有人理解，沒想到死後更是什麼也不剩。

我想起另一個自殺身亡的幽怨女子，她好傻，再也沒有機會做阿夕的母親，而林今夕絕不會放過逼死生母的凶手，這也讓我睡不太好，常去騷擾兔子，林家一家子都受了傷害。

「或許你該做的不是待在這裡怨嘆，而是整裝上路。」

它說了「害怕」。不是死了就可以逃離「恐懼」這種情緒，未知的地下世界和無盡的黑暗，讓往生的魂容易想不開，想抓住人世已不屬於它們的光明。

所以才需要了解陰陽兩界的大道士做嚮導，和亡魂說明地府的種種注意事項，消除未知的不安，直到迷失的魂能夠自己走下去。

它又問我，能不能陪它一起去？

「不行，我還有小孩要養。」

「反正妳也快失去他們了。」

我本來還能嘻笑以對，一聽到鬼兄弟這麼說，臉色大變。

「不要嚇人家啦，我已經差點丟過好幾次，中年婦女的心臟快受不了啦！」

小七說過，鬼處的時空和生人有著微妙的差異，有時候能探知到超前於生人時間的消息，才會有術士養小鬼以換取八卦。

「眞糟糕，這樣我就得忙著把小孩找回來，還是不能陪你去。」

我對面無人的木椅突然「咿呀」了一聲，像是人從座位倏地起身的聲響，氣流從密封的窗口襲來；我被這種風吹過幾次，是鬼公差登場的特效之一。

它說，一直沒有人理解它。它生前總想，要是能遇到了解他孤寂的女性，他一定會一輩子待她好……

不知不覺，封得死緊的窗口開了條縫，透入了午後的陽光。或許我等下心情平復後，該到樓下找櫃台小姐，告訴她這個房間可以重新粉刷了。

□

即使有鬼警告過，時至五點，我還是不知死活地在床上蹺腳吃錢仔餅，反正不管是阿夕、小七哪個先回來，都會幫我清理餅乾屑。

敲門聲響起，我想寶貝們怎麼這麼見外？只要說一句「媽咪我愛妳」，林大嬸就會大發慈悲地爲他們打開實際與心中的那道扇門。

沒想到卻是來了一個黑白套裝的嚴肅女子，旁邊有個捧著單眼相機的花俏年輕人，戴著寶紅色墨鏡，看不清實際年齡，不過我想大概超過十八歲了。

他們一看就是特地來找兔子老母的。不巧的是，我今天沒上班，零妝容，蓬頭垢面，還穿著兒子的四角褲，活脫脫一個邋遢的歐巴桑。

「您好，林之萍女士，我們是Detroit事務所。」

「地獄事務所？你們是做什麼黑心生意，好有趣喔！」

「是底特律，我們老闆在美國唸書時的城市。」棺材臉小姐糾正我。我攤手以對，幹嘛這麼崇洋？像總經理就把公司取名叫「萬隴企業」，直截了當，這樣任何人聽了都知道這是誰家的財產。「我們的業務包括釐清繼承權、血緣鑑定、尋人調查……」

「哦，徵信社。」

「不是抓猴！我們是正派事務所！」小姐，不要這麼激動嘛，鼻尖的金屬框眼鏡都快掉下來了。

「我們一年讓家庭破鏡重圓的案例達五十件以上，成功率高達八成五，是同業之中最優秀的公司！」

「是是，可是我相當確定我是爸爸媽媽的親生女兒。」家人都說我眼睛像老爸，桃花眸；臉形像老媽，禍水臉。

徵信社小姐跺了兩下高跟鞋，拿相機的年輕人噗嗤地笑了聲。

「林女士，之前我已經和妳，以及兩名當事人聯絡過很多次，你們一家人全當我是詐騙集團！」

「咦——」我長叫一聲，「難怪妳的聲音那麼耳熟，我和兒子還商量過，下次妳再打電話來，就要在話筒旁邊割保麗龍驅邪。」

徵信社小姐冒了十多條青筋出來。她一開始其實很有禮貌，只是我當她是壞人，老在電話裡口頭佔她便宜。阿夕和小七更不用說，一聽到人家提起「父親」這個大地雷，即閃電翻臉。

我突然明白她的來意。對了，孩子的爸，但不是我的丈夫。

「嗯，讓我沉澱一下，妳接到案子，剛好我兩個兒子都是妳的目標。」

「是的。」徵信社小姐推高眼鏡，露出自信的光采。

先讓我深呼吸兩秒——

「哇啊啊！兔兔和夕夕，哇啊啊啊！」

「林女士，請妳冷靜點。」

「美人，妳有沒有收看最近火紅的八點檔『朱衣巷』？那對義結金蘭的義兄弟，結果都是權臣宰相的親生兒子，是眞正的兄弟呀！」

可見他們倆命中註定就是要給我養肥，一家人到頭來還是會團聚在一塊的。

「不是，是我們剛好接到兩個案子，而兩個對象都是妳的養子。」

我聽了，好不失落。也對，把阿夕和小七的腦袋瓜放在一起比較，就知道不可能有相同的遺傳基因。

「林女士，我們幫妳的孩子找到眞正的家了。」她握住我的雙手，我直視她的雙眼。怎麼辦？她是眞心為我高興。

我接過她的名片，默背好所有資料，再還給她。杜娟有些愕然。

「他們眞正的家不就在這裡嗎？」我撫住自己的胸口。

「林女士，能夠委託我們尋人的客戶，都是名門大戶。」

我哀怨地望了她一眼。她趕緊改口。

「當然不是嫌棄妳家境不好，但他們要是能重回原生家庭，對妳也有好處。」

「什麼好處？」代表總經理老大談判久了，下意識地給她應了一句。眞想咬掉自己的舌頭。

杜娟打了個響指，旁邊的相機年輕人隨即放下了沉重的行李包。聽聲音就知道是俗氣的阿堵物。

雖然有一點點生氣，但我還是笑臉迎人。

「小娟，我比妳大上兩倍年紀，可是心還是天眞無邪的少女。」我兩手捧頰，朝她眨了眨眼。

「啊？」她好像被我噁心到了。

「少女這種生物，即使已經知道錢的重要，但卻沒辦法把床頭每晚抱著睡的毛兔子換成存款。妳可能誤以爲我們家名義上的次子，實際上的老三，但又是小熊哥哥的小七明朝，才養不到一年，覺得我放了短線卻釣到兔子很幸運，而我當初只是要他的心，現在也始終如一地要他的人。」

杜娟皺緊眉頭。這麼感性的話，或許對一板一眼的人來說，有點難度。

「我不願意放棄監護權。」我只好簡單地說明。

「那麼，妳的大兒子呢？」攝影師幽幽地開口。從聲音判斷，大於十八，小於二十，正是阿夕那個尷尬的年齡。

「我已經老了，風中殘燭。」趕緊從少女角色轉換回單親媽媽，「要是含辛茹苦養育十多年的大兒子走了，等同剜走我的心，什麼代價也止不住血。」

杜娟咬緊小巧的唇瓣，想從我堅不可摧的愛小孩保護網中找到攻破點。

「林女士。」

「叫我之萍，或是之萍姊姊。」

「我們今天去找過妳的小兒子，他在公園裡和熊娃娃玩溜滑梯。」

「有照片嗎？」我盡量不讓雙眼放光得太明顯。

攝影師從懷裡掏出十來張立可拍相片，裡頭小七緊抱著熊寶貝，雙手全拿來當小熊的安全帶，以驚人的平衡感，從大象溜滑梯俯衝而下。可能是小熊玩得很高興的關係，小七白淨的臉也微微帶著純真的笑意。

要不是有外人在，我眞想抱著照片回床鋪打滾。

「他還問熊布偶要不要再來一次，玩了十來遍才休息，眞可愛……」杜娟微咳了聲，制止自己把私人感想摻雜進專業裡。

「寶寶很喜歡玩溜滑梯，我也是。」攝影師放柔了一絲語調。杜娟給了他一記不太痛的肘擊，禁止他把個人觀感帶進工作中。

「阿夕也帶小熊去玩過吧？」

我伸手，殷殷期盼，攝影師才勉爲其難地交出林今夕的玉照。

阿夕把熊寶貝抱高高，坐著公園的彈簧小車上；小車不高，他的長腿都可以踏到地上了。四周圍著一大群婆婆媽媽、國高中女生和粉領族，還有阿夕學校的粉絲，個個捧頰爲他們尖叫著。

我還沒看夠本，攝影師就把照片收回去，小氣到不行。我可以出錢收購，他卻說是非賣品。

「晚冬，我弟弟，和妳大兒子同年。」杜娟用力咳了兩聲，攝影師才不情願地把一袋護貝過的阿夕偶像照交出來。

我檢查照片有沒有唇印，沒有；也沒偷畫愛心，倒是經常必須和阿夕同台的小草他們，臉部都被麥克筆整個塗黑。

「他很優秀，對方看過他的學習資料、活動經驗和比賽記錄，滿意得不得了，也承諾會給妳巨額的補償金。」

對方在驕傲什麼？這可是林之萍養出來的大寶貝，阿夕五育優良，關他屁事！

「小娟，我不要錢，我要小孩。」我再次鄭重聲明。

「可是妳才遭逢劇變，正是需要金錢援助。」杜娟沒有惡意，眞心以爲錢財可以補足一切，「我們已經和兩名對象談過，他們都願意放棄。」

杜娟一說完，我拚命抑制顫抖的雙腿整個軟下，跌坐在冰冷的地板上，好一會兒都站不起來。

她慌亂地把我扶起來。我從許多小地方看得出杜娟眞的不是壞人，只不過價値觀和錢太過靠攏。

「林女士，一開始雖然會失落，但是傷痛總會過去。這裡是一百萬，足夠應付妳的生活，之後我會極力爭取，撫育補償總額將高達千萬，妳就不用煩惱下半生的日子了。」

「我沒事，只是想再確認，我兩個孩子眞的親口說『不要媽媽』了嗎？」

杜娟又開始啃嘴唇，都快流出血來。攝影師伸手指給她咬，被她生氣地打落。

「個人臆測，那不是他們的眞心話；但就結果論，他們還是選擇了富裕的原生家庭。」

□

杜娟和攝影師什麼時候走的，我記不太清楚。我在旅館浴室裡徹底洗了個澡，換上套裝，仔細對著梳妝台的鏡子畫上口紅，用粉餅鋪平細紋，收拾好東西，拎起那袋一百萬，跟櫃台小姐退了房。

她問我那麼晚了要去哪?我說晚上風景好,我喜歡黑夜。漫無目的地走在大街上,想回家,可是沒有家了。就算我愛死阿夕和小七兩個大小寶貝,但想到他們竟然連再見也不說就投奔到別人懷抱,媽媽也會忍不住計較的。好多負面情緒浮上來,壓抑不下。我負氣地想著,要是我自己懷胎十月生的,看他們還敢不敢跑掉,要是我能生小孩的話……

後方響起喇叭聲,我趕緊靠向路邊,但人家車子抗議得更大聲了。

「林之萍?」

我身子一緔,不敢相信會聽見他的聲音。

「妳怎麼一個人鬼鬼祟祟的?沒看到雲很厚嗎?快下雨了。」

我深呼吸了好幾次,可還是克制不住奪眶的淚水。

「志偉……」

我扔下現金和行李,衝過去抱緊他,放聲大哭。

老王著實被我嚇到了,抱也不是,推開也做不到,最後只好輕撫我的後腦勺。他身上有股菸酒味,應該是陪總經理老大應酬剛回來。

「阿夕和小七被搶走了……我的寶貝不見了……」

「林之萍，同一句話，我不久前才聽過。」

「又不見了，他們不要我這個老母了……」

「妳不要一直哭，哭得這麼難看，像小孩一樣。哭也沒用，不要哭了。」

我靠在他觸感良好的肉盾上，藉由暖和的肉體漸漸冷靜下來。是啊，哭能做什麼？沒兔子給我騙了，最多就是把老王的西裝弄花而已。

「包包，收留我。」

他沒有立即答應楚楚可憐的兔子老母，直往我的眼底瞧。

「不然呢？妳不也只剩我了？」

他一向高傲，不過這話說得有些抖，聽得我的心也跟著顫了兩下。

我低頭把眼淚抹乾，匆匆拎來東西，坐上副駕駛座。

「門關緊。」

「噢。」

「安全帶。」

「好。」快快繫帶子。

「笑容。」

我傻笑了一陣，才驚覺老王剛剛說了什麼，驚恐地望向油嘴滑舌的胖子。舌燦蓮花、辦公室性騷擾不是林之萍的本分嗎?怎麼被捷足先登了?

「你跟誰學的?這招不錯呀!」

「閉嘴!」老王紅了整截肉脖子。

□

收容所到了,我提著大包小包,躡手躡腳地跟在老王身後,和他進了東區的高級大廈。入口的警衛和管理員,像是見到外星生物般地直盯著我瞧,可見老王從未帶女人回家。嘿嘿!

我跟兩位說了晚安,他們也客氣地回了禮。

「我剛從格陵蘭回來,那裡可冷的,和台灣沒得比。外子受你們照顧了。」

「王太太,不會不會。」

老王氣急敗壞地把閒聊個沒完的我拉回正軌,往水晶外觀的弧形電梯刷下感應卡,直通二十一樓。

「寄人籬下,妳不要給我要白痴!」

沒有啊,我可是認眞無比地展現出女人心機,從來沒忘記上次那個掛我電話的酒店小姐，還有另一個身世可憐的小莉莉。

「志偉，你有三個小孩，他們都跟媽媽姓，要好好記著這個設定。」我試著催眠看看，結果只是被老王用皮鞋踹小腿。

出了電梯，老王連刷五道鎖才芝麻開門，充分證明他有神經質的一面，要是獨居的話，很容易罹患阿茲海默症。

就在我爲王胖子擔心他的餘生時，有名穿著兔子圍裙的眼鏡青年，從廚房裡拿著平底鍋出來，兩眼直盯著冒泡的鍋子，沒有看路。

「學長、學長，你回來了，你看我做了什麼新菜色？」

我和阿夕曾經討論過，小七既不像絕情的親生母親，也絕不似惡毒的養父，到底現世有誰能把他寵出那傻呼呼的性格？現在看，原來是蘇老師。

「阿晶！」老王飛身過去，搶走幾乎要翻覆的平底鍋。

「這是青蔬什錦鍋，學長，我和成嘉討論過了，希望能從日常飲食改善你的排便狀況。」蘇老師左眼眨了下，朝老王微笑地比了個「Y」。林之萍總算見證到氣質教師不爲人知的一面。

「小晶，感覺很不錯呢！」雖然我崇尚大魚大肉，但姑且能爲蘇老師改變口味。

蘇老師著實怔住，艱難地把目光轉向我。

「阿晶，我帶了三八客人回來，你不介意吧？」

「之萍小姐，妳好。」他搖搖頭，裝作不在乎之前的形象全毀。

蘇老師拖著腳步，一拐一拐地回到廚房，接著傳來一陣劈里啪啦的驚人聲響。

老王連罵人都提不起勁，直接捲袖子過去收拾殘局。

等飯的同時，我好奇地打量這片覬覦了十多年的神祕洞天。老王的家是林家牧場的一點五倍大，但我環視四周，僅浴室、廚房有隔間，床和書桌從客廳這邊看去，一覽無遺，任何人都不會認爲這個家有小孩子。

「連餐桌都沒……」我忍不住咕噥幾聲。山豬買房子的時候，根本沒有成家的打算。

「給妳住就該偷笑了，還嫌？」老王端了三碗白飯出來，還有一些罐頭食品。

我到廚房幫忙，但是蘇老師本來就笨手笨腳的，看到我在身邊轉，又更加緊張了。他悄聲說，切菜洗米那些高難度的事都是交給鄭先生的，可現在老王在，不能隨意轉換人格。

「我知道炒菜之前，要把青菜燙過才會綠喲！」來聊聊天，看看能不能鬆開他的神經。

蘇老師似乎獲得一個相當寶貴的知識，就像我當初從阿夕口中得知一樣，很認眞地記下來。

「之萍小姐，妳眞賢慧。」

我林之萍這輩子大概只會從小晶晶口中聽到這種稱讚，超級不好意思的。

老王胖軀的陰影，籠罩住我和蘇老師這兩名纖細貌美的食客：「你們兩個都是廚房殺手，都給我滾出去！」

我和阿晶被趕出場，眼睜睜地看著老王忙了一整天，還得親自掃廚房。

「我給學長添了很多麻煩。」蘇老師溫婉地嘆口長息。他只要不站在油鍋前，就是幅畫，背景應該放點山水或是竹子。

他帶我到客廳，坐到兼有飯桌功能的琉璃茶几上，估計老王沒一時半刻忙不完他造成的破壞，才敢揚起英氣過人的另一雙眸子。

「那孩子呢？」

我握緊擱在膝上的雙手，盡量表現出一派輕鬆：「小七回去他爸爸的家。」

蘇老師立即收起嘴角的笑：「在哪？」

「不知道，聯絡不上……」沒辦法，好想兔子，有水在眼裡打轉。

「他自願去的？」

我抿緊唇，用力點頭。

「怎麼會？他今天還在學校和我說你們昨天一塊畫畫，所以要帶蠟筆回去，晚上再一起上色。」

我幾乎可以想像小七滿懷期待的模樣，媽媽也好想再和他腦袋偎腦袋，一道彩色我們的家。

可是他卻頭也不回地走了。像他這麼善良的孩子，得知親生父親要帶他回家，只要生父眞心悔改當初扔下他們母子的過失，就算再多的不是，小七也能拋諸腦後，重新和眞正的家人一起生活。

但他有沒有想過，媽媽這麼貪心的傢伙，連天上都不太肯讓步了，怎麼可能會放手讓他回去？

蘇老師伸出手，握住我的拳頭。不知道是不是我看錯，他這個老師兼乾爹流露出來的目光好不捨，那又爲什麼總是堅決要把七仙拱到天上去？

「夫人，快帶他回來，他一定會被人欺負。」

蘇老師如此堅信小七沒有幸福的結果，我倒是懷疑小七這麼好的孩子，有誰不想疼他入骨？

「我一直看著他，他從小就不停地爲人付出，但受他恩惠的世人，又有誰回頭待他好？大多只是覬覦他的天賦，當他再也無法讓人予取予求時，那些忘恩負義的人又是怎麼回報他的？」他現在不是木頭像，神情清晰可見，連回想都覺得痛苦。

老王大汗淋漓地回到客廳，趕著我們這兩個愛兔人士吃飯。他大概從廚房裡聽見我和蘇老師的對話，一邊豪邁地把罐頭肉汁淋上白飯，一邊臭臉地寬慰我們。

「又不是沒斷奶的小娃，孩子自己會照顧自己。妳那個小的比較單純，知道自己父親還在，而且花大錢請人尋他，回家看看也是正常，順便幫妳節省開銷。」

「可是小七沒有跟我說再見……」

「他或許只是想看個一眼，但因爲某種原因，沒辦法動用法術回來，身上又沒錢坐車，今晚只好待在原生家庭那邊。妳不是還沒給他辦手機？只是短時間聯絡不上罷了。」

老王這麼一提，我才想到小七法力盡失的事。他竟然比我這個老母還了解我的家庭狀況，眞是太適合作姦夫了。

「比較複雜的是另一個大妖孽。」

我心頭一沉：「阿夕不接我電話。」

老王叫我面對，我也只能抬頭挺胸。根據我對大兒子的了解，當年拋棄他的生父既然找上門來，也就是說，他等了十三年多，終於可以報仇了。

大家都知道我兒子是個聰明人，不會做一命抵一命這種賠本生意，可是阿夕小時候受過重創，理智和情緒早就分家了。他親生老爸要是敢笑嘻嘻地站在他面前，憑他殺雞殺魚這麼多年，殺個人對他來說不會太難。

「志偉，你能不能幫我查出今夕的下落？」

「這不是廢話嗎?先吃飯!」

我拌起肉醬，老王看我遲遲不動筷，眉頭都擰出三層皺褶，媲美雙下巴。

「妳不要難過，我說過，我會照顧妳。」

我望著胖子，眼中含著點點霧氣，就像苦往腹裡呑的悲情女主角，世界也會爲我落淚。

「我沒事，只是剛才零食吃太多。」

「去死吧，林之萍!」

「別把『去死』掛在嘴上，我爺說那是陰差的口頭禪，是他們公事之間的暗號，被他們聽見誤以爲是同類拖下去喝酒怎麼辦?對不對，小晶晶?」當然，我只是胡謅罷了。

蘇老師又露出很文雅的無奈:「沒有的事，他們只是工作量太大，隨口抱怨而已。」

這時，老王家二十一樓的落地窗傳來鄰居來訪的敲窗聲，我既然身爲賢慧的太太，就有義務和人家打聲招呼，卻被王胖子和蘇老師用力按住左右肩。

我明明才第一天借住，他們這種和兒子們如出一轍，表明我一定會闖禍的態度，刺傷了中年婦女纖細的神經。

「來者何人!」蘇老師低聲喝道。窗外回應了許多細碎的呼喚，豎起耳朵勉強可辨認出「王爺」二字。

蘇老師用眼神向老王示意，老王也帥氣地瞥了他一眼，男人間的姦情意在言外。於是，蘇老師起身，到窗邊受理夜間的業務。

我被老王趕去儲藏室之前，依稀聽見蘇老師低聲確認今夜的異狀，像是「陰氣暴起」、「鬼門被沖開」等等，因爲我實在太想聽清楚那個世界的消息，就算頭被老王夾在門板上，也死都不退縮。事關我兒子，沒有辦法不八卦。

直到我手機響，我才急忙縮頭，處理自家的人間事。

「大姊，妳在旅館嗎？不是對吧！說過多少次，晚上不要亂跑！」

是兔子。等他連珠炮般地吼完，我還是沒出聲。每次都這樣，輕而易舉就捨棄掉老母，養他一年的心血用五十萬來換，我沒這個不孝子。

「大姊，妳有聽到嗎？」他聲音變軟許多，小白兔就是小白兔。

「有，還有什麼要說的？」

「妳生氣了？」他怯怯地問道。我不能心軟，我要耍性子給他看！

「你在那邊過得好就別回來了，反正我又窮又老，沒資格養你！」明明想得快死掉了，卻氣得不想低頭。

蘇老師結束另一邊的交涉，從門外探進身子，拐著腳步過來，遞給我手帕，接過手機：

「明朝，之萍小姐很難過。你和你義兄一起走了，她撐不住。」

「我只是想看那個男人一眼，沒想到他們不放人。法力失靈，身上沒有錢，想到回去也是給她添麻煩，就暫時承他們的好意住下。沒有不要大姊，眞的，老師，我王爺公還放在她身邊，怎麼可能離開她？」

「別管王爺公了。」蘇老師擰了下眉心。

「怎麼可以不管王爺公？」小七直覺地回應。蘇老師無聲地望向天花板，又把手機還給情緒平復的我。

「臭兔子，我現在暫住在王叔叔和蘇老師的愛巢，吃好住好，王爺公我也會幫祂搓澡。你見到你爸爸了嗎？」

「沒有，聽說他不肯來，找我不是出自他的意願。只是他這些年來沒生出小孩，他母親逼不得已尋我回來。」小七的語氣好平淡，好像不是發生在他身上的事，要不是他是兔子大仙，他的親身遭遇對一個孩子來說是有多殘忍啊！

「七仙，記得嗎？你其實是媽媽失散多年的親生兔子，那些人都是騙子。」

「妳不要再隨意虛構我的身世！」他爲什麼不能接受自己月兔的身分，搗麻糬沒有前途嗎？「就算不是妳生的，我前世不停追尋的母親也不是妳這個瘋女人，但是妳把我視如己出，我都知道。」

「小七，媽媽愛你……」不能哭，才分別不到一天，要忍住啊，林之萍！

「大姊，他們要掛我電話了，他們有給我飯吃，妳不用擔心。熊仔也在我這，我會照顧他，妳自己多保重。」

「唔唔，寶貝……」

「大姊，我、我也最愛妳了，掰掰……嘟——嘟——」

我抱著手機哀傷好一會兒，再抬頭對蘇老師比出勝利手勢。哼哼，小晶晶，雖然上次輸掉「最愛兔子」寶座，但「兔子最愛」寶座可是媽媽穩佔第一！

蘇老師一副君子不跟小人計較的寬容貌，然後我電話又響了起來。我瞪著螢幕上的聯絡人姓名，緊張兮兮地接通。

「是夕夕嗎？你在哪裡？還好嗎？」

「媽，我見到他了。」阿夕的語氣好累，和我預想的有十萬八千里不同，「他竟然一直知道我的下落，這次要正式領我回去。」

小七和阿夕，我沒想到心軟的竟是大兒子，原來認不認親的結果，取決於對方的態度。

「今夕，你會回來嗎？」

「我走了不是正好？再也沒有人阻擋妳的幸福。」

「什麼話？你不就是媽媽的幸福嗎？」

「媽，我不想再跟妳姓，不想再當妳的寶貝兒子。這是我放手一搏的機會，希望妳明白。」

我按住嘴，不敢哭出聲。聽筒那邊沉默了一會兒，才聽見他輕咳的聲響，我行動電話就被山豬王搶走。

「你這個沒心肝的臭小子！有種離開就不要回頭，明明生活都得靠她賺錢養家，你到底在囂張什麼！小白臉、伸長手、吃軟飯！你眞以爲她沒你不行啊？你蹉跎她多少青春？你還得了嗎？」

「把手機還我、還我！」我追著老王跑，不時搥打他的胖軀，但他是鐵了心跟阿夕槓上。

「我說過，你敢讓她再掉一滴淚，絕不善罷甘休！管你是什麼東西！」老王重重按下斷話鈕，才把手機扔還給我。

我急急重新撥號，卻怎麼也打不通阿夕的電話。

「胖子！我眞是看錯你了！」他和阿夕兩個都是雞心眼人，老王就勝在他成熟的雅量，結果竟在林家母子關係最脆弱的時候直接補刀。

沒想到包公青天卻扭出奸臣龐太師的猙獰嘴臉：「當『帥』在自己陣地時，當然要盡情地對敵軍開炮！」

我朝小晶晶投以求助的目光，相信爲人師表的他，可以勸得老王回頭是岸。

「他之前還把明朝趕出家門。」蘇老師說。不妙，我忘了他是個心中只有小七的兔子控，「甚至強押白仙認他作父，孰可忍孰不可忍。」

被一屋子三個熟男討厭，林今夕的個人評價陷入四面楚歌！

我低頭盯著無法接通的電話號碼，阿夕在我心中總是五億顆星星的好孩子。

「你們不能這麼說，他一直都比其他的孩子辛苦，也盡心盡力把小七養得微肉；會到這步田地，都是我這個老母不中用。」

「既然知道他們都沒事，去休息吧。」老王抹乾鼻子上的油水。

我低頭湊到胖子背後，說：「可以跟你一起睡嗎？」

「學長，我馬上把雜物收一收！」蘇老師說完，立刻付諸行動，拖著右腿依然動如脫兔。

「阿晶，你給我回來！」

□

我在比自家大上兩倍的浴室裡洗臉刷牙，換上蘇老師借我的小白兔睡衣，踩著老王的絨布室內拖，啪躂啪躂地來到寬闊的臥房。

老王還在靠窗的工作檯安排明天的上班事宜，我進門時，他的背直了下，但也沒回頭、沒說話，放任我爬上他高貴典雅的銀黑色水床。

我趴下好一會兒，桌燈才暗下。老王一躺上來，床鋪立刻凹下大半，我很難不滑陷過去。

「妳那是什麼睡姿?」他用腳踹著我用蠶絲被裹成的蠶繭皮，之萍蠶又挪過去了一些。「去去，別吵我睡覺。」

「志偉，你一隻蹄膀能不能借我?」我用小女生那種可憐兮兮的語氣請求。

「要不是從這裡跳下去必死無疑，我就叫妳從窗台跳下去，不要得寸進尺。」

「其實兔子是雜食性的，我和小七都葷素不忌，酒肉穿腸過，炙燒豬蹄膀。」

「妳要閉嘴還是要跳下去，選一個。」

我深吸了口氣，奮起掀開雙人被，惹得山豬王啊啊瞎叫，再全力撲到他身上。

我本來只要一隻手臂抱著安睡即可，是你逼我的，胖子!

「妳好樣的，給我起來!我去外面睡沙發!」

「我不要!」

「妳難道不怕我把妳怎麼樣!」

「來啊，誰怕誰！」

我單手撐著上半身，倔強地凝視著他，眼淚往他襟口猛掉，停不下來。每當我不知道如何是好，就會哭，哭過總會好起來。

「對不起了，打擾一晚，一晚就好……」

他把我按在頸間，等我釋放完鹹水才放開手。我任性完也就乖乖地從他肚子上爬下來，蜷縮在他左肩。

他像對待小孩子那樣摸摸我的頭，我又忍不住挨近一些。

老王臨睡前，喃喃唸了阿夕一句：「那個小子，以後一定會後悔今晚的決定。」

□

隔天我精神奕奕地起床，趕在男人醒來前下廚熱鍋，賢妻之萍的招牌菜煎蛋土司就要上桌了。

蘇老師以未扣襯衫和四角褲的造型登場，沒戴眼鏡，驚喜地來到客廳，微笑著說開動了。整個過程他都只有睜開半隻眼睛，應該還沒睡醒，以爲我和蛋土司都是素水仙女的夢。

老王就不一樣了，昨晚的溫柔不復在，繃著臉，逕自對著客廳立鏡束領帶，故意不跟我有任何眼神交集。

「你不要害羞啦，都老夫老妻了。」我文文一笑，記得認識的太太們都是這樣取笑老公的。

「誰害羞了！」他領帶弄了三遍都沒弄好，只得生氣地過來，看到蘇老師在這個瀕臨高中早自習的危急時刻還衣衫不整地托著頰打盹，就又開始吼叫不止，半扶半抱地把學弟抓回房間重新著裝。

「阿偉學長，我夢到之萍小姐嫁過來，她做的早飯好難吃呢……」

「阿晶，再不清醒我就把你的頭塞進馬桶裡！」

如此這般，我拎著兩名男士的公事包上車，一舉一動都像個已婚貴婦。老王先送蘇老師到學校，再轉戰公司本部。

途中，蘇老師也跟著老王陷入沉默，我請他多多關照兔子，他才凜然應了聲。

「鄭先生，眞難得看你白天出來。」

「蘇晶不敢面對妳。」他很酷地回，我嫵媚地擺擺手。林之萍的爛手藝全天下公認，請別放在心上，而且我對十八歲以上的胴體不是非常有興趣，只略略掃描三回而已。

老王把蘇老師放下之後，我也從後車座挪移到常駐副駕駛座，正想搗亂，他就把右手空出來揉我腦袋，我怔怔地望著他不苟言笑的側臉，覺得自己被馴服了。

到公司停車場，我在下車前喊住他，低眉給他打好歪了一邊的領帶。

「帥呆了，胖子！」我用手背拍拍他胸口，再比個大拇指。

「謝謝。」他這兩個字，抵過排山倒海的甜言蜜語。

我和他一起爬安全梯上樓，高跟鞋在水泥階梯上下踢踏，完全靜不下來，總覺得塑膠花有生之年還能再綻放一次。

就在王胖子好不容易稍稍卸下他的心防，推開辦公室門板，卻看到一直橫在他高血壓心口最大的血栓——趴在老王大位上睡覺的龐世傑公子。

「我早該殺了他……」胖子青筋全露，他是認真的。

龐二世被王祕書拖出真皮座椅，一臉倦容，沒什麼力氣抵抗。

「之萍，我餓了，妳去弄點吃的給我。」龐世傑總是記不得我祕書助理的身分，中年失智，沉浸在過去我為他做牛做馬的時光。

「街角有早餐店，省點吃，別點純果汁。」因為披頭散髮的他看起來太可憐了，我掏出五十塊硬幣給他。老王嘖了一聲。

龐世傑抓抓還算茂密的頭髮，闊氣地把五十塊推回來。

「我可是公司少董，怎麼可以讓女人出錢？」他露出自以為的迷人微笑，但我在年輕貌美的阿夕長年洗禮下，已經堅若磐石。「喂，拿點錢過來，聽到沒有？」

哦麥嘎，他竟然理所當然地朝老王伸手！真不愧那頭如海底電纜般的無恥神經！

於是，王祕書暴衝上去。

「胖子，住手！他可是老大的獨苗，雖然生得像雜草！」我抓著老王的雙臂，用眼神示意龐世傑快滾，不然就要鬧出人命了。

龐世傑還一臉痴呆地對著我笑，可能以爲我的心還是偏袒他這個前男友吧。不過，他誤會、自爽也就算了，最怕就是老王也這麼認爲。

「之萍，妳今天請假陪我吧？」這男人眞是我生命中的剋星！

等老王的殺意褪去，我才放開手，並示意龐世傑出去說話，不要糟蹋祕書室這個神聖的愛巢。

我就站在老王看得見的門外，想辦法把龐世傑這個亂源哄騙離開。

「阿傑，你在公司只會添亂，回家好嗎？」好嗎，草包？

「我也想在家裡睡啊，這桌子好硬，椅子又是便宜貨，害我腰痠背痛。可是我離家出走了，一個人走到公司，很了不起吧？」他依然說著自我中心的白目話。「我爸昨天沒回來，我媽太吵了，一直跟我鬧小孩的事，她那麼想要，自己不會再生一個？」

我跟董事長向來水火不容，但是身爲敵人的我，這次也忍不下去了。

「我也很想要小孩呀，爲什麼我不自己生一打出來玩？」

「我就是因爲妳，才會和母親鬧開，妳要是能生，問題不就簡單多了？」

我錯了，該讓姘頭殺了他。

龐世傑看職員陸續到位，爲了維持少董的顏面，理了理那身西裝，然後把鬆垮的領帶往我面前遞來。

「之萍，幫我打好，我一個人總是弄不好。」看他撒嬌似地想喚起我們以往的親密，我想，我畢竟是恨他的。

我把他的領帶扯下來，往最近的通氣窗口扔下。

「你可以盡情地傷我的心，但不能拿我去踐踏別人的眞心。」我用最嚴厲的口氣說道，管他明不明白，「待在會客室裡，不准騷擾我和公關妹妹，等總經理來接你。」

他露出好委屈的樣子，失神地走進會客室。我回到祕書室工作，盡全力補完昨日缺工的部分。

山豬和兔子老母間的粉紅泡泡全部破光了，只有關係到公事時會交談幾句。這種時候，小孩都丟了，還在妄想美夢的自己被拋下也怪不得誰。

一整天，龐世傑都乖乖地坐在會客室哩，中午我幫他叫了個便當。屬下們總是不時地隔著一段距離偷窺本公司少主，低頭竊竊私語，工作效率大減，被老王出來罵過後，才洗心革面不八卦。

「好像動物園裡的猴子，有點可憐。」陳妹妹捧著我送她的兔子馬克杯，在茶水間對我說道。

其他男同事的反應都相當激動，深怕敝公司之花掉入火坑：「小荺妹妹，那個男人不是好東西！」

說完，又驚覺到什麼，對我投以「請原諒小的」的歉疚目光。我擺擺手，但也沒心情再講每日一則的黃色笑話。

我給總經理老大打了好幾通電話，一開始他老人家還拒接，後來勉強「喂」個一聲，但顯得中氣不足，顯然是消耗了太多精氣。我問他又睡在哪個女人家裡，快點把他的寶貝獨子領回去。他微妙地應了聲，交代我和老王明天一定要在公司等他，他有大事要宣布。

然後，他就掛電話了。

我又忙碌了一陣之後，才驚覺到他根本沒答應來公司接人。萍萍仙子在商界橫行多年，說話都說成精了，結果還是被總經理牽著鼻子走。

「總經理不來？」老王隨口問道。

「嗯啊啊。」我把裝滿小男生的腦子清了一個位子出來。自從龐世傑回國，總經理就頻頻帶著他和各董事會面，不時地到本部、分部跟手下們介紹這是他的寶貝兒子；表面上特意晾起胖子，但私底下又把老王安撫得服服貼貼，我以爲這是一個父親爲孩子鋪路的手段。

雖然龐世傑是草包，但總經理從來沒說過他一句不是，感覺就像自家的狗崽比別人的菁英豬好。可是現在再沙盤推演一遍，我逼自己去想他們父子間的違和感，總經理老大似乎從來沒有誇過龐世傑的任何長處。

會不會何萬隴這個男人根本不在乎他的親生兒子？

「妳怎麼了？冷氣太強。」胖子關切道。

我只是有點毛骨悚然，但還是厚著臉皮跟老王討外套蓋大腿，把椅子挪成和他同向，把文件偷塞過去，但馬上被扔回來。

龐世傑這個電纜神經人，曾經抽著鼻子說：「之萍，我覺得我爸不喜歡我。」

或許，他的直覺是對的。

到了下班時間，龐世傑還是孤伶伶地坐在會客室裡，只有一杯陳妹妹同情心氾濫遞過去的咖啡陪伴他。

「志偉，你能不能送他回家？」

「叫他去死。」

我再想想，最後致電給蔡董事過來認領朋友。

蔡董事的頭髮留回文學青年的樣子，口頭以漂亮妹妹很多的時裝展，成功誘走龐世傑小朋友。臨走前，他彬彬有禮地對我表示，有什麼困難都能找他幫忙。

「麻煩再蓋一棟房子給我，哈哈！」我燦爛地說道。

他微笑答應，然後帶著無精打采的龐呆翩翩離開。「等等，我開玩笑的，說說而已，蔡董您別當眞啊！」

送走少董和大股東，公司就剩老王和我，他沒有收拾東西的意思。一直以來，他都把時間奉獻給這間辦公室，眞是太偉大了，這種精神值得我們尊敬，但我從沒打算學習，人家終究是好吃懶做的凡胎俗子啊！

我偷偷摸摸溜到出口，還是被胖子逮個正著。

「林之萍，這是開門的卡片！」老王追來，把一串電子鑰匙塞給我，沒想到他竟然饒我一條小命。

「你什麼時候新配的？」

「少囉嗦，拿去。」

我摸摸卡片串，低頭笑道：「志偉，我好高興。」他疑心病那麼重，給我鑰匙也就代表通過門檻，認可我是他的家人。

「妳早點回家。」他又用那種有點不爽、不直率的口吻叮嚀我。

這麼聽慣的一句話，我卻熱起眼眶，果然更年期一到，就變得多愁善感。

「遵命，老公！」

□

我搭車來到地獄事務所，搶走老娘兩個兒子的賊窩。

事務所在鬧區的巷子裡，沒電梯，客人得循著狹窄的樓梯上門。就像一般老大樓的公寓形式，每層有三戶住家。我來到四樓，兩邊都大門深鎖，其中一戶是玻璃自動門，亮著大燈，輕易分辨出是做生意的商家。

有個年輕人趴在櫃台上，睡得很熟；我看裡間兩台電腦前都沒人，只好回頭叫醒打盹的工讀生。

我把工讀生搖醒，對他說明來意。他皺著青澀的眉頭，撥打電話。

「杜娟，妳在哪？有人來申訴妳的案子。晚冬小弟不見了？是妳大驚小怪吧？他也大了，屁股毛也硬了，別像個老媽子緊迫盯人。他是個好孩子，不會嫖賭吸毒，放心吧！妳快點回來，我不擅長接待女性。」

等他掛下電話，我問他公司只有三個人嗎？他說是。

「你是老闆？」

掛著鬈鬈頭毛的年輕人證實了我的猜測。那就好辦了。我脫下高跟鞋，緊緊握在手上。林之萍平生不打女人和小孩，現在算帳的對象在我面前，不揍他一頓，難消我心頭之恨。

「救人啊！」他舉起板凳爲盾，節節敗退。

「你這個黑心商人，爲了賺錢拆散我家人！下地獄去吧！」我不是無故鬧事，反正他也不清楚我的案子，打昏打殘都不影響我追查兒子們的下落。

等杜娟調查員回來，她的老闆已經被我踩在腳底踩踹了好一會兒，再起不能。

「阿叔，你也太沒用了吧？」杜娟直覺地喊道。她老闆奄奄叫了聲「救命」。「林太太，有話好好談，何必動手動腳？」

「我想了一個晚上，還是請妳告訴我兩個寶貝的下落，我要去找他們。」杜娟正要編撰拒絕的腹稿，我又說：「哼哼，老娘可是有很多黑道兄弟，你們給我老實點！」

「妳僅僅和那些『大哥』交談過，妳擔心會影響到孩子，根本不敢和他們有更深一層的交流。」杜娟推了下眼鏡，實事求是，不因我的胡謅而動搖。

「好吧，美人，姊姊求妳了。」我把腳從老闆身上移開。

「我們事務所有保密條款，請妳見諒。」

她不說，我也只好跪了。

「妳這是做什麼！委託人不是有讓他們和妳通過電話，他們過得很好啊！」杜娟過來拉我，我不起來。

「我們之前都一起生活，分開這種事對我來說實在太難受了。我會慢慢去體諒，但是拜託讓我去看看他們，我眞的很想念我的孩子！」

「會再安排會面，妳別跪了！」杜娟開始急了，在林之萍面前，她終究是個嫩咖，「我也不知道，他們分別被專人接走。妳要相信我，他們老家眞的很富有！」

「『妳也不知道』！」我深吸口氣，反覆提醒自己不打女人的祖訓，「你們之前就是這樣辦事的嗎？」

「只要錢夠多，一切好談。」她倔強地說，至今不認爲自己有錯，「我說了，我會替妳爭取最大的利益。」

我有些脫力，一時間爬不起來，讓她多賺幾秒林之萍的尊嚴。

「妳很疼妳弟弟吧？」

杜娟不明所以，只是謹愼地回：「父母離開得早，我們從小相依爲命。」

「妳不該承接這個案子，恐怕妳要永遠失去這個家人了。」

她緊咬著下唇。女人感覺到危機的時候，不安全感會跟著倍增，總想抓住對方的行蹤。她是徵信社出身的，使盡手段卻遍找不著小弟，很是擔心受怕吧？

「林女士，妳是什麼意思？」

「見到他，問他什麼是『十殿』，還有他是何居心？」我高跟鞋穿一穿，扭身就走。雖然可能冤枉到人家小弟，但不嚇嚇她難解我便祕似的煩悶。

去砸過人家場子，我渾渾噩噩地走在大街上，覺得有些餓了，搖搖錢包，只剩夠買一罐啤酒的錢。

在大學跟我最好的姊妹淘，現在旅居國外，她不敢相信有人工作到四十歲，存款會是負數，而且還不趕快把廢物般的自己嫁掉，危害社會善良風俗。

她那人嘴巴是有點賤，但說的也不無道理。

我捧著啤酒罐，呆坐在街市一隅，不敢撥電話請人來認領我，怕他們隨時會打進來找媽媽。

才想起兔子，兔子就來電了。

「喂，是大姊嗎？」想到小七乖巧地捧著話筒的模樣，我就心頭暖。

「咕唧，是兔子老母啊！」

「妳吃飽了嗎？」

「好飽，朋友請我吃大餐。兔兔呢？屁股肉還在嗎？」

「別三句不離我屁股。我今天有到學校，蘇老師跟我說今夕哥和我一樣被人接走，我又把熊仔帶著，這樣不就剩妳一個人？」

「媽媽四海之內皆兄弟，混得很開，只擔心寶貝有沒有受委屈。」

「他們沒有嚴刑拷打，飯也煮很多，只是我和熊仔說話時，監視我的人就會斜眼看我。」

「那是因爲小動物太可愛了。」

「大姊，我生父的母親說我成績很差，很丟她的臉……我這麼笨，是不是讓妳很失望？」

嗚嗚，果然被欺負了，竟然敢嫌棄我的寶貝！

「我是因爲你可愛，又能當過冬糧，才帶你回家的，和成績一點關係也沒有。」

「妳不要仗著我打不到妳就亂說話！」

兔兔這麼一說，我才想到這是一個多麼適合調戲他的機會，剛才只是發自內心的關切，並未動用到飢渴的母性。

「小七，就算媽媽不在身邊也沒關係，我會在夢裡摸著你的小屁屁，哄你入睡！」

「我爲什麼會去想念妳這個大變態！」

被兔子咆哮了好一會兒，我拉拉被吼得耳鳴的兔耳，問起他置身何方。

「大姊，我好像被捲進他們的家務事裡頭。」小七傷腦筋地說。他長年仲裁人世與異界的糾紛，但面對人與人之間的問題，卻還是個小男生，「他們好像希望妳知難而退，只要妳不來見我，就不會爲難妳。」

「你身世掛在那兒，總要有個了結，不過給媽媽一點期限吧？」

「我會回去，一定會回到妳身邊，請妳不用爲我操煩。」他認眞地用輕軟的嗓音說著溫柔至極的話語，逼得我快想死他了。

旁邊響起冷淡的女音，聽起來有點耳熟，要求小七掛電話。我不願意，也只能含淚跟兔子道晚安。

收完愛兔專線不到半分鐘，我聽見一聲驚喜非常的叫喚。

「之萍，我是阿欣，妳記得嗎？」徐欣牽起我的雙手，緊緊握在掌心，很是暖和。

「我當然記得，我對美人向來過目不忘。」我朝她隔空啵了記親親。

「妳怎麼一個人在這裡？來來，到我家吃飯。」徐欣是那種有點冒失的傻女人，但也多虧她的少根筋，沒去細問我現在的難言之苦。

我們一起去搭公車，像高中女生一樣，吱吱喳喳地把這些日子遇到什麼有趣好玩的，分享給彼此。她看起來容光煥發，過去的苦命臉也變成燦爛笑臉，應該是遇到了滋潤青春的好事。

「我要再婚了，這次保證是個好男人！」她抬頭挺胸對林之萍老師發表這個驕傲的男女感情研究成果。

「太好了呢！妳家那個小帥哥有說什麼嗎？」

徐欣低頭想了好一會兒，才不太確定地回了我一聲「哦」。不是徐欣的「哦」，而是薛浩對母親再嫁的感想只有一個「哦」字。

「小浩沒有直接拒絕，所以我想他應該對新父親也有好感。」徐欣樂觀地說道，我只得持保留態度。

徐欣從下車一直到進新家之前，都熱絡地拉著我的手。我心中少了過去那種類似偷腥的罪惡感，因爲就算這種時候在外面廝混，阿夕也不會連環叩叫我回家吃飯了。

「小浩，你看，是誰來了？」

「妳也只有白仙老母一個朋友。」人未至聲先到，薛浩掛著一副耳機，姍姍地從內室走出來，低身拎過他媽的大包包。「妳快點煮，我餓死了。」

徐欣帶笑揉了下薛浩的腦袋，看得我好生羨慕。兩天以前的月夜下，我也是這麼盡情地在家裡玩兔子的。

等賢慧太太去廚房洗手做羹湯，薛浩下垂著眼緊盯著我，我也大度地望向他。本山人記得，這還是個未成年的小男生。

「妳那筆錢，對我們家幫助很大，現在還沒辦法，不過我以後一定會還妳。」他頂著一張欠債臉，我還以為他想下個馬威之類的，竟然是戰勝彆扭的個性向我道謝。

徐欣套著圍裙出來了，薛浩趕緊閉上仙口。

「坐坐，站著幹嘛？來來，吃水果。」徐欣叉了顆番茄放進薛浩嘴裡，又匆忙回去顧爐火。

「小帥哥，你老母真疼你。」

「閉嘴。」他替我拉開餐桌椅，自己再按著另一張椅背坐下，「我們和人類不一樣，沒有家庭倫理，因為我們本來就沒有家，只會想這個笨女人幹嘛對我這麼好。」

「薛同學，喜歡自己的媽媽並不可恥，像我家三個孩子，最喜歡的就是他們的親親媽咪了！」

「要說世上誰比我不幸，我想就是愛上妳這種神經女人的傢伙了。」

我嘿嘿笑著。他托頰望向徐欣忙碌其中的灶房。

「你會反對阿欣的婚事嗎？」

「我是看妳可憐才放妳進門，都自身難保了，還想管我們家務事？」他高傲地仰起臉，日後八成是阿夕那種冰山帥哥，而不走我家小七清新可愛的路線。

我朝他嘆口憐憫長息，畢竟不是每個小男生都能擁有兔子萌軟的特質。

「你贊成阿欣的婚事嗎？」我繼續跳針。

「妳很煩欸！」終於被我激怒了，神明大人，「不爽那個男人搶走我媽又能怎樣？我又不能陪她一輩子！」

「對不起，我只是想知道你會不會怨阿欣，這和我自己的情況也有關係。」

薛浩瞪著我，但我明白他大人有大量。

「白仙是個笨蛋，他絕對不會介意妳過得幸福美滿，而且對方要是待妳不好，他就算犯天條也揍得下去，妳總是他三百年來的夢。」

他難得爲小七說話，害我又更想兔子了。

「可能以前一直在天上刁難他戀母這點，所以下來才會遭此不測。」他沉重地瞪著母親削好的水果盤。欺負小動物遭報應也是天理循環。「妳讓我媽變得開朗許多，她覺得這世上眞有良善的一面，願意去相信人了，所以才會答應那個男人的求婚！」

薛浩此時對我的感情可說是愛憎交加啊！

徐欣的炒鍋料理和炸物特別強悍，不到半小時，就準備好一桌家庭美食。我吃了個大飽，剛才對小七撒的謊竟然美滿實現。

我吃飽喝足，就要腆著肚子打道回府，沒想到薛浩跟我來到玄關，踩著球鞋套上。

「媽媽，我送她回去。」

徐欣一臉感動，以爲她兒子自從被白兔子收過驚後，就變得好貼心、好懂事。有小男生自願作陪，哪有拒絕的道理？我一路上吃吃笑著，但他完全不理我，只是插著褲袋，在我右後方沉默護送。

「最近氣很亂，妳叫白仙小心一點。」

「我會告訴兔子其實你愛慕他很久了。」

「地府自會拖妳去割舌，不用髒我們自己人的手。」

這時，人行道旁的車道，急駛來一台銀白轎車，空氣隱約傳來「汪」的聲音，轎車就煞在我身旁半尺處，然後從後車座跳下一位以糖果髮束束髮的嬌嫩美少女，格子裙裙襬隨著她的動作翩翩飛舞。

「你想對林媽媽做什麼，喝啊！」她衝過來就把薛浩過肩摔，我來不及阻止。看她架住摔在地上的薛浩的脖子，任憑薛浩極力掙扎，也只是被扭得更緊。可憐的薛浩同學，即使長得高挑、貌似很會打架的小痞子，最後卻被小糖果壓得奄奄一息。等獵物氣力耗盡，小糖果才端坐在薛浩的肚子上，甜美地向我問安。

「林媽媽晚安，我幫妳宰了一個雜碎，請幫我和明朝多說好話，感恩！」

「其實我是到他家吃飯，薛小弟送我回家。」我熱鬧也看夠了，趕緊出來調解。

「對不起，我誤會你了。」小糖果雙手合十，嬌憨地請求薛浩原諒，「不過你本來就該打，挨我幾拳也是當然，你說是吧？」

薛浩臉色黑得不能再黑，不過聽說他們階級制度很深，低階的不能當面揍扁高階的，只能暗地使點小手段報復。

他扭頭惡意地笑道：「九天玄女，死性不改嘛，還是追在白仙屁股後面跑嗎？」

「浩然眞君，沒想到從一個小小小小的神變成神棍，你也沒反省自己爲什麼會被貶下凡嗎？」

感情比我想像的更差！不是聽說華美的天上世界能維持千秋萬載不敗的地位，就是強在團結一致的神心嗎？

「九妹，別坐在垃圾身上，省得髒了妳身子。」唐二走下車來，小糖果才肯拍拍屁股起身，抱住我右臂，形成同盟陣線，這樣薛浩又更像被欺壓的可憐蛋了。

想當初，他也是到處亂說話，害我家小七被排擠，所以我內心深處或許一直都想看他被打，才任由唐家二人凌辱他一個小男生。

「好心沒好報！」薛浩跳起來，對我憤怒地大吼。

「謝謝你了，回去吧，別讓阿欣等門太久。」

「去死，你們全家都去死！」他走了幾步，又回頭朝我比中指。

「再見！」

薛浩走了，現在是唐家小朋友的回合。

「林媽媽，我聽說妳家的事了，今晚住我家吧？」小糖果抓著我的十指輕晃，甜美可人，人如其名，好想一口含下去。

「九姝，妳是特地出來找我嗎？」

她不好意思地眨眨眼，說：「動用了一點神力。」

「盡添麻煩。」唐二毫不客氣地數落我，「快上車。」

我自始至終都沒有答應，但也完全沒辦法拒絕，他們用冰山和小女生兩大元素包挾我，我也順利被捕捉入網。

小糖果問我吃飽沒，她家今天請了大廚過來。我說吃飽了，然後去捏她的小肚肚，學糖果屋的巫婆陰陰笑，問她養肥了沒？

玩到累了，她就枕著我的大腿，任由我玩她的糖果髮束，一點都不像那兩個小氣的不肖子，女兒萬歲。

「林媽媽，林明朝今天又是一副洩氣模樣，大家知道你們家垮了，努力摸他的毛安撫，他整天都沒有抵抗，讓我們亂摸，真的很沒精神。」

我呼口長息，我也好想摸兔子的毛，才兩個晚上沒毛摸，我都懷疑起自己有沒有養過小七兔。

狗狗車駛進唐家，前庭花園大得嚇人，晚上更是像墓園一樣，好在有狗狗車接送，不然從門口走到宅邸，兔子腿都會變成蘿蔔腿。

九姝抱著我的臂膀下車，瞬間有好幾道目光掃視而來。唐家請了一堆黑衣人當保鑣，我認得幾張臉，是上次在廁所圍毆小二哥的犯人。

「你們辛苦了。」小糖果一個個向他們問好，我難以想像會在這種年紀的女孩身上看到總經理程度的世故，她笑得就像真心笑著。

我們下車才沒幾步，就碰見攔路的中級魔王。

和徐欣完全相反的女人種類，中級魔頭穿著暴乳的藍緞旗袍，目光如刃，她站著旁人只能跪下，這種的我實在吃不下去。

旁人喚了聲「少奶奶」，我才明白中級魔頭在唐家的位子。

「媽媽。」小糖果熱情地叫著，然後技巧性地把自己挪到最靠近少婦的位子，我和唐二則在安全的內側。

「又和這男人出去亂搞？丟不丟臉？」她毫不猶豫地誣衊一個女孩子，小糖果只是偏頭笑笑。

「您誤會了，太太。」我站了出來，有個還小糖果清白的絕佳理由，「我表弟喜歡的是小男生。」

「妳給我閉嘴。」唐二吐嘈得分秒不差，我們表姊弟越來越有默契了。

經我這麼一鬧，少婦還來不及反應，小糖果就拉著我們闖關成功，來到上次看過的神仙畫廊。她著實鬆了口氣，好像到這裡就算她的地盤，不用再跟敵方虛與委蛇。

「九妹，那是妳媽媽呀？」不像啊！

「大媽。」她解釋道，「我生母前年吸毒被捉，還關在牢裡。」

我給唐二打暗號，接著昏倒在他胸膛，再戲劇性地清醒。

剛才請我吃飯的小家庭，由「徐欣和她心愛的小浩」簡單組成，一下子躍升到這種等級的豪門黑戶，我需要時間消化。

「林媽媽，我不是常人，這對我來說不算什麼。」她垂著眼，散發出一種靜謐的柔和，「大概眞的活太久了，我已經習慣漠視一切苦難，不管是自己的，還是他人的。」

「習慣吃苦就一定要過苦日子嗎？」我拉拉糖果髮束，怎麼看都還是個小女生，就算我骨質疏鬆，也抱得起來。

「她不需要這麼做，但她還是綁了我這個人，不能不作戲。」唐二推了下墨鏡。話少的酷哥，其實腦子想得比誰都深。

小糖果討饒地喊道：「二哥。」

我們走完神仙廊道，來到金碧輝煌的大廳。唐老爺與他另一干黑衣人，佇在華麗的堂上當活動神主牌，經過的人都得拜上一拜。

「爺爺！」

「唐老鴨！」

「嗯。」

我們三個輪流打過招呼，正要往小糖果房間走去，唐老爺響指一彈，黑衣人就過來把我拖走。

「對不起，民婦一時失言，民婦只是喜歡迪士尼罷了！」

我被押在唐老爺鄰座，小糖果想上來解圍，卻被唐二擋下，因爲這根本是我自作孽惹來的麻煩。

「會下棋嗎？」

「一點點。」我只好小家碧玉地回，帶點良家婦女的羞怯，好滿足唐老爺的大男人主義。

他叫來棋盤，命人擺好棋子，是象棋中的軍棋，我得紅子，他執黑。

「贏了就放妳走。」

「輸、輸了咧？」

「我供妳吃住，留在唐家。」

「我都四十歲，是隻老兔子了……」
「沒關係，我喜歡妳。」唐老爺說完，提茶潤喉。
我含淚望向小糖果，小糖果也不知道事情爲什麼會發展到這種地步，只能說：「林媽媽，其實我也喜歡妳。」
好，我跟唐老鴨拚了！
我老家因爲生活拮据，對不花錢的娛樂特別上手，棋盤和棋子都是大伯親手刻出來的。眾人棋藝的高下分別爲我爺、老母、小叔、大伯、姑姑（我爸是笨蛋，不算在內），連帶我也耳濡目染，不過學到的不是棋藝，而是賤招。
「老爺子，我要吃你馬囉，你沒有馬囉，吃吃！」勝一子就大聲喧譁，讓旁人以爲我佔贏面。
再來，我撫額爲他嘆息：「您眞的老了，怎麼會走這一步？」
打亂他的步數之後，就可以開始圍城了。
台面上我的仕相盡亡，車傌小兵在敵陣死傷慘重，唯有元帥孤伶伶地在城內俯瞰敵軍。敵軍將領原本意氣風發，以爲勝劵在握，直到被砲台對準，想移步，才發現我的大元帥正舉劍等著他。
「將軍。」我朱唇輕啓，唐老爺低垂的眼瞼終於完全睜開，正對我瞳目。

「妳就這麼不想過好日子？」

「應該是老爺子知道我性野，留不住人，特意手下留情。」我三八地揮著手，他捧著茶，不應聲。「您要是寂寞，就跟九姝講一聲。我是她乾娘兼婆婆，孝順您也是應該的。」

唐老爺用力哼了一聲。我朝他欠了欠身，下場跟小糖果歡呼擊掌。

打完大魔王（不是阿夕），也差不多該抱著公主入洞房。

小糖果和唐二的房間相鄰，小糖果房間很大，中間那張薄紗床簾覆蓋的夢幻大床格外醒目；而唐二房間不足三坪，什麼家具都沒有，只有一張硬板床。

「叫他跟我一起睡，他就是不要。不過我們隔著牆就被傳得夠難聽了，不知道同寢還能生出什麼醜話？」小糖果今晚不知道嘆了幾口氣。

「能保護妳就夠了。」唐二冷冷地走進臥房，關上門。

「小九，妳二哥真的很疼妳。」我有感而發。

□

我和小糖果在公主房附設的石砌浴池裡，泡著熱呼呼的熱水澡。我幫她搓背的同時，總想起小七那隻小渾球，明明也喜歡給媽媽洗香香，卻不老實地叫著「變態」。想當年，我給小小夕洗澡，可是前面和後面都不放過，就怕長垢發炎。

可惜阿夕一直把過去的天倫之樂當作他人生的黑頁，只要我敢提半個字，就去神壇跪算盤，實在令人扼腕。

（像這種無恥之徒，就是要讓她去吃牢飯才記得起教訓！·By小七兔）

哪像我幫小糖果搓頭髮泡泡，她閉著眼，露出好幸福的笑容。果然女兒和兒子還是不同，要是我能投生做男人，就能盡情地玩兒子……嗯，不過這又有不能隨便騷擾可愛女孩子的問題，我最喜歡調戲公司的年輕妹妹了，難以取捨。

期間，我向她稍稍探聽「老家」的風向，她一律笑而不答，只有當小七作爲話題中心時，她才會因爲我兔子老母的身分，知無不言。她不時地謙詞說道，她和小七眞的認識不深，只有區區三百年時光。

請容我爲紅鞋姑娘再掬一把淚，人家正妻地位完全無法撼動。

「我們每年都有春宴以記得時間流逝，而在一片歌舞昇平中，他卻總是從泥濘的桃花林灰頭土臉地趕來。我們一向自恃不受外物影響，但年復一年也不免去想：『這笨蛋打哪兒來的？』因爲聖上總是面癱，看不出對白仙的喜惡，一開始眾神還是容著他的。後來他實在太破壞我們虛僞的和諧，終於有傢伙發話，要凡心未消的他滾回人世去。」

此時，她這名居處高位的神女，淡然表示沒必要嘲笑白仙吧？

沒想到天帝神來一筆：「妳去陪他。」

庭台最下一階有個看不見臉的小神，趁機喊道：「不是很慈悲嗎？去陪他泡泥巴啊！」小糖果認得那個聲音，就是現在的薛浩同學，君子報仇三百年不晚。

我想，他們神明之間的感情，好像真的不是很好，只是自恃文明社會，不好在人前發作；相對的例子是相見就直接幹架的阿夕朋友們。我爺每次提到天界，都只是籠統地介紹神明大人春天會聚在一塊吃甜桃、唱歌跳舞之類的，三兩句帶過令人嚮往的天上桃源生活。

小糖果靠在我胸前，望著滿室氤白水氣，我一時有點想冒昧問她從地上仰望天空的感想。

「他想要保護人間的想法沒有錯，但我們已經長久因循，不再去做理應對的事。我們曾經很努力去實現在人類心目中『神』的形象，雖然想法不一致，但大伙都曾為世間盡過心力，有的因此不在了，永遠不在了，留下的卻會永遠活下去，不能太認真去悲傷。」

「神不能進輪迴重生嗎？」

「輪迴出現的時間太晚，來不及了。」她喃喃地複述一遍，「每次兩界爭戰，我方的損傷總是慘烈，不堪回首，下界卻以殺神的數目論功行賞，封十殿王。」

我在背後不能完全看清她的表情，安靜了一陣之後，她和氣地笑了起來，說時間也差不多了，玉人出浴，赤裸地到房間翻出衣服給我換上。

小女生的衣裳真香，不同於小兔子的香味，我嗅了一陣才套上去。

我們吹乾頭毛，齊齊撲向大床，互撓彼此的胳肢窩，小糖果笑個不停。

她玩累了就湊來我胸前，頭埋得老低，我順著拍拍她的腦袋瓜。對天上地下來說，我終究是個小人物，不能對他們之間的恩怨情仇有所置喙，只是都來到我面前了，普通大媽能給的感情，我總是給得起。

「林媽媽，明朝說的對，有媽媽真的好好喔！」

好孩子其實都挺像的，她和小七一樣，看起來能獨自打理所有的事，不需要倚靠誰，卻不自覺說著寂寞的話。

我把小公主哄睡，披著外套離開，去敲唐二房門。我第一次看到他脫掉黑西裝的樣子。單穿白襯衫的他，感覺更年輕一些，像尊大神正坐在床頭。

「我回去了，表弟。」

他那張千年不融的南極臉抽了下，隨後站起身，把他那層黑社會的黑西裝重穿起來：「送妳回去。」

我瞬間露出諂媚的笑顏：「是開狗狗車嗎？」

他哼了聲，逕自邁開腳步，我歡呼地跟了上去。

夜深人靜，我無視交通規範，整個人佔領寬敞的後座，忘情地蹭來蹭去。雖然狗狗車不會說話，但我知道牠也很喜歡跟我玩。

就在我深陷在可能是狗狗車肚子的眞皮座椅上，眼皮打著架時，電話響起；同時間，狗狗車駛過街旁的一個女孩子，她正對著自己的手機發怔。

「小二哥，停車！」我跳下車，給唐二一記飛吻道別，他則是抬起墨鏡回我兩顆白眼。

來電顯示：長女。我抓著響鈴不止的手機，跑向明眸大睜的琳琳。

「妳怎麼會……」

我堂堂向她欠身勾手，笑道：「小美人，我說過，只要妳需要我，我就會來到妳身邊。」

□

我們並肩散了一段小步，高挑纖細的小美人才開口。

「其實也沒什麼事。」琳琳臉偏向一邊，手指不時捲著她裙子腰身的鬆緊帶。「要不是茵茵近來被夏格致那個混蛋黏上，我也不用找妳來聽我練琴。」

「喔喔，秋末公演妳要上台呀？」

她憋著一張俏臉，臉部微血管慢慢充血開來。我本來還沒多想，看她這個反應，才明白她爲什麼會這麼急著找人來督促練習。

「阿夕邀請妳演出？」

琳琳咬緊牙，在惱羞揍我和點頭之間，選擇嬌羞點頭。

「本來都是清湖幫他伴奏，今年不知道是誰，跟那個維也納小子說我想上台想瘋了，他又腦殘地轉告林今夕說他可以讓我，林今夕才特別擇了一段輕鬆的曲子給我。」

「喲喲，感情眞好！」

「才沒有，最討厭他們那群大笨蛋了！」

琳琳不老實地抱怨著阿夕以外的所有相關人等，我才知道樂團公演在他們大學是多麼受重視又全體投入。沈家的高麗菜待在他們學校畫活動看板，已經足足有一個星期沒離開；小草四處去調人，常在社團辦公室裡嚷嚷：「以前有什麼恩怨下次再算，沒時間了，快點過來幫忙！」

大家都非常期待那天到來。

琳琳住得有些偏僻，據她供稱，她十五歲搬出去以後，回家的次數屈指可數，要不是老家才有三角鋼琴，她才不想回去。

雖然她早給我做過心理建設，但我見到那棟左高右低的雙戶型式透天厝，座落在綿延一片的墳墓旁，心裡還是給她微妙個兩下。

「妳少回家是因爲這個原因嗎？」我憐憫地望向她。阿夕都受不了了，何況一個妙齡女孩子。

「拜託，我怎麼可能怕鬼？」琳琳嗤之以鼻，「我爸年輕時，有個算命的告訴他，住陰地可以讓事業蒸蒸日上，所以他就在這裡蓋房子，再把隔壁棟低價租給那個算命的。哦，他現在的確事業有成。」

不遠處，我看到有個男人站在琳琳家門口，穿著中式長袍，拈著下巴的山羊鬍子，不時地朝琳琳家裡探頭，形跡非常可疑。琳琳卻不覺得奇怪，同那個怪叔叔打了招呼。

「葉伯伯，我家怎麼了嗎？」

男人一驚，縮著脖子轉過身，看見是琳琳，頓時大喜，扭捏著往我們靠近。

他看起來和我同輩，束著包頭的髮灰白大半，衣袍都是粗糙的補丁，身上有股酒味掩不過的菜餿怪味，眞的非常非常可疑，琳琳卻只是自然地和他交談，好比自家大伯。

「我聽到妳家有怪聲，可能有邪魔入侵，貧道才出來察看。」

琳琳眼神很死，卻還是禮貌性地敷衍著：「有看出什麼嗎？」

「我這個大師一出馬，小妖小怪哪敢放肆？」男人繼續心虛地扯著謊。突然，那雙世外高人的眼溜溜地轉向我，目光猶豫，但還是講了經典開場白：「妳最近是不是碰上什麼災厄？」

琳琳扯了我一把，但我實在沒辦法控制自己的嘴：「是呀，我現在連想都不敢想，事情怎麼會變成這樣？」

他沉吟良久：「妳男人……在外面有了女人，對吧？」

「對！我含辛茹苦把孩子養大，他怎麼可以背叛我！」琳琳在背後搥我屁屁。雖然是十多年前的爛帳，但他說的的確沒錯。

「本仙，有辦法可以挽回妳的婚姻。」他從腰間布包掏出名片，我接過一看，原來是久仰大名的「罡風道長葉眞人」，也就是小草他老爸。

「伯伯，這麼厲害，不會把你老婆追回來？」

葉眞人比出噤聲手勢，要琳琳別拆他台，但琳琳是爲了他好，不想小草老爸在我面前鬧出更大的笑話。

他開始比劃手腳，唸唸有詞，一口氣使出神棍派頭，也沒先問我口袋裡有多深、值不值得大仙拯救？琳琳半捂住臉，不忍心再看下去。

葉眞人陡然睜大眼，喝道：「妳先生姓王！」

「啊哈！」這個我喜歡。

「妳最大的兒子已經唸大學了，不服妳管教。」

我用力點著頭。孩子大了以後，我這個媽媽的總是被踩在腳底下。

他受到鼓舞，仔細把我的身家胡謅過一回，再提起我日後可怕的命運，差不多是收消災錢的時候。

「可是人家沒錢欸！」我歪頭一笑，他一時反應不過，後來才驚覺這是隻披著肥羊外皮的窮兔子。「可以用其他方法抵債嗎？大師。」

他高深莫測地省視我好一會兒。我始終保持商業式微笑，直到他自個兒臉紅起來。

琳琳扭了我一把，我疑惑地看向她。她低斥我不要去招惹中年寂寞的鄰家伯父，尤其我的輪廓還和他前妻有點像。

「王太太，咳，花錢消災，請不要吝嗇這點小數目。」不不，我身上真的半滴油水都榨不出來。

不想再看我和葉眞人糾纏下去，琳琳從錢包裡掏出千元大鈔，遞給鄰家伯父。

葉眞人怔了下，琳琳幾乎是瞪著要他收下，他才低頭接過。原本充氣出來的大師形象又消風回去，腰桿沒再直起來。我跟著收起開玩笑的嘴臉，有些過意不去。

「小月，妳最近有沒有遇到素心？他都不接我電話。」葉眞人現在就只是個被兒子斷絕關係的鄰家伯父。

「伯伯，你打電話給葉素心，哪一次不是跟他要錢？你只要少拿一點，他就會解開你的來電黑名單。」

「我不是跟他要錢，是要幫他投資！憑我的神力，好不容易才求到那幾個名牌，不簽下去太可惜了！」葉眞人咧開一口黃牙，對琳琳打包票，「這一千塊，伯伯就先拿去投資，有賺一定會分紅給妳！」

他大概擔心琳琳會後悔，把鈔票收回，一邊摸著腦袋，一邊往隔壁撤走。很明顯，過來的意圖就是借錢。

「他到現在還是覺得自己是個好爸爸，葉子要是女的，早就被賣了抵債。」琳琳擰著眉頭，深呼吸，把興起的肝火滅掉。

她打開門鎖，推開白色木板搭成的外門，引領我進屋。主屋旁邊有兩個車庫，一邊是空的。

「妳不用看了，我離家之後，我爸就把佣人全部遣走了，沒別人在。」

不管是琳琳，還是小草，都鮮少說起家裡事，他們暑假住在我家好幾天，八卦人林之萍卻沒掌握到他們祖宗八代，連他們是一對青梅竹馬都沒看出來，互動實在太冷淡了些。

也或許是因爲提及彼此的關係，就得連帶把家庭背景吐實，所以寧可充作陌生人。

琳琳我不清楚，但從小草的隻字片語，可以鮮明地感受到他的家庭是他生活中最大的折磨。

琳琳說，小草出生後還有過一段好日子，後來他媽跟了別的男人，離家出走，就剩他和葉眞人。老婆跑了，對葉眞人打擊很大，他就想靠賺大錢讓那女人後悔，進了邪教斂財，最後事跡敗露，成了頂罪的笨蛋。他坐牢，小草他媽才不得已把小孩領走。到了新家，又被刻薄的繼父兄姊虐待，害小草精神變得不太穩定。

我想到小草溫馴地綻開笑容的樣子，就不住傷感。

琳琳打開大燈，屋內的樣貌一目了然：一進玄關就是大廳，空間相當寬敞，木質地板上沒有什麼家具，唯有落地窗旁立著一架黑色鋼琴，房子的一樓看起來就像是間小音樂廳。

這麼想著，我才注意到我們說話都沒有回音。琳琳說，這是她父親當初送給她母親的禮物。

「原本牆上有我媽以前舉辦音樂會的沙龍照，她過世得早，我小時候下樓都會和相片說早安。」

「妳媽咪是個大美人吧？」我跟她一道坐上紫絨布墊的鋼琴椅。

「我和她非常相像。」琳琳打開鋼琴蓋，把髮鬢勾上耳後，嫻雅中帶著股妖嬈風情。

她沒拿譜，表示旋律已經熟記，我能想像她努力背誦的樣子，想要展現最好的一面給阿夕看。

琳琳彈得很好，但我還是忍不住分神想阿夕。仔細算算，我也強佔美人們的王子殿下那麼多年，他要是能換個像樣的出身，就不會有人笑話他、拿他和我的關係碎嘴。阿夕想的、做的，總是比感情用事的我來得周全。

「有哪裡不對？」一曲終了，琳琳有些不安地問。

「挺好的，人和曲子我都喜歡。」

琳琳不滿意我的回答，倒豎著一雙柳眉，罵我剛才一定沒專心聽她演奏。

突然，叩地一記清響，門鎖開了。這個時間開門的人，不是小偷就是家人，琳琳既然只剩一個父親，那從門後現身的頹廢美男子，應該就是她老爸——非常年輕，才三十出頭的樣子，正是迷倒女人的年紀。

「小月，妳在？」他睜著半隻眼，踉蹌地走向我們。

我看帥哥看走了神，這才注意到琳琳整個背脊都僵直了。

「妳好，我是岳辰。」他朝我伸出友誼之手，吐出來的全是酒氣。

「我是之萍，琳月的乾媽。」我本來想回禮，但見他弓起身子，連忙把發傻的琳琳推開，她爸就把胃裡發酸的食糜全吐到我身上，隨即碰地一聲倒下。

□

鋼琴獨奏會取消，先解決掉橫臥在客廳的男屍。

我和琳琳七手八腳地把她爸抬到一樓浴室，塞進浴缸後，打開水龍頭。琳琳上樓拿衣服，我則是忙著扒光人家爸爸。他即使泡在水裡，也還是沒醒，不時喃喃著琳琳的小名。

我聽見琳琳的腳步聲回來，頭也不回地喊道：「小琳，過來幫我一把，褲子不好脫。」

琳琳沒有動靜，我轉身看，見她捧著衣物，惶然地杵在浴室外。

「我……不想弄濕……」

我真覺得不太對勁，跟她說沒關係，先去休息吧。

大概洗到腰線的時候，小琳她爸回復意識，躺著浴缸裡，鎮定自若地再問一次我是誰，一副大人物的派頭，也很可能的確是。然後自個兒穿起衣服，領我到樓上休息。

他先到琳琳房間敲門，琳琳開了個縫，放我進去。她爸隔著門板道聲晚安，這個夜晚又安靜下來。

琳琳的臥房不大，好像從孩提時代就沒有改過裝潢，各種擺飾都帶著天真的孩子氣，她就抱腿側躺在娃娃床上。

見我走來床邊，她才勉強睜開眼，氣若遊絲地從枕頭下拿出一套白色唐裝和波紋長裙，上頭的梨花圖樣是手工繡的，質地非常好。

「這我媽的衣服，妳穿吧？」說完，她又閉上眼，似乎疲憊難耐。

懷。

我本來想連夜溜回豬圈挨老王罵，看她這個模樣，還是低身鑽進娃娃床，抱得美人在懷。

「曲子彈得很棒呢，職業演出。」

「哼，少來。」她擠出一點精神回嘴。

「小琳，有什麼不開心，都跟乾媽說。」

「妳就不能裝作沒看見嗎？」她手腳冰冷，不時地瑟瑟發抖。

「妳當初為什麼跟著花花搬出門？妳爸爸是不是對妳做過什麼？」

她猛然把臉埋進我懷裡，我傻了，她十指掐著我的左右臂膀，就像是溺水的人，彷彿放開手就會失去最後一絲生機。

「沒有，他對我很好……」她蚊鳴似地回答。這時候，我倒是懷念起連心鍊子的威力，謊言無所遁形。

「我去問他。」

「不要！」琳琳強拉住我。我已經坐起身子，她趴臥在床，我捨不得看她這副乞求的可憐模樣。「他那時候喝醉了，我知道他不是故意的，要是事情傳出去，我在世上只有他一個親人，我們會一起完蛋！」

在我面前，琳琳總展現出另一個強大顯赫的身分，似乎把世情當作浮雲，但看她為花花不平、替龐心綺哀嘆，就知道這段人生對她並非遊戲，所以才會陷在其中，自以為聰明地幫那人圓謊。

「妳到死之前，都要與他維持現狀嗎？」眞相來得太快，我腦子被急凍過後，反而異常冷靜，竟然能無視她的哽音，繼續審判下去。

琳琳掩住臉，嗚咽一聲。

「妳不是罵我：『亂倫什麼的，最噁心了。』妳這麼相信他，他卻這麼對妳，這些年來，誰來償還妳受的痛苦？」

「他死之後，我會吃下他的魂魄報復，妳不要再說了！」琳琳捂著雙耳大喊。

我是女人，還是個老母，恨極那些強逞獸慾的人渣，為什麼被傷害的人在哭，他們可以被原諒？又為什麼小七非得原諒他的禽獸養父、為什麼琳琳得跪在這裡為垃圾父親求情？我心都要碎了。

「可是死後的世界就沒有大媽在旁邊撐腰了，妳想要什麼補償，我去替妳討回來。」

琳琳哽咽兩聲，然後放聲大哭：「叫他把『爸爸』還給我！」

於是我穿著琳琳母親的衣服，去她父親房間討債。

我叩門兩聲，直喊：「岳先生，你還沒睡吧？來談談。」

他一開門，我拳頭就揍了下去。他抵抗著，感覺有練過身手，我就打得更起勁，要他絕子絕孫。

我和他在地上扭打，互相攻擊對方最脆弱的部位，我踹中他的下體，他卯向我下腹，正中以前車禍的舊傷，痛得牙關打顫。

醫生說，很遺憾，妳以後不可能懷孕了。孩子、我的孩子，你們這些輕而易舉得到卻不加珍惜的混蛋，統統去死吧！

琳琳衝進房間：「住手啊！妳不是要跟他談談？妳根本是要殺了我爸！」

我披頭散髮，看著手中摸到的拆信刀，再看向大腿間一片血污的岳辰。爲害世間多年，我終於要被捉去關了，而且還是跟小男生不相關的罪名。

「有沒有傷到動脈？」琳琳低身按著岳辰的右腿止血。岳辰輕輕搖頭。

我依稀記得犯案當時的對話——「我閹了你這畜生！」以及「很好，妳就閹了我吧！」法官說不定會認定這是你情我願的結果。

琳琳把醫藥箱抱來，脫下岳辰染血的睡褲，熟練地消毒包紮。我癱坐在對面，看著他們這對父女。岳辰動也不動，任憑琳琳料理；那個男人直瞅著她，淚水默默地滿出眶外。

他說：「小月，妳不是說過，死後靈魂會受到審判？要是我下地獄，把碰過妳的手腳全剁了，妳就會原諒我嗎？」

琳琳沒應聲，抱著醫藥箱，轉移陣地，叫我把上衣和裙襬掀開，給我這個殺父未遂的現行犯貼藥膏。

「妳都幾歲了？」她板起臉斥責，適才那個嬌弱無助的女孩已煙消雲散。

「下個月四十。」我把下巴擱在她肩頭，請求長女諒解我一時的失心瘋。

她把我抓回房間關禁閉，把一半重量壓在我身上當作懲處，但我不覺得是受刑，還有些竊喜。

「小琳呀，妳眞要饒過他？」我撫著琳琳背脊，肌肉放鬆許多，「那就這樣吧，別把憾恨帶到身後去。」

□

隔天大早醒來，岳家父女都不在了，門外有台預約給大媽的計程車。

我咬著路上買來的燒餅進辦公室，大剌剌地坐上位子，吃得滿地碎屑。

我能這麼閒適的原因，在於老王祕書就趴睡在旁邊的辦公桌上，可見他整夜沒回家，也就不知道我亂跑亂跳，省去了一頓罵。

「胖子，喏。」我把半邊燒餅往他嘴邊塞，他囫圇地咬了兩口，「豬豬，再多吃點飼料，長肉好祭天。」

三十秒後，我被老王掐著脖子唉唉叫。好不容易逃過昨晚的劫，我卻一早來找死，眞是人要白目，天也擋不下來。

胖子去廁所洗把臉回來，問：「妳怎麼穿成這樣？」

「你老婆漂亮吧？」我自戀地轉了圈，長裙像綻開的白色芙蓉。

「花都開到萎了，省省吧妳。」他嗤之以鼻。

就在我公然打情罵俏的時候，外頭一陣騷動，每個小夥子打卡完就往祕書辦公室衝來，神情驚恐非常。

「王哥、林姊，你們有沒有看今天的晨間新聞！總經理開記者會，宣布繼承人了！」

老王黯下神色，他不知情是因爲總經理昨晚叫他關機，而我是手機沒電，不然董事會早就鬧翻我們兩個。

總經理打點好的董事，當然尊重他的決定，但董事長那邊的人馬，可就不讓我們好過了，陸續前來算帳，擠爆我們大樓的停車場，一進公司劈頭就罵，威脅威嚇再威脅，就是沒有利誘，而且總經理那隻老狐狸又不在，倒楣的都是我和老王，何其無辜。

「沒有龐家哪有他今天的成就，他竟然想立在外頭生的野種，太不要臉了！」

「對嘛，立外人還不如立我。你們爲我打抱不平，之萍深感窩心。」

我的專長就是讓惡人接不了話。他們發現罵我就像搗麻糬，怎麼也解不了氣，還會變成被調侃的餡料；沒法子，也只能悻悻地離開，等待年末董事大會再來發威。

我彬彬有禮地送走外賓，回頭望向辦公室裡的老王。他這輩子的青春幾乎都拿來爲公司打拚，有家不回，結果只得到努力獎和感謝狀。將相本無種沒錯，但想當更高階主宰的王，先決條件還是得是王生的王子。

我回到老王身邊，充作他這些年來的安慰獎，但還沒開口就忍不住放了屁，臭臭的，氣到他跳起來掐著我的脖子搖。換算下來，我今天已經死兩條命了！

快到正午時，總經理總算露面來給個解釋。

我才想給他老人家飽以粉拳，沒想到他還多帶了個人，慢他幾分鐘進公司。當對方漠然進場，不只內間的我，外邊辦公室的所有人，也幾乎都刷地站了起來。

西裝筆挺的林今夕，向眾人頷首致意，跟著總經理的腳步，肅容往裡頭走來。

「這是萬隴集團未來的主事者。今夕，來見見我的得力助手。」總經理熱絡地領著阿夕，眞正是笑容滿面。「志偉、之萍，打聲招呼。」

「大帥哥，初次見面，你長得眞像我大兒子……」伶牙俐齒的林特助整個人當機了，可能是天氣太冷的關係。

難怪他不想回家，套一句陳妹妹的話：哇，一整間公司耶！

老王猛然揪住阿夕的領口，吼道：「你這個忘恩負義的臭小子，忘了龐世傑怎麼對她的嗎！」

阿夕扯開老王的手，露出他以往睥睨輸家的目光。

「她以後不須要你來充英雄了。」林今夕看向我，微微笑了笑，「媽，午飯吃過了嗎？」

「還沒，因爲儲糧在學校上課。」我茫然回應。

「去吃飯吧。」

窮人沒什麼高級喜好，就是吃吃喝喝，眞虧阿夕還能惦記著這點。

他牽著我走出祕書辦公室，眾目睽睽之下坐實了提早休息的罪名，而我實在太久沒見到他的人，實在捨不得放手。

他從小學開始，沒事就會來接老媽，對公司四周的環境相當熟悉。有年我領了年終，有感家境開始好轉，便牽著他到附近只有大老闆吃得起的咖啡廳，一起吃了一客排餐，挑嘴的他難得說了聲好吃，我就覺得那應該是世上最棒的一間餐館。

約莫十年後，我們母子倆再度光臨通貨膨脹後，價格又翻高三成、不知是賣咖啡還是削人血汗的雅致小館，阿夕向服務小姐要了最僻靜的位子。

他幫我拉開沙發椅，按著我坐下，還卯我的頭，我才從寶貝兒子變成公司繼承人的夢中清醒過來。

「媽，錢包拿來。」

「媽媽才不在你身邊幾天，你就學會公然搶劫良家婦女了，嗚嗚！」

阿夕沒理我，掏出他的皮夾，拿出一大疊白花花的大鈔，塞到我乾癟的兔子錢袋裡。

「妳先拿去用，我現在有的是錢。」阿夕似乎等著說這句台詞等了很久，「他真的很有錢，而我要盡情花光他的錢。」

太可憐了，阿夕這種程度的魔頭，就因爲在我家那個環境長大，使壞都帶了股窮酸味。

「媽，妳看家裡還欠什麼，我再補上。」他攤開親筆列的清單，房子、車子、兔子和熊的日用品，什麼都有，不愧是負責持家的牧場飼主。

「林今夕吧？」

他低眉嘆道：「妳只是習慣有我在身邊，並不是眞的那麼需要我。」

服務生來點餐，中斷了傷心的話題。阿夕以流利的外語解決掉菜單沒中文的問題，等服務生離開，他才重展笑顏，只是嘴角有些勉強。

明明是一樣的地方，一樣的人，可是不再有十年前單純快樂的心情。

他等著我回答上個問題，但是我卻坐立難安，否認好像是強押他在身邊，承認了又怕他從此就不回來。

阿夕的那雙眼，本來意氣風發、格外烏亮，看我怯弱的表現，卻越來越沉，又回到冷色調的灰色：「媽，妳以爲我爲了他的產業拋棄妳嗎？」

我看著他，短「哦」一下又長「哦」了一聲，含糊過去。

龐世傑在我出院那時，亮著他的婚戒來看我，他說愛是真的，但他不能爲兒女私情賭上前途。阿夕又比他更聰明，絕對不會被感情絆住腳步。

我深陷在矛盾的情緒中，明明之前最怕他做玉石俱焚的傻事，現在看他能父慈子孝地過日子，卻一點也不爲他感到高興。

「媽，妳知道爲什麼我自小和他親近？」

「爲什麼？」

「他的聲音和我爸爸很像，我總是不自覺地將某些形象投射在他身上。」

阿夕跟我坦承他一直以來都跟總經理有一腿，他因爲單親，必須扮演獨立自主的強人，但總難免碰上無法解決的問題，像是我啦、學校和他的哥兒們，總經理總是適時地伸以援手。

當總經理眞的變成他的至親，他發現竟然沒辦法抗拒，原來他還是有爸爸的。

「他一見面就跪著跟我道歉，哭著說沒有保護好我們母子倆。我小時候，他常常打電話過來，問我和母親過得好不好。我恨他這麼多年，只不過當初的幾通電話，和後來他對我友善的關懷，就能原諒他了嗎？」

「阿夕，你能諒解，總是好的。」

「我母親怎麼辦？」他問道，我怔了下，還以爲他說的是我。

「芝蘭姊姊只要你過得好，大概也能釋懷。」

他垂眸凝思良久，就像考慮著晚餐的主菜是魚膾還是肉排。從我再見到他，雖然他裝扮成社會人士，比平常大學生輕便的穿搭還要成熟，卻有種以前那個體貼懂事的小夕回來的感覺。

我不知道這樣形容是否妥當，但他似乎因此變回一個十九歲的年輕人。

「媽。」阿夕這般帶有請求意味的開頭，就和小七興沖沖喊著的「大姊」有著同等魔力，林之萍抗拒不得。「我以後可以直接叫妳名字嗎？」

這樣他和龐世傑又多了一個共同點。我恍惚地咬著鮮美的魚排，當成兔子肉。

□

我食不知味地回來，以八卦爲己志的下屬們異常安靜；祕書室裡的總經理在老王身邊呵呵笑。胖子一向任總經理老大宰割，剁了也不會怨半句，而我沒力氣再去計較，只是定睛看著特別高興的總經理。

「之萍，謝謝妳這些年來的辛勞。」他一把年紀，卻還是能把話說得溫柔動人，令女人心醉。

「你去死吧。」常年和董事長過招，她惡毒的風貌我也能學得幾分。

總經理那張狐狸老臉著實僵住。我噗嗤笑出來，開開玩笑，別當真。

「小萍，妳眞是的。」總經理不禁莞爾。

我爲你做牛做馬那麼多年，你竟然忍心一夕之間剜去我的心頭肉，明明知道阿夕對我來說有多重要……

我沒大哭大鬧跟他翻桌，只因爲他是阿夕的爸爸，不能讓他難堪，連帶丟了今夕的臉。

「今夕，走吧，我帶你去認識其他老朋友。」總經理略過微笑的我，走向他長年來守著的孩子，「鑰匙給你，幫爸爸開車好嗎？」

我看著他們坐上電梯，一路往下遠去。

這時，辦公室的小子們推派陳妹妹起身發言。她殷切地朝我招手，試圖用公關的美色誘惑我，但我的神志已經是半入定狀態，是山是水是廢墟。

「對不起，實在無可奉告。」我走進祕書室，它總是風暴來襲時的避風港，但也可能不再是了。

老王當沒看見我，我問他可不可以請假。

「妳還有臉提『假』這個字？」他可以繼續無視我，只要簽下假單就好，爲什麼要那麼快恢復常態？

「志偉，你覺得阿夕會不會變心？」

「啊？」老王第一個念頭是疑惑，「林之萍，妳終於要承認十多年來的不軌意圖了嗎？」

我喜歡小男生，就是單純喜歡小男生，沒混別的東西，不要污蔑我！

「他們都是總經理的兒子，還眞巧。」我對著卷宗夾自言自語，好像積累成山的公文是我的好朋友，「其實也不能單怪老大，像我過去當你是哥兒們，現在還不是喜歡上你？人心本來就千變萬化。」

既然是會變化的事物，那就只是暫存在大道之上的假象，並非眞實存在。

而不知道是不是年紀到了的關係，我好像不再能那麼彈性地接受變化了。

□

我以按件計酬的方法，才撐到今日工作結束，而且，每做一件，就在記事本上畫一隻兔子；只要想到小七，就警惕自己不能失業變成爛泥。

老王還是跟我冷戰，期間只問我一句鑰匙還在不在，確認之後就不再說話。

下班時間，大伙兒陸續脫離苦海，人群中卻有人逆流而行。小草風塵僕僕地趕來，今天側頭夾了記幸運草髮夾，左肩簡單掛著土色布包，清秀佳人般地跑進辦公室尋找我的身影。

「之萍姊！」他用力朝我揮手。

是說，我爲什麼這麼受歡迎呢？

「有孩子來找妳就有精神了？」老王尖銳地問了句，我認眞地點點頭，最喜歡小朋友了，「沒節操的傢伙，要去快去。」

我沒拒絕老王的好意，衝出來趕下班。小草見了我高興，客客氣氣地表明來意。

「聽陛下說妳家倒了，妳之前收留過我這麼多次，我想至少也回報妳一回。」

「你這孩子怎麼這麼貼心啊！」我雙手揉亂他的直髮，不小心扯到他纖細頸子上的紅線。曾聽說他有一張通天下地的護身符，我拉起來看，卻是一顆鏽掉的鈴鐺，搖起來沒聲音。

「妳想要就送妳吧！」天啊，他眞的超愛我的！

「不了，這是你爸爸留給你的東西，多不好意思。」

提到父親，小草就垮下臉，急忙把鈴鐺塞回衣內，把它當缺點一樣藏起。

「之萍姊，其實我等一下還要打工，今天實在沒有別人能代班。」小草本來見了我精神飽滿，才沒幾句話，就又開始洩氣，「妳能不能在我工作的地方等一等？我會準備茶水和點心，不會耽誤妳太多時間。」

「好啊！」他百忙之中還是念著我這個大媽，我心肝都快融化了，怎麼還會在意那點時間？

小草兼差的地方叫「道教公會」，顧名思義就是道士的公會，只要有錢，什麼疑難雜症都能解決。在那裡擔任客服的工讀生，薪金堪比家庭教師，因爲人手不好請，必須和那個世界有點關係才可以。

我曾經去公會翻桌，還算熟悉，知道那裡和公司有距離。小草在我前面走著，走到一半，回頭看我腳下高跟鞋，又露出歉疚的神情。我過去攬住他的肩，用鞋跟踢了下他的白布鞋。

他從大學到我公司，比從公司到公會還遠，就這麼走路來找姨姨，我都快哭了。

「我每次想要討好別人，總是適得其反。這種給人添麻煩的感情，不要也罷。」

「素心爲什麼想討好我？就因爲我是阿夕的養母嗎？」

他抬起頭來，對我搖搖頭。

「因爲你喜歡我，所以也希望我喜歡你吧？得了阿心小天使的喜歡，阿姨非常開心喔，難道你覺得我這份開心只是表面工夫嗎？」

他略紅著眼眶，又搖搖頭。

「之萍姊，妳太容易心軟了。」這孩子跟我家兔子都是固守己見的貨，死不相信別人的愛，「不管是過去的我，還是現在的我，只會向人搖尾乞憐，拿不出像樣的本事。」

「阿夕嫌棄你了嗎？」

他彎起唇角：「不是的，陛下不會跟一隻狗計較。」

很不對勁，雖然他從以前就常懷疑自己，但不至於說這種喪權辱國的話，他家人到底又怎麼欺負他了？自從上次半夜被趕出家門後，他連笑聲都奄奄一息。

「據我推測，今夕只告訴你一個人他現下的狀況，可見他把你當作可以吐苦水的好兄弟。」以昨晚琳琳的表現，阿夕的朋友群至多只知道我家垮掉的事，但小草大概有從他的口中聽到「爸爸」的風聲，以及我流落街頭的窘境。

「是的，我想是由於我見過那人的關係。我們高中組樂團，今夕陛下本來跟信用合作社借了一筆低利貸款，帶我去看二手吉他，恰巧碰上妳公司的大老闆。他和陛下聊了幾句，在旁邊笑笑地看我們選樂器，等我們選定才插進來，把錢一口氣付清，說是送陛下一點禮物。」小草低眉敘述阿夕要他保密的往事，只是現在也沒有隱瞞的必要了。「這麼說有些踰矩，但我覺得陛下當時很高興。」

總經理老大並非一時興起認親，而是早就計畫著這麼一天，說服阿夕回到他身邊。

我摸摸下巴，猶疑地問道：「素心呀，你是不是覺得阿夕也是嫌貧愛富之人？」

「我怎麼敢這麼想，連妳也沒說什麼了……」小草的頭低得更低了。

「阿姨好可憐喔，欠了一屁股債還被兒子拋棄，老天爺去死！」

「我家也欠了好多錢，我媽還不要我了，閻羅去死！」他含著兩枚淚泡，勉強跟著我笑出來。

他緊牽住我的手，不時看看我痴呆的笑容，抵達傳說中的道教公會。

□

公會大樓還是一樣金碧輝煌，深具朱門酒肉臭的氛圍。我和小草穿過水晶旋轉門，踩著發亮的花崗石地板，放眼一口氣挑高三層樓的大廳，想到敝公司為了成本，只敢租一層商業大樓，而這麼一整棟摩登建築，卻全是公會的財產，信仰的商機不可不謂可觀。

他們內部人員還算謹愼，一看小草身邊跟了我這個陌生面孔，立刻上來盤問。

「我是素心的姑姑，葉子媚，呵呵！」

「從沒聽說過葉蓁有姊妹。」兩個長袍道長皺著眉。

「之萍姊，妳在說什麼？」小草也不賞臉，直叫我別瞎扯，有的道長對謊言格外敏感。

「現在的年輕人都不看港片了嗎？」我驚恐地說道。

小草發現不能和我正常溝通，與道長們打完招呼，就直接把我拖到員工休息室，泡茶給我，又切了一大塊栗子蛋糕供養萍萍仙子，請我等他兩個小時。

「素心，快到你崗位上！」外頭走來一名套裝束髮的大美人，看起來是個精明人。小草向她解釋我白吃白喝的原因，並請求同意收留這流浪的中年婦女。

「她就是你說的乾娘？」大美人問。小草臉上一紅，又在那邊擔心私自認定會不會讓我不悅。眞受不了他。「你去忙吧，既然是你家人，我來接待她。」

「謝謝妳，明之姊。」小草欠身致意，換上客服少爺的制服，小跑步過去櫃台接手。

看到這麼一名美少年負責接客，我覺得公會過去最大的服務態度問題已經煙消雲散。

小草入座後，立刻有業務進來；他接客戶電話前，還會習慣性地笑一下，我也透過休息室門板，對認眞工作的他微笑著。

「他是個好孩子，我眞希望他能放棄升學，直接來做正職。」大美人說，自己用飲水機沖了杯決明子。

可是，如果哪天公會打著替天行道的大旗，要去討伐陰間，小草就會在後防送來壞掉的便當，等眾道士食物中毒後，再說：「我是臥底。」太帥了，所以說，港片很棒啊！

「他成績還不錯，會運動、會音樂，不唸完大學太可惜了。」

「妳比他母親還了解他。」大美人笑了下，室內頓時盈滿荷花香氣，「那女人最近投身公會以外的教團，認爲我們是異教徒，要素心辭職去他們教團當義工。我們圈子娶到平凡人，就是有這種壞處，明知道對方被騙，又不能掐死她。」

「阿心總是對他家的事三緘其口，可以告訴我一些他父親的事嗎？」我說。大美人那雙沾著粉似的迷濛美目打量著我，掃瞄其中有無惡意和欺瞞，「我想介入他家務事，想辦法弄回一個像樣的家給他。」

「葉蓁本來是公會矚目的人才，他通鬼知，這是一種很難得的天賦，張會長很看好他。但二十年前他辦鬼子案出了差錯，法力盡失，最後只能靠騙術過活。眞正學過道術的人，騙人總是彆扭，他清楚知道自己在裝神弄鬼，總是一下子就被人揭穿。」

她這麼一說，我才明白葉眞人吹牛皮的不協調感從何而來。

「妳眞要幫那孩子，那我就先謝過妳了。」大美人俯首向我行禮，我眞是榮幸之至。

「那個，素心提過妳是全公會的資料庫，可以順便請問哪裡有包辦陰間一日遊的？我有個故人在底下當差，想敘敘舊。」

那抹倔強的鬼影一直是我心底放不下的牽掛，無所不用其極也想再見他一面。

「可以。」她勾唇一笑，「公定價，諮詢一次五萬起跳。」

「謝謝，當我沒說，呵呵呵！」我終於明白老王對我有多優惠了。

□

鐘點一到，小草立刻脫了制服，趕來我面前請安接駕。我已心滿意足地嚐過他們員工休息室的點心一輪，打了個大飽嗝。

回程，我們繞過鬧區逛了一輪，好不容易哄得他展顏，回家之前都是笑著的，直到在住宅區巷口碰上一身深黑旗袍的小草媽。

看小草就猜得出他母親該是個美婦人，但眼角和下巴有些尖銳，給人感覺不太可親。

「媽媽，我帶她回來借宿。」小草表情一片空白，不知道怎麼面對自己的老母。

「妳好，打擾了。」我微笑地點頭致意。

「歡迎，我們『教單教重』一向樂於助人。」她從剛見面時的那股敵意，突然變臉成民宿老闆娘，讓做好被拒絕覺悟的我，一時沒反應過來。「素心，快去開門煮飯！讓你哥哥姊姊餓著怎麼辦！」

小草悶著頭先行開道，我這個乾娘與人家親母並肩而行，憑著年紀相仿，也能搭上幾聲笑語。她十根青蔥玉指，纖長白皙，玉戒戴了三枚，顯然和我一樣，是不做家事的。她說起再婚的先生就聲淚俱下，說對方脾氣很差，是個財大氣粗的爛人，總愛用財勢凌辱她，她活得非常痛苦。

我誇獎起小草轉移她的痛苦，她再三推辭，直說前夫的孩子太過嬌慣。

「嬌慣？」我應該沒聽錯才是，小草可以說是我見過最簡樸的現代小孩，而小七那種習慣露宿野外的，又是另一種層級。

「他都不會為我想，我忍辱負重為他嫁來這個家，也不會學好禮貌，整天頂撞他的哥哥姊姊，弄得我好丟人。」

「他兄姊說話好像都不太好聽。」言語暴力也是一種虐待。

「也不想想他花的是誰家的錢，忍一忍就過去了，不會想，以後出社會怎麼辦！廢物！」

「抱歉，容我問一句，妳有出過社會嗎？」

小草媽原本振振有詞的嘴微張著，我沒有想削她臉皮的意思，只是忍不過去。

她沉默著，十指在蕾絲袖口下攢緊，加快腳步走到有小庭院的門口。

她不敢和我起衝突，因爲我比她高上許多，口舌似乎也比她強，她只能衝到室內對正在熱鍋的小草埋怨。

「你帶這什麼女人回來，不三不四，要是她去勾引你爸爸怎麼辦！」

小草頭也不抬地回：「妳那顆全年發騷的心，別套到別人身上，而且我爸爸只有一個，不像妳有兩個丈夫。」

「你這個畜生，我還不是爲了你！孽障、魔鬼！」

「太太，對不起，是我說錯話了，請我喝杯茶吧？」我過去把歇斯底里的小草媽拖離廚房重地，省得她抓狂傷了自己。

我忙著應付小草媽，無法兼顧小草，只見小草握著刀，陰陰地笑了起來。

「是呀，我是魔鬼，那又如何？」

小草媽淒厲地咆哮，叫得我一陣耳鳴。

我死拖活拖，才架著她離開，要帶她去客廳歇歇。小草媽又大喊這會被家裡其他人看到，丟臉死了，她生出這種兒子，實在太可恥了。

我隨便找了個書房拉她進去，希望她能冷靜一些，有話好好說。

「素心總是妳的親生孩子。」

「『教重』說得對，人不應該被禮教所囿，結婚生子這種事太可笑了，應該全心全意奉獻給恩主公。」

「恩主公」這個詞，我這輩子已經聽過三遍，從小草媽、被控制的古莫，還有二十年前理應被滅的鬼子教團首領之口。那個老妖道差點吃了我的朋友，運氣好沒被我的初戀情人宰掉，現在又捲土重來了嗎？

「可是妳孩子已經生了，總是要擔起責任。」

「妳不懂我有多委屈，我要是沒生過孩子，恩主公就會拔升我作護座！」

護座能吃嗎？我這個凡夫俗子大概不能明白被洗腦過的信徒寵辱爲何。

她哭得聲淚俱下：「我怎麼這麼倒楣，爲他受了那麼多氣，當初不要把他生下來就好了！」

我不明白，我那麼想要孩子，求之不得，卻有人後悔有了孩子。

我聽見外邊傳來細碎聲響，起身探看。小草蹲在房門外，一手緊摀住嘴，一手掐緊大腿，防著自己哭出聲來。

他這一刻脆弱得像是一碰就碎也抱不起他，我不夠強壯，只能拉著他往外走。

「素心，沒關係，姨姨愛你喔。」

他母親出了房間，卻沒追過來，只是站在書房門口發著怔。她應該明白有些話潑出來，傷了人，就再也收不回去。

「不要生就不要生，當初是我求妳生下我嗎！我才不要像你們這樣的父母，是我不要你們！」小草嘶聲尖叫，我只能抱著他的頭，安撫他被撕裂的心。

玄關站著兩個年輕人，一男一女，抱胸看我們的笑話，還指著小草流下來的鼻水竊笑，似乎是他的繼兄姊。住在這種無情的地方，要他怎麼茁壯成人？

「要滾快滾，小雜種。」

小草朝繼兄姊瞪大漆黑的眼，臉上只剩扭曲過的怨毒，我觸及他身體一片急凍的冰冷，危機感循著指尖竄上，只得急急在他耳邊細語：「素心，放棄爲人的身分，公演怎麼辦？」

他如死屍般的身軀瞬間軟下，和我一起跌落在地，換來更熱烈的嘲笑。

「對不起，之萍姊，對不起……」

□

如此這般，我和小草兩個披頭散髮的落難姨姪，在黑漆漆的夜裡，按下琳琳家的門鈴。

琳琳在，穿著無袖的淡紫小洋裝，露出一雙纖足，把我被人情冷暖傷害的心肝給滋補了回來。

「葉素心，你今天不是信誓旦旦地跟林今夕保證，要照顧這個女人？」

小草低頭不語，我拉著他進琳琳家門。看鋼琴蓋掀著，琳琳剛才大概在勤快地練琴吧。我們今天實在走了很長的路，呆呆坐在琴椅旁聽琳琳彈琴，一根手指都不想動。

「妳後半都會變快，而那部分通常是我們要做效果的時候，放慢一點。」聽了曲子兩遍，小草睜開半雙眼提點。

「知道啦！」琳琳往我瞪來，大嬸何其無辜，「他又被那家人欺負啦？」

沒給我回答的機會，小草冷冷地道：「不關妳的事。」

「你是白痴嗎？還以爲自己是舉目無親的可憐蟲？古意和格致兩個兄弟是叫假的？根本不用動用到另一邊力量，光我們自己人，就夠揍死他們了。」

小草屈起雙腿，把臉埋進腿間。

「我看著他們的嘴臉，就想起自己，閻羅是故意安排這種人在我身邊的。」從我這邊看過去，小草略略顫著比一般男性綿長的眼睫毛，十分令人垂憐，「我都依自己的好惡行事，以爲是體貼陛下的心意，要他滅白派，又讓他殺陸判，事成之後還沾沾自喜。」

從琴面反映的琳琳倒影，看來有些嚴肅。

「我們在意的事都會變成執念，連你這個絕對尊王的傢伙也覺得我們做錯了，冥府約莫要出現歧路了。」

「出現歧路會有什麼後果？」我很好奇。

「『變化』。達到原本狀態的臨界，轉變，結果不可逆，一旦前行，沒辦法再回到原路……」琳琳沉重地說完前半段，猛然瞪向融入他們世界的我，「妳偷聽什麼！捂著耳朵，到一邊去！」

雖然像隻寵物狗被呼喝離席，我還是不屈不撓地趴在廁所間，偷聽他們的機密談話。琳琳過去只要提到小草的處事作風，小草立刻就會張牙舞爪地反擊回去，而今天對小草來說，實在打擊太深，反倒聽得進琳琳的設想，雖然這個機會是用痛處換來的。

「妳說這麼多，就是要暗示陛下會出事？」小草帶著哭腔反問。

「你到底有沒有想過他為什麼要冒這麼大風險賭這一把！牡丹和晚冬兩個外來者都明白的道理，你身為他的近臣，為什麼不懂！」原來琳琳也認識杜晚冬。

「我才不管陰間眾鬼如何，誰都不准碰陛下的位子，那是陛下的王國！你們竟然能忍受向別人叩首！你們這群叛徒！」

「葉素心！想想，拜託你好好想想！你和閻羅，無論是力量或聲勢都相當，陛下為什麼不是留你鎮守冥世！」

琳琳大概是踩中小草最大的心病，好一會兒他們都不再說話。

我坐在馬桶上沉思，直到小草叫我出來吃宵夜。

就寢前，琳琳把我換下的白衣裙用手洗了一遍，叨叨唸著被我弄髒的地方。

我換上她的細肩帶睡衣，小草也是。我看著這麼一枚纖細的男孩子穿著露肩裙，都快噴出火來，小草還不時彎腰幫琳琳收拾房間，下體若隱若現。

非禮勿視啊，不過琳琳和小草兩個卻一派自然。有的家務事攤給外人看，外人都會大驚小怪一番，而當事人根本不當一回事，林之萍深有所感。

「琳月，妳給之萍姊一間大房。」小草一邊把毯子攤在床下打地鋪，一邊冷淡地說。

「還好，就一起睡。」琳琳對我拍拍她身旁的空位。

「唉呀，你們以前是不是常一起睡覺？」我燦笑地問道。

他們同時一僵，驚覺到某些祕密被我這個八卦王發現了。原來不只是青梅竹馬，還是感情很好的梅和馬。

「我們失憶的小時候，最討厭兩家要我們在一起，妳最好給我閉嘴。」琳琳事先警告，任憑我坐在床邊開小花，「而且我已經有喜歡的人了。」

「我也是！」小草不甘示弱地喊道。

不就林今夕嗎？能夠一起看上一個男人，這也是另一種宇宙思維的緣分啊！

□

我半夜跨過熟睡的小草，輕步走來隔壁人家，敲敲門。葉眞人應門時，還有些迷糊，看到來者是個穿紅裙的歐巴桑，悚然驚醒。

「小姐，妳有什麼遺願？」對照背景墓仔埔，他會這麼想，也不是沒有原因。

「我是來解救你脫離苦海的花瓶仙子，善哉。」

他從腳趾開始打量了我一番，直說我面熟。我咯咯地笑著。

「彩券又沒中啊？都買四期了，怎麼會這麼背？」我瞄見門旁的回收垃圾有兩個星期前劃記過的對獎單子。

他震驚地看向我，開始去揣測我這個夜半敲門的女人是什麼來歷。

「我是來實現你心中的一個願望。」我才神祕兮兮地把手指抵上唇瓣，他就把我當救命稻草般抓著搖。

「不管妳是鬼是妖，把我兒子帶回來好不好？」

沒錯，這才是爲人父母的反應，但我不能這麼容易被說動。

「不能拿他抵債跑路，也不准再偷走他的學費！」

「妳、妳難道眞是神仙？」

「去你的，還眞的是你偷的！」我就想小草年紀輕輕，怎麼這麼能幹？爸爸呀，加油好嗎？

我負手走進只有一層的小平房，葉眞人小心翼翼地跟在我屁股後，看我翻了下泡麵盒堆，又對廚房堆滿碗盤的流理台搖頭嘆息。

「把掃把拿來，然後你去洗碗。」萍仙子指揮若定，葉眞人小兵立定後，從碗櫥翻出菜瓜布，各就各位。

我在家裡從來沒有這麼賢慧過，只有阿夕假日沒空時才會隨興打掃一下，但是往往他回家後又會再清掃一遍，完全不給媽媽面子。

待我大顯身手，把獨居男人的窩清出個樣子時，已經月上梢頭。

我再把他招來，要了剪刀和刀片，他聽令已洗好腦袋，正襟危坐在板凳上，我給他抹上刮鬍泡，開始操刀。

我老爹喜歡玩小刀，我習得眞傳兩三分，至少阿夕青春期沒給他剃壞過。他就坐著，眼也不瞬地望著我，好像從那時候起，他看我的眼神總是多了一點東西，我也沒想過去掐熄它，希望它就這麼待在那雙少了一點光亮的灰眸中，直到有別的身影塡上。

「剛才外邊太暗，看不清楚。仙子，妳看起來有點年紀了。」葉眞人打斷我腦袋裡亂七八糟的東西。

「吾九千歲始修煉至此，也算是駐顏有術，休得無禮。」因爲洗完澡，妝卸得乾淨，沒粉可遮。

葉眞人唯唯諾諾地應承。

「萍仙子，我偷偷去看過兒子。前妻她嫁了個好人家，那戶人家的小孩出門都穿得很好，有車可以開，而我兒子穿著舊衣服，掃院子、倒垃圾。難道流著我的血，他就該活得比別人卑微嗎？」

他一定很不甘心，想一步登天成爲有錢人，然後葉眞人就陷入賭博的循環裡——想一夕千金、輸錢，脫褲子再戰、輸錢，到後來變成徹頭徹尾的賭徒。

「我今天又忍不住去看他，看見妳把他帶出那戶人家；我從來沒看他哭得那麼傷心，連我被捉去關都沒哭過……」

虧他還配合我演戲，昨天看他和琳琳周轉的時候，大概還存著打混度日的心態，到今天才眞正打醒發財夢，因爲他想要榮華與共的對象已經被現實折磨得不堪消受。

「素心他爸，你再不振作點，你兒子就眞的無家可回了。」

他低下頭，這種洩氣又無助的姿態，眞和小草一個模子刻出來，不過小草年輕貌美，還有一顆纖細體貼的心，我不得不大小眼。

「素心以前有發生過什麼事？不然他母親怎麼會排斥他？」葉眞人嗯嗯啊啊，發出敷衍的喉音，我再問：「你是討伐鬼子的人，還是阻止的人？」

他原本還一副畏縮樣，再抬起頭，去了鬍鬚的臉龐，竟有幾分凌厲。

上次被小妮子奪身那時候，發生難得一見的鬼門洞開事件，公會猝不及防，幸賴神仙兔子出爪相救。今天那位掌管公會門面的大美人，就和我聊到，要是年輕時候的葉蓁在，斷不會那麼狼狽。葉家是道門的老派系，以殺鬼聞名。

「仙子，這不是妳該過問的事。」

我已經一隻腳踩進泥沼之中，不可能再抽身、無知地依循過去的生活。

「你見過阿夕嗎？林今夕。爲什麼總堅持素心別跟著我家大兒子？」

「原來妳是……」那個有病單親家庭的母親。

我悲情地把刮刀往葉眞人的側頸移，再問：「爲什麼要棒打鴛鴦？」

我以前幫龎世傑刮鬍子，他都會一臉幸福地說好想死在我手上。女人一旦掌握了男人的下巴，他們的防備心大概就在零和個位數之間徘徊。

「仙子，得罪了。」沒想到他卻不把這點凶器放在眼裡，冒著見血的痛處，伸手扭住我的後頸，把我放倒在沙發上。

這眞是我這輩子驚人的誤判，看人家現在如爛泥般頹廢，就否定他過去顯赫的聲名。

他頸間的血默默淌落，鼻息噴在我臉上，我緊張地嚥了下口水。

「葉家世代殺鬼，死後常受鬼刑，冤冤相報。在我意氣風發要除去入世大鬼的時候，妻子誕下鬼子。我命中只有一子，遂起了和陰間搶人的念頭，只要他這輩子從我姓，就是葉家的人，而葉家的天命，就是殺鬼。」

他幾乎不存有惡意，只是憂心小草和阿夕之間的親近會換來殘酷的結果。

「你不能逼迫小孩去做他不願意的事。」

「我疼他都來不及，怎麼會逼他？可是上天不會放過任何人。」

「一定會有辦法，不會有事的。」我托著他的臉保證。本大娘可是看著他們兩個孩子長大的，比誰都了解那對王上和王佐間的情誼。

貧賤之家總要受些惡氣，有時忍忍過去就算了，但是阿夕卻從高中開始，爲了給小草立好榜樣，腰桿挺得比誰都直，展現出男孩子的骨氣。

今夕是小草心目中的大神，小草容不得誰來傷害阿夕，包括這麼倚賴他的自己。

「我向妻子說明爲何會失去法力，以後日子會苦一些，她卻只聽進素心是鬼子這件事，把他當成魔怪。她什麼都不信我，偏偏把這件事記得很牢。」

「阿心是好孩子呀。」那麼多事實擺在眼前，小草媽卻不肯去看，白白糟蹋了這些年來的情分。

葉眞人急切應和，然後發現到我們兩人的姿勢有些尷尬，連忙道歉起身。

我坐正撩順一頭亂髮，心想以後應該不會再見到小草哭慘的臉，正感到欣慰，葉眞人捧著一杯溫牛奶過來。

「好在奶粉還沒過期。」他說，但我納悶的不是這個，他又補充：「這是我以前照顧前妻的習慣。啊，我沒別的意思，只是看妳累了，弄點東西給妳安眠。」

葉眞人在我見過的人之中，算是特例，兩天之內可以從負分一路加回「似乎是個好男人」的及格線。我一派雍容地接過牛奶，現成的好處沒有拒絕的道理。

他看我滿足地舔著杯口，幽幽嘆息著：「當初眞該找個明事理的女人結婚。」

□

凌晨兩點，手機咕唧叫著，我千盼萬盼，一秒接通。

「喂，是大姊嗎？」

我忍不住把臉貼近手機一點。

「這麼晚了，有沒有吵到妳？」

「媽媽太想兔兔，睡不著，你打來剛剛好。」

「大姊，我跟妳說，蘇老師跟我生父打了一架。」

「什麼！」在我左擁右抱美人的時候，蘇老師竟然主動出擊。

「他們都派專車到學校等我，怕我跟妳接觸。今天蘇老師陪我等車，又用級任導師的身分一起上了車，剛好我生父被家裡人捉回來，我去尿尿，老師和他碰個正著，我生父說了幾句不好聽的，蘇老師就跟他打成一團。老師身體一直不太好，打完人就累垮了，還說給我做了不好的示範，很過意不去，但他下次看到我生父，還是會見一次打一次。」

兔子乾爹發威起來，果然不是等閒之輩。

「小七，蘇老師在你身邊嗎？」

「嗯，他在我寄住的房間休息。」

「可是媽媽卻沒有在你身邊，你不可以因爲這樣不要媽媽喔。」

「妳不要亂想，才不會不要大姊。」嗚嗚，愛兔，可是你前科累累啊！

這次他半夜偷打電話，沒有人監視他，我才能從小七口中得知他坎坷的身世。

小七生母是普通人家，生他的男人卻是大族子弟。那個男人的母親，認爲小七生母是想騙婚，才接近他兒子並且懷孕，於是把他們給拆了，送那個男人到國外避風頭。等他生母得知消息，想墮胎卻已經來不及了。

來得及還得了？我就沒有小七了。

「她曾經努力地想把我帶大，但一個不到二十歲又被家人趕出門的女孩子，實在撐不下去。她每個晚上都哭，我卻止不了她的淚。」

這麼說不厚道，但她只顧著傷心，誰來疼小小兔子？

「大姊，我生父不認我，他的母親也沒有辦法，我大概很快就會回去了。」小七一直用「他的母親」代稱「奶奶」，那個家眞讓他一點認同感也沒有。

「熊寶貝也要記得一起帶回來。」

「當然，他整天哭么妳和今夕哥，煩都煩死了……我也很想你們啊。」

我扳起手指，才三天而已，每天還能聽到聲音，即便如此，我還是覺得身上被掏空一塊，也不敢跟他說，阿夕不會回家了。

「大姊，妳在哭嗎？」

我深深地呼出一口長息。

□

隔天，我被葉眞人的驚叫聲吵醒。

「素心啊，你終於回家了！」

小草穿著圍裙炒菜，瞥了儀容整潔的葉眞人一眼，口氣非常冷淡。

「爸爸，看來你還是有點長進。」小草餘光瞄到從他爸房間出來的我，微微一怔，然後笑著問安。「姨，就快好了，洗把臉來吃吧。」

我開心應道，這時琳琳拎著曬乾的白裳進門，要我再換上去，然後坐在圓桌上等飯。

葉眞人搓著手走到琳琳身旁，問她什麼時候跟小草結婚；小草在廚房裡摔下一個盤子，兩個孩子一同露出嫌惡的表情。

當我們臨時搭起的一家人要開動時，外頭響起轎車急煞的聲響，琳琳臉色微變，接著她老爸推著門板進來。

葉眞人熱絡地招呼著：「阿辰，正巧，來吃。」

小草也乖巧地問安：「岳叔，早。」

岳辰就掛著熬夜過度的臉，坐上琳琳旁邊的位子。琳琳立刻起身，移到我和葉眞人之間的空位。捧著碗筷過來的小草，只得坐上琳琳原本的座位。

兩名青少年完全不搭理他們的老爸，彼此又有難解的嫌隙，最後都是在和我說話。良久，岳辰才提出這兩天以來的疑問：「這女人是誰啊？」

「岳叔，她是我和琳月的乾媽。」小草試圖解套。我撫著琳琳的背，用力點頭。

「乾媽啊……」兩個爸爸同時對我意味深長地沉吟一聲。

□

我這個乾媽給小草琳琳簇擁著上班，小草幫我提包，琳琳則拎著我的裙襬，日子看來一天比一天過得還爽。

今天算是早來了；我打開公司大燈，發現龐世傑鼻青臉腫地坐在祕書室裡，看到我就昂起身，擺明是特地來找我添麻煩的。

「你就那張臉能看，怎麼被打成這樣？」我翻出醫藥箱，他立刻把西裝外套脫下來，自動自發地捲高衣袖，給我看充滿委屈的瘀青。

「遇到神經病，小孩又不是他生的，不知道在發什麼瘋。」龐世傑恨恨地罵道。看我認眞倒酒精，沒跟他一起詛咒，有點自討沒趣。

祕書室那串門鈴叮叮響，我回頭，不是老王又會是誰？

「早安，胖子！」

「妳昨晚又跑到哪裡？」老王直接無視龐世傑這麼一大坨人。

我正要開口，腦海裡卻閃過幾個糟糕的畫面：挑釁男人、被男人壓、睡男人家，不禁淌下冷汗。

「我竟然會以為妳沒我不行，蠢斃了。」

我汗雨如下，挪過身子推推他的豬蹄，但被冷淡地甩開。

「你憑什麼跟之萍說這種話！」龐世傑起身橫在我和老王之間。

很抱歉，我們平時在辦公室一直是這麼打情罵俏的。

「龐少董，趁還來得及，回你們龐家去穩住這場風波，不然龐家倒了，你還有什麼拿得出來的資本？」

龐世傑擰眉瞪著王胖胖，顯然不明白他在勸說什麼。

「你爸有了另一個帥爆了又優秀無比的兒子。」我提醒一聲。

「哦，那個啊，管他的。」龐世傑神情不再像過去那麼無知從容，顯然他自我世界的保護層也被沖破了幾道溝，「反正我不論變成什麼，之萍都不會變。我媽總說妳愛慕虛榮，但我比任何人都要了解妳。」

「是嗎？那這世上我最喜歡什麼？」

「我。」

「小男生。」

以上分別是兩人的答案，雖然老王說的是正解，但這種時候要拚的是氣勢，不是作證我是變態！

「就算我一無所有，之萍也還是會跟我在一起，賺錢養我。」龐世傑盯著手背的OK繃出神，腦子還停留在十多年前沒找回來，「其實我是來找妳商量小孩的事，妳有養過，應該知道該怎麼跟他們說話。」

龐世傑從皮夾裡抽出照片，低眸看著，原來他今天不只是爲了向我抱怨被人打這件事。

「妳下班有空，能不能代我向他道歉？」

我接過照片，我家小七眞是怎麼看怎麼可愛呢……啊啊啊，小七兔！

我拿著照片，對老王大喊：「胖子──！」

老王抿唇不語，連他這名神人都不知道該怎麼評論老天爺的安排。

「我之前好像在哪裡見過他。」只不過白毛變黑毛，龐世傑就認不出兔子了。「我媽知道我爸要拿她過去弄死他一堆情婦和私生子的事，在董事會逼她就範，就想把他推出來，和我爸那個在外面生的拚看看。」

老太婆是被逼瘋了嗎？要論爭權，小七怎麼可能是阿夕的對手？只有被拔毛剉骨的下場。

「他在哪裡？」我指著照片裡坐在墓碑上打盹、幾乎要和日光融爲一體的兔子。

「在我家別院，以前帶妳去過幾次。」龐世傑提供了相當寶貴的線索，「他直說我媽被邪神纏上，自稱是白仙道長，腦子有點病；我媽帶了奉養的仙士給他傳教，全被他打退。他說他什麼都不要，只想當面跟我說話。」

「爲什麼不？」

「說出來妳不能生氣，妳因爲生不出來，總是特別在意小孩子的事。」

我沒有答應，不管是過去還是現在，傷害我的小七寶貝，就是罪無可赦。

「我不知道怎麼面對他。當初那女人跟我說她有了，我就塞了幾千塊給她，叫她快點打掉……」

我一巴掌甩在龐世傑臉上，結束今早的晨間休息。

□

歹戲拖棚，我鬧完和小孩間的彆扭，下班去領兔子回來。

「志偉，如果打起官司，我會贏吧？」

老王操持方向盤，比較在意另一個重點。

「那傢伙什麼都不懂，想和妳重修舊好，那孩子就是他最大，也是最後的籌碼。」

「他的優點已經不多了，不必再給他增加『卑鄙』的缺點。」我對著窗口拂來的風，心想眞是造化弄人。「志偉，我記得你好像也是獨子。」

他鮮少說起家裡事，我們認識的時候，他已是孤身一人。他母親在他幼年時就跟外面的男人跑了，他爸是個沒讀過書的粗工，兒子卻是塊狀元料子，省吃儉用就爲了供他讀書，能讀多高就讀多高。當他放棄國外優渥的工作風光歸來，才發現父親孤伶伶地病死在家中。子欲養而親不待，遺憾太深，所以胖子才會甘心被總經理制約。

「沒有傳承的香火，眞的沒關係嗎？」

「我最討厭小孩子。」這點讓我們有著馬里亞納般的代溝，「生到人渣和廢物，還不如不要生！」

「世上明明有許多可愛的童男童女，你不要心存偏見。」

「是啊，一堆死小孩等著妳去關愛，我們要眞有孩子，妳還剩多少時間陪我？」

我不用開車，所以可以全神貫注地望著他。人家說老酒越放越醇，沒想到胖子肉也是一樣。我很喜歡他，毋庸置疑，但是一比起他喜愛我的程度，根本上不了檯面。

「吶，胖子。」

「妳什麼話都不必說，妳就是個言而無信的感情騙子。」

我只得閉起花言巧語的嘴，以不妨礙他開車的前提，側身抱緊他。

停紅燈的時候，他就會摸摸我的後腦勺。我絞盡腦汁才想到一個回禮的方法，叫他以後別打領帶上班，這點脖子事就包在我身上。

他輕輕哼了一聲。

□

守門的是龐家的家管，是名老婦人。上次見到她，頭上還有點青絲，如今全灰了，小眼睛瞇得更小。

她原本是本宅的主事者，龐家上下大小事，她全都一清二楚，包括我和龐世傑間的愛恨糾葛，被調來別院，大概算是休息養老。

看見我笑咪咪地迎向她，婆婆快睡著似的眼皮抬了下，只說車子和男人不能進去。

我回頭請胖子等等，再大步跨進魔窟。待我經過婆婆身旁，她惡氣地啐了句。

「孫少爺誰都不像，竟然像妳這女人，眞是龐家的報應。」

「唉喲，他本來就是我兒子。」

「就算龐家樹倒猢猻散，妳也會拉拔他成人吧？」

「就說他是我孩子了。」

因爲得了管家婆首肯，我大剌剌地在別院晃蕩，沒有誰來阻擋我。龐世傑以前常帶我來這裡幽會，一草一木都是故人情；不知道什麼時候開始，我已能平靜地回憶那段感情。

我在大廳碰上杜娟，她抱著一大疊文件，神情沮喪。小七的案子，她費盡工夫才讓他們父子相認，結果開心的只有她這個專員外人，當事人雙方都不願意承認這段關係。

「他們要扣你們公司錢嗎？」我問。

「不是錢的問題，我已經對妳很抱歉了，還傷到孩子。」杜娟向我深深一鞠躬道歉。

她告訴我，母親生完她弟弟後體虛過世，有道人指稱她小弟是鬼之子，所幸她爸爸嗤之以鼻，沒把晚冬交給不知哪座廟。後來她父親爲了扶養兩名幼子，把他們姊弟倆託給留學回來的堂弟，去外面跑船，然後再也沒有回來。

「我一直想找回我爸爸，也以爲別人都是如此。」杜娟咬緊下唇，咬得唇瓣幾乎要滴出血來。

我本來還有一點點生氣，明白她心中所想之後，也全都釋懷了。

「他們正在和室裡會談，請妳等一等。」

我知道別院和室有一面牆，裡頭的人看牆是浮世繪，另一邊房間的人看過去卻是透明板，適合安排相親和仙人跳。

我假借膀胱無力之名，堂而皇之地潛進和室隔壁的密房，偷覷他們的私密談話。在我右手邊，把熊抱在膝上的是兔子，他對面隔著矮桌的男人，則是兔子親爹。龐世傑一直低著頭，他不說話，小七也沒辦法開頭。

龐世傑抓著大腿褲管，連吞三次口水，才艱難地出聲：「白蘋死了？」

「嗯。」小七哀傷應道，「我大哥把她遷葬到養母家的祖墳，你可以去看看。」

「聽、聽說你們母子倆過得不好，四處流浪……」

「都過去了。」

「那個……給你身體檢查的護士告訴我，你身上都是傷痕……你現在還會痛嗎？」

龐世傑，你這個天殺的大笨蛋，幹嘛一直揭他瘡疤！

「我那時候還小，沒想太多，現在不會痛了。」

「你那時候還很小嗎？」龐世傑問到每個字都是抖音。

「這都不重要，我只想告訴你，我不能叫你『爸爸』。如果我對你和大姊、王爺公同等稱謂，要他們情何以堪？」

即使智力遲緩如龐世傑，也聽明白小七堅持的理由。

「你……是不是很恨我？」

「我是修道之士，這點情障還是看得破，只是性子比上輩子差了很多。」小七淡淡垂下眼簾，龐世傑只敢在小七收回視線的時候偷偷看他。「上輩子有師父保護我，這輩子沒有爸爸，別人欺負到頭上就得打回去，我不是想惹老師和大姊煩憂，但是我不能低頭，因爲我沒有爸爸。」

我捂著嘴，強把眼淚吞回去，想到阿夕也是抱著同樣心態咬牙長大，我就覺得好對不起他們。

龐世傑雙眼盈滿水光，小七朝他略略頷首致意。

「抱歉，我想回家了。」

□

小七出來的時候，我正好趕上，比出一雙長耳給他認證。他倒也不意外，把哭成淚娃的熊寶貝抱給我，再牽起我的右手。

我們坐上山豬車，一路上我都循規蹈矩，和小七隔了一隻小熊的距離。我的念頭轉來轉去，還是請老王把我們載去前幾天投宿的那間鬧鬼旅館。

老王看起來有點悶，但我真的沒有嫌棄他單身男子公寓的意思。道別前，我當著他的面，問兔子願不願意叫王叔叔一聲爹，小七這才驚覺他媽媽在外面真的有男人，異色眸子圓溜溜地大睜著。

老王似乎不擅長應付這個場面，他一向和阿夕互相砲轟，看小朋友這麼煩惱我們的關係，擔心傷害到兔子。

「大姊跟蘇老師都說你是好男人，我走之後，你會照顧好我媽媽嗎？」

「當然，我用性命做擔保。」

現在換兔子有點悶，有禮貌地和叔叔說再見。他說，好像大姊被搶走了，心裡捨不得。

我暗笑在心中，和瞪大眼的櫃台小姐打過招呼，以三折價拿到鬧鬼房間的鑰匙。一關上門，我就抱著兔子和熊在床上放肆翻滾，難得小七攤成棉花團，任我摩摩蹭蹭都不抵抗，真是小別勝新婚。

熱絡完感情，他把還沒上色的畫紙和畫具拿出來，我們一家三口就趴在雙人床上給家人塗滿色彩；他畫他的門派，我畫老家，小熊執筆最新一代的林家牧場。

「大姊，妳家裡人的稱呼和我的師門有點像。」小七和我湊著頭，品評雙方美麗的大家庭。

「他們感情好，自己有一套排行，像我爸是二兒子卻通稱『老四』，老媽進我家最晚倒是得了『老三』。一個人有七、八種叫法，他們叫得起興，卻把我給搞混亂了。」

大伯向來才華洋溢，卻被稱作傻子，小叔堅持自己不是老么，姑姑一直自詡老大想把持家務，卻還是不敵賢慧的二嫂。要是他們之中誰和誰意見不合，就約在院子打一架，直到我阿奶抱著病軀，出來教訓這群冥頑不靈的孽子。

「所以妳也給我取了一堆莫名其妙的綽號？」小七發現家族傳承其來有自。

「不管怎麼變化，你的本質就是兔兔，媽媽就算老年痴呆，也會記得。」

小七吼了兩聲抗議，我摸摸他的頭毛安撫。這時小熊過來把圖紙壓在我們兩家人上頭，爪子指著英姿颯爽的熊阿爹，質詢阿夕到哪裡去了？

「大姊，大哥眞的不回來了嗎？」小七才囁嚅地問道，小熊就哭了出來。

我故作輕鬆地撥下久違的號碼，不是我厚顏無恥，而是他弟弟太想念他。

「喂，夕夕，我媽咪，你還是回來吧，請回到我們身邊。我雖然不能讓你穿金戴銀，也沒有厚實的肩膀，但我是眞心愛著你的。」

話筒另一端沉默良久，最後掛了我電話。

「囂張什麼，臭小子！我已經有兔子和熊了，誰還稀罕你這個大男生！」

我氣噗噗地摟著小七抱枕，結果半夜還沒闔眼。我問兔子睡了嗎？兔子咕唧了聲，小熊倒是哭到睡死了。

「大姊，大哥一個人會不會寂寞？」

我就不相信阿夕和總經理兩人能開心地談天說地，就算以前可以，現在也不可能了。

「你大哥內心一直是個寂寞的小男生。」

以前他病發的時候，沒有我完全沒辦法生活，總是執拗地抓著我的手，不准我離他遠去，噓噓也不行。大概因爲是在他最脆弱的時候遇上他，所以我心中的林今夕，總是沒有外人以爲的堅強。

或許是我錯認了，也說不定是我一廂情願，總是忍不住去想，阿夕沒有我在身邊，他該怎麼辦？

□

隔天，各大報把龐家的家務事登上頭版，指稱董事長藉宗教的力量殘害眾多無辜性命，報導將她寫成一個嗜吃嬰兒肉的老妖婆。

她和總經理四十幾年夫妻，總經理握有滿滿的物證，而倖存的人證就是阿夕。版面刊載阿夕出生的照片、與他生母的合照、畢業典禮和我的合照、樂團表演的慶功照，這些美好的畫面，只是爲了和那張血肉模糊的虐刑照片做對比。

我把老王帶來的報紙全看遍了，腦子急速轉動，畢業典禮那張是我傳的，表演可能是阿夕給的，其他的影像源頭應該來自阿夕生母。她餘下的遺物安放在阿夕床下，之前我見過了，沒有任何照片。

總經理一定曾和他生母碰過頭，向芝蘭姊姊說了這個長久以來的計畫，才拿到這麼「漂亮」的證據。所以，逼他生母自殺的人不是董事長，而是用阿夕飛黃騰達的未來要脅她縱身一躍的總經理。

「志偉，你比我聰明，你說，是不是我猜錯了？」

輿論一面倒，大家都說小孩好可憐，老太婆好殘忍，龐家不去死一死怎麼對得起社會。我才明白，總經理布下的局不是爲了今夕，而是他終於能擠下龐家，一手掌握屬於他的產業。他還眞是個成功的企業家，連老婆小孩都可以搭進去做祭品，不可不謂犧牲奉獻。

老王正要放下矜持勸慰我，辦公室的分機卻早一步響起，我立刻接起。

「小萍，希望妳能諒解。」

「老大，你和董事長周旋那麼多年，還不明白她是多麼可怕的生物嗎？你敢踢掉龐世傑，董事長不會放過你，也不會放過阿夕。」

「秀卉那邊我會處理，只要妳忍得下來，這一切都會是他的。」

他會特別栽培我和老王，有部分看在我們和他一樣出身貧微，別人用走的，我們得用爬的才能攀上高位，爭得一席之地。但他爲此付出的代價，像我這種把小孩看得比命還重的弱女子，實在負擔不起。

「總經理，很抱歉，我們終究不是一路人。」

我掛了電話，披上大衣，拍拍老王的肩，公司就交給他了。

在我趕去的路上，總經理大概是怕我讓計畫生變，所以讓記者會提前召開。路上大堵車，從我這邊車窗望去，正好是大樓的電視牆。總經理在大螢幕上含淚說了幾句話，功成身退，然後換上我朝思暮想的那個人。

阿夕筆直地站上總經理為他準備的舞台，眼圈黑了，下巴尖了，怎麼看怎麼憔悴，雖然別人眼中還是一名英姿凜凜的大帥哥。

「我想和社會大眾澄清這些不實報導。」

他在數十部攝影機前，對陡然站起的總經理輕蔑一笑。

「他不是我父親，我沒有爸爸。」

□

我十指一片冰涼。

他並不是無所謂，沒有螢光幕前看起來那麼瀟灑，他那時候是真心認總經理做父親，我知道他是真心的。

電話打不通，我在城市裡瞎轉一圈之後，在傾頹的老公寓裡找到他。

我家真的垮得徹底，天花板不時有碎屑落下，而阿夕半趴在他床上，抱著他生母留下來的遺物。

我過去跪坐在他身旁，從背後抱緊他。要是此刻大樓垮了，我們就一起死啦，好處是再也不用分開。

「妳的『孩子』已經不在了。」他聲音異常沙啞，我忍不住去觸摸他的喉頭。

「阿夕，不能因爲覺得丟臉就否定自己。」

「『林今夕』是我在人間維持最後底限的防線，他無法接受那個男人的背叛，寧願完全沉寂消失。」

「好啊，那你又是誰？」

「妳還沒有資格問。」

「老娘看著你長大，你是發病還是逃避現實，以爲我分不出來？」我從兩側揉著他的俊臉，不免碰觸到眼眶的濕潤，所以他才死不轉頭。「喲，被抓包還裝神弄鬼，這樣是不行的，你知道歷史上有多少菁英，就是因爲犯錯拉不下臉，弄得國破家亡？」

他依然沉默，我只當他喉嚨痛沒法承認。

「就算是尊貴的鬼王陛下，只要跟我說聲『對不起』，我就會一筆勾銷你把我丟下來這件事喔！」

我囂張挑釁，硬是要冒犯他，把「阿夕」叫回來護駕。

「你自己也說夕夕是你在人間的身分，你如果不當林今夕，又要怎麼待在我身邊？」

他終於肯側過臉來看我，那雙細眸承載了太多情緒，他必須盡全力才能撥出一塊空間給我。

「今夕，我們回家吧？」

他猛然抱緊我，力道之大，都快勒斷我的老腰。我們齊齊倒下，躺在一起生活了十來年的家中。昨天晚上還覺得緣分盡了，現在又覺得那些沉默和氣話算什麼？

這是我最後一次見到他像個孩子般掉淚。

「你們人類……實在太脆弱了……」

□

阿夕徹底昏迷過去，是循線回家的小七把他揹下樓的。

自從他在記者會上震撼發言之後，幾乎全世界都在找他，他的學校被媒體弄得一團亂。我聯繫上過去的家庭醫生，帶阿夕到他的私人診所。醫生知道我家的情況，把診間唯一的病床讓出來給阿夕靜養。

他醒了就發呆不說話，無論是老母、弟弟，還是熊兒子叫他，都沒應聲，醫生沉重地告訴我，這次病症非同小可。

小七全心全意地照顧著他大哥，進食和上廁所都由他包辦。今夕卻好像完全不認得他，只對我有點反應。

「大哥，你要快點好起來……」兔子哭了。

老王致電詢問在公司風起雲湧的這時候，我決定要怎麼做？

「我要辭職。」

胖子痛罵我「騙子」之後斷話，再也不理我。

幾天下來，在一個秋高氣爽的午後，我趴在病床邊打盹，感覺有手順著我的髮，等我擦著口水抬起頭，阿夕對了焦的細眸淡然地凝視著我。

「林之萍，妳走吧。」

我雙腿不自主地往外走去，從此一片海闊天空，但等我到街上叫了兩盒油飯之後，又若無其事地回到病房。

「好香，吃吧！」我舀起一大匙餵兒子。睽違良久，阿夕終於又肯瞪我一眼。「媽媽向朋友借了點錢，想帶你和小七回老家住，等你養好身子再做打算。」

「妳男朋友呢？」阿夕果然知道我和老王暗通款曲。

「呃啊，大概吹了吧？」我要是男人，也受不了反覆無常的另一半。

阿夕笑了起來，強顏歡笑又挾著絲絲啞音，卻還是相當動聽。他把油飯挪開，拿自己填補床頭空位，低身埋進我的肩頭。

「媽，害妳什麼都沒有了，對不起。」

聽到這聲熟稔的呼喚，這場讓我家險些傾覆的天災暨人禍，終於得以告一段落。

《陰陽路》卷六　完

下集預告

陰陽路 07

終於闔家團圓，
林之萍帶著家人回老家，暫時落腳安身，
順便避風頭，讓阿夕好好養病。
沒想到還沒進家門，事情便找上門了。
原來，這個月以來，
庄裡的喪事棚子沒有拆過，
總是一家又一家傳出喪訊……

《陰陽路》卷七，峰迴路轉——

蓋亞文化圖書目錄

書名	系列	作者	ISBN	頁數	定價
恐懼炸彈（新版）	都市恐怖病	九把刀	9789867450340	320	260
大哥大	都市恐怖病	九把刀	9789866815690	256	250
冰箱	都市恐怖病	九把刀	9789867929761	240	180
異夢	都市恐怖病	九把刀	9789867929983	304	240
功夫	都市恐怖病	九把刀	9789867450036	392	280
狼嚎	都市恐怖病	九把刀	9789867450142	344	270
依然九把刀（紀念版）	非小說・九把刀	九把刀	4710891430485		345
人生就是不停的戰鬥	非小說・九把刀	九把刀	9789866473029	384	280
不是盡力，是一定要做到	非小說・九把刀	九把刀	9789866473036	384	280
1%	非小說・九把刀	九把刀	9789866473647		400
人生最厲害就是這個BUT！	非小說・九把刀	九把刀	9789866157035	384	299
綠色的馬	九把刀・小說	九把刀	9789866815300	272	280
後青春期的詩（插畫書衣版）	九把刀・小說	九把刀	9789866157530	272	250
上課不要看小說	九把刀・小說	九把刀	9789866473654	272	280
上課不要烤香腸	九把刀・小說	九把刀	9789866157806	304	280
樓下的房客	住在黑暗	九把刀	9789867450159	304	240
獵命師傳奇 卷一～卷十二	悅讀館	九把刀			各180
獵命師傳奇 卷十三～卷十九	悅讀館	九把刀			各199
臥底	悅讀館	九把刀	9789867450432	424	280
哈棒傳奇	悅讀館	九把刀	9789867929884	296	250
魔力棒球（修訂版）	悅讀館	九把刀	9789867450517	224	180
月與火犬 卷1～9	悅讀館	星子			
魘	悅讀館	星子	9789866473968	288	240
百兵　卷一～卷八（完）	悅讀館	星子	9789867450531	272	1535
七個邪惡預兆	悅讀館	星子	9789867450913	272	200
不幫忙就搗蛋	悅讀館	星子	9789867450258	308	220
陰間	悅讀館	星子	9789866815027	288	220
黑廟　陰間2	悅讀館	星子	9789866815577	256	220
捉迷藏　陰間3	悅讀館	星子	9789866157073	256	220
無名指　日落後1	悅讀館	星子	9789866815362	336	250
囚魂傘　日落後2	悅讀館	星子	9789866815446	288	240
蟲人　日落後3	悅讀館	星子	9789866815713	280	240
魔法時刻　日落後4	悅讀館	星子	9789866473173	304	240
怪物　日落後5	悅讀館	星子	9789866473500	288	240
餓死鬼　日落後6	悅讀館	星子	9789866473616	256	220
萬魔繪　日落後7	悅讀館	星子	9789866473814	288	240
太歲（修訂版）　卷一～卷七（完）	悅讀館	星子			1979
太古的盟約　卷一～卷四	悅讀館	冬天			各240
太古的盟約　卷五～卷九	悅讀館	冬天			各199
東濱街道故事集　惡都1	悅讀館	喬靖夫	9789866815829	208	180
慈悲　惡都2	悅讀館	袁建滔	9789866473043	336	240
犬女　惡都3	悅讀館	袁建滔	9789866473227	208	180
武道狂之詩　卷一～卷十一	悅讀館	喬靖夫	9789866473005	256	220
吸血鬼獵人日誌Ⅰ～Ⅳ特別篇	悅讀館	喬靖夫			976
殺禪　全八卷	悅讀館	喬靖夫			各180
誤宮大廈	悅讀館	喬靖夫	9789866815423	256	220
說鬼　黑白館1	悅讀館	琦琦	9789866473333	320	240
惡疫　黑白館2	悅讀館	琦琦	9789866473517	272	240
遺怨　黑白館3	悅讀館	琦琦	9789866157486	320	240

＊實際定價以各書版權頁爲準

噩盡島 1～13（完）	悅讀館	莫仁		272	2739
噩盡島Ⅱ 1～11（完）	悅讀館	莫仁			2450
異世遊　全五卷	悅讀館	莫仁			各240
遁能時代 全五卷	悅讀館	莫仁			各240
山貓　因與聿案簿錄 1	悅讀館	護玄	9789866815560	256	220
水漬　因與聿案簿錄 2	悅讀館	護玄	9789866815645	256	220
彩券　因與聿案簿錄 3	悅讀館	護玄	9789866815775	256	220
祕密　因與聿案簿錄 4	悅讀館	護玄	9789866815836	256	220
失去　因與聿案簿錄 5	悅讀館	護玄	9789866473074	296	240
不明　因與聿案簿錄 6	悅讀館	護玄	9789866473319	272	240
雙生　因與聿案簿錄 7	悅讀館	護玄	9789866473586	288	240
終結　因與聿案簿錄 8（完）	悅讀館	護玄	9789866473685	288	240
異動之刻 1～10（完）	悅讀館	護玄			2280
殺意　案簿錄 1	悅讀館	護玄	9789866157547	256	220
惡鄰　案簿錄 2	悅讀館	護玄	9789863190059	272	240
新版特殊傳說 1~4（陸續出版）	悅讀館	護玄			
四百米的終點線	悅讀館	天航	9789866157004	364	250
君子街，淑女拳	悅讀館	天航	9789866157097	272	240
戀上白羊的弓箭	悅讀館	天航	9789866157165	288	240
披上狼皮的羊咩咩	悅讀館	天航	9789866157745	272	240
書蟲的少年時代	悅讀館	天航	9789863190035	288	250
術數師1　愛因斯坦被摑了一巴掌	悅讀館	天航	9789866815911	336	240
術數師2　蕭邦的刀・少女的微笑	悅讀館	天航	9789866473050	336	240
術數師3　宮本武藏的末世傳人	悅讀館	天航	9789866157318	336	240
三分球神射手 1～6（完）	悅讀館	天航		272	1420
魔法師的幸福時光 1 ～9（第一部）	悅讀館	可蕊			
捉鬼實習生 1 ～7（完）	悅讀館	可蕊	9789866815119	208	180
捉鬼番外篇：重逢	悅讀館	可蕊	9789866815652	320	250
都市妖1~14	悅讀館	可蕊			各199
青丘之國（都市妖外傳）	悅讀館	可蕊	9789867450470	320	220
都市妖奇談 全三卷	悅讀館	可蕊	9789866815058		各250
希臘神論	悅讀館	戚建邦	9789866815706	320	250
筆世界1~4（完）	悅讀館	戚建邦			各220
天誅第一部　烈火之城卷（上）、（下）	悅讀館	燕壘生			各240
天誅第二部　天誅卷一～卷三（完）	悅讀館	燕壘生			各250
天誅第三部　創世紀卷一～卷三（完）	悅讀館	燕壘生			共810
道可道系列 1～4（完）	悅讀館	燕壘生			
活埋庵夜譚（限）	悅讀館	燕壘生	9789867450333	224	200
貞觀幽明譚	悅讀館	燕壘生	即將出版		
輪迴	悅讀館	九鬼	9789866815782	256	199
仇鬼豪戰錄 套書（上下不分售）	悅讀館	九鬼	9789866815379		499
再見，東京 1～4（第一部完）	明毓屏作品集	明毓屏			各250
柯普雷的翅膀	畫話本	AKRU	9789866815935		240
吳布雷茲・十年	畫話本	Blaze Wu	9789866473289		480
魔廚	畫話本	爆野家	9789866473609		200
北城百畫帖	畫話本	AKRU	9789866157028		240
邢大與狐仙（上下）	畫話本	艾姆兔M2			各220
上上籤	畫話本	YinYin	9789866157554		220
Lunavis在天空飛翔的旅人	畫話本	金(王民)志	9789866157776	192	480
臨時預約 陰陽堂	畫話本	爆野家	9789863190004		220

*實際定價以各書版權頁爲準

國家圖書館出版品預行編目資料

陰陽路／林綠 著.——初版.——台北市：
蓋亞文化，2012.09
面；公分.（悅讀館；RE266）

ISBN 978-986-319-007-3（卷六；平裝）

857.7 100013682

悅讀館 RE266

陰陽路 06

作者／林綠
插畫／AKRU
封面設計／克里斯
出版社／蓋亞文化有限公司
地址◎台北市103赤峰街41巷7號1樓
電話◎（02）25585438 傳真◎（02）25585439
臉書◎ www.facebook.com/Gaeabooks
部落格◎ gaeabooks.pixnet.net/blog
電子信箱◎ gaea@gaeabooks.com.tw
投稿信箱◎ editor@gaeabooks.com.tw
郵撥帳號◎ 19769541 戶名：蓋亞文化有限公司
法律顧問／義正國際法律事務所
總經銷／聯合發行股份有限公司
地址◎新北市新店區寶橋路二三五巷六弄六號二樓
電話◎（02）29178022 傳真◎（02）29156275
港澳地區／一代匯集
地址◎九龍旺角塘尾道64號龍駒企業大廈10樓B&D室
電話◎（852）2783-8102 傳真◎（852）2396-0050
初版二刷／2015年07月
定價／新台幣 250 元
Printed in Taiwan

GAEA ISBN／978-986-319-007-3

RE266
GAEA

陰陽路 06

陰陽なる途

蓋亞文化　讀者迴響

感謝您在茫茫書海中選擇了蓋亞，您的支持是我們最大的動力。
不要缺席喔，讓我們一起乘著夢想的羽翼，穿越時空遨遊天地！

姓名：　性別：□男　□女　出生日期：　年　月　日
聯絡電話：　手機：
學歷：□小學□國中□高中□大學□研究所　職業：
E-mail：（請正確填寫）
通訊地址：□□□
本書購自：　縣市　書店
何處得知本書消息：□逛書店□親友推薦□DM廣告□網路□雜誌報導
是否購買過蓋亞其他書籍：□是，書名：　□否，首次購買
購買本書的動機是：□封面很吸引人□書名取得很讚□喜歡作者□價格便宜 □其他
是否參加過蓋亞所舉辦的活動： □有，參加過　場　□無，因爲
喜歡出版社製作什麼樣的贈品： □書卡□文具用品□衣服□作者簽名□海報□無所謂□其他：
您對本書的意見： ◎內容／□滿意□尚可□待改進　◎編輯／□滿意□尚可□待改進 ◎封面設計／□滿意□尚可□待改進　◎定價／□滿意□尚可□待改進
推薦好友，讓他們一起分享出版訊息，享有購書優惠 1.姓名：e-mail： 2.姓名：e-mail：
其他建議：

◎請沿虛線剪開、對摺、裝訂後寄出

◎請沿虛線剪開、對摺、裝訂後寄出

廣告回信 郵資免付
台北郵局登記證
台北廣字第675號

GAEA 蓋亞文化有限公司　收
103 台北市赤峰街41巷7號1樓